# 脉象

杜开春 著

沉浮 | 寒热 | 虚实 | 表里 | 阴阳

海峡出版发行集团
海峡文艺出版社

**图书在版编目(CIP)数据**

脉象/ 杜开春著. － 福州:海峡文艺出版社，
2025.3

ISBN 978-7-5550-3601-2

Ⅰ.Ⅰ247.5

中国国家版本馆 CIP 数据核字第 2024KK4668 号

**脉象**

杜开春　著

**出 版 人**　林　滨
**责任编辑**　刘含章
**出版发行**　海峡文艺出版社
**经　　销**　福建新华发行(集团)有限责任公司
**社　　址**　福州市东水路 76 号 14 层
**发 行 部**　0591－87536797
**印　　刷**　福建新华联合印务集团有限公司
**厂　　址**　福州市晋安区福兴大道 42 号
**开　　本**　720 毫米×1010 毫米　1/16
**字　　数**　166 千字
**印　　张**　14
**版　　次**　2025 年 3 月第 1 版
**印　　次**　2025 年 3 月第 1 次印刷
**书　　号**　ISBN 978-7-5550-3601-2
**定　　价**　60.00 元

如发现印装质量问题,请寄承印厂调换

# 目　录

# 第一章
# 沉 浮

## 麻

在街上开小菜馆的小雪现在是金三指的老婆。金三指是这一带著名的中医师，小雪的菜馆便有了特色经营，推出四季药膳。

这里的人将教师及医生叫先生。金三指姓金，看病用三根手指，人们叫他金先生或简称金先，背后都叫他的雅号金三指。中医看病与西医不同。大概西人性直，没看见的就没敢看。拍片，B超，CT，磁共振，心电图，脑电图，胃镜，肠镜，验血，验屎，验尿。毕竟人命关天，机器能看的就叫机器先看。外人看来，中医简单，没有那些弯弯绕，三根手指一横，一搭，是风，是寒，是暑，是湿，是燥，是热，了然于胸。小自头疼脑热，咳嗽流涕，大到半身不遂，屎尿不通，通通看。要讲中医简单，金三指会生气。一个咳嗽，中医要分寒热，寒咳热咳，有痰无痰，痰白痰黄，痰稀痰稠。然后辨证施治，对症开方。症分虚实，实则泻之，虚则补之，寒则热之，热则凉之。好好的一个人，也要分阴阳，或阴虚阳虚，或阴阳双虚。人病了，总有一处是虚的，气虚血虚，肾虚脾虚。中医就是自己在气血，阴阳，表里，虚实里，加上五行相生相克，绕来绕去，先自身绕明白了，看起病来就简单，没让病人麻烦。西医是让病人在那些机器之间绕来绕去，等病人绕晕了，他才明白。金三指看病似轻描淡写，三指横搭，嘴上照样跑火车，天南地北，家长里短。中超联赛，发挥失常，没砸电视，摔杯有吧。不然是经常出差，晚上没眠，或与老婆吵架，心生闷气。不然是多吃寒凉之物，或多吃大热之物，脾胃失调。如此等等，病就来了。聊着聊着，病看完了，开药。一个病人说，金先你违反纪律，小心了。金三指笑说，处方笺巴掌大，能写大字吧，药房看懂就行。病人说，不是，要小心。金三指说，甚。病人说，你工作时间聊天讲古，效能办的来看病，要扣你绩效分。金三指故作小声说，效能办的都去看西医。

　　在这里，上至县长，下至扫街工人，没见过也有听说过金三指的名头。市井百姓，头昏肚痛，懒得去检这个验那个的，就都去找金三指开两帖中药。达官显贵，酒后口干目赤，闲坐无聊胸闷者，将手伸给金三指，等那三指一扣，交流些坊间笑话，几个黄段子，出个方子，就安心回家睡觉。金三指人脉广矣。

　　农历的月底要比平时忙些。平时小雪都在后厨做药膳，店面的生意服务员小胖完全可以应付。这街上的人好像约好了的，到了农历月底都纷纷进店消费，有现吃的，也有打包的，小雪就不时要到前店帮忙。都说忙经常是凑在一起的，这话没假，小胖总是在农历月底请两天假。小胖手脚勤快，平时干活没计较力气，脏活累活抢着干，小雪总是往她的工资袋里多塞两张。小雪问她，她只说是身体没爽。小雪说，没爽叫金先看看嘛。小胖没话，红着脸走开。小雪心想，是女人病吧，就没再细问。

　　小雪婶子，打五份生脉老鸭汤。小雪抬头，见是拳头师的徒弟，一个腼腆的后生。后生掏出两张钱，小雪说，收回去，我记拳头师账上。小雪打好包，装入一个大塑料袋里。后生将钱放在柜台上，伸手要接袋子。小雪捏起钱，丢入袋子里，拎着出店门，挂在后生骑来的摩托车手把上，朝愣在店里的后生招手，说，快回去，鸭汤凉了没好吃。后生跺着脚说，回去让师父骂死。小雪说，拳头师的嘴就爱骂人，叫他来骂我。还要我给你送去吧。

小雪的老公打伤人，跑得没见人影，几年过去，没知死活。金三指的老婆早年跑去深圳，更是一点消息也没有。社区向大妈拉小雪去找金三指看病，看了几次，两人的眼神就有点黏，向大妈哪里没晓得，就说，一个老公跑了，一个老婆跑了，抬佛公去找，找得到吧。和谐社会，要互帮互助。老板和拳头师也一齐促合，这事还真成了，两人办了手续，住在一起。早些时候，小雪在金三指和老板的资助下，开了个小饭馆，外加送酒菜。老板说，生意就要做没人做的。向大妈说，对了，资源要整合，放着金先这块招牌，没用可惜。拳头师说，怎么整合，叫金先来饭馆开诊所吧，牛头没对马嘴。老板大笑，说，就你这智商，摩托车修得好吧，还敢收徒弟。向大妈说，拳头师是手脚厉害，外加一张嘴也厉害，头壳却是木头凿的。拳头师张嘴无话，一对眼珠子乱转，看看这个瞅瞅那个。金三指拉拳头师坐下，说，这个主意好，我们四季药膳做起来。拳头师一拍大腿，说，原来。

老板出面，将旁边的两间店面盘下，加上小雪原来的这一间，三间店面打通，墙壁重新粉刷油漆，看起来堂皇。添加了些桌椅，招了小胖当服务员，安了空调风扇，台子是搭起来了，戏要金三指和小雪两人唱。金三指负责配药，药与时令相符。金三指是这一带出名的中医。中医讲天人合一，人是自然界一分子，与自然共生共存。四季与五行与人体脏腑关系密切。春季在五行属木，木对应的脏腑是肝，肝喜条达，喜舒展，所以春季就做疏肝解郁的药膳。夏季五行属火，对应的脏腑是心，心要安宁，夏季的药膳以宁心安神为主。夏末初秋叫作长夏，属土，土对应的是脾，脾气宜清升，此时节要做芳香醒脾的药膳。秋季五行属金，金对应的脏腑是肺，肺喜润恶燥，所以秋季的药膳要有滋阴润燥的功效。冬季五行属水，水对应的脏腑是肾，肾喜温恶寒，药膳当以护肾补精为宜。目下是夏天，天气热，人体阳气正旺，但阳气浮游于体表，易随汗液排出。出汗过多，伤阴伤津，人难免心悸气短。如是，可服用生脉饮。金三指就用生脉饮的配方，人参、麦冬、五味子，与老鸭炖汤，人参大补元气，麦冬滋阴增液，五味子甘酸敛汗。此药膳就叫生脉老鸭汤，对气阴两虚引起的胸痛胸闷、心悸气短有很好的辅助治疗作用。小雪负责烹饪药膳。药膳药膳，以膳为主，以药为辅，就是讲，口味第一重要，好吃才有回头客。每做出一款药膳，小雪总先请老板、拳头师和向大妈来试咸淡，听他们评头论足，指出种种不是，然后依言改进。有时做多了，也叫隔壁店里的人来帮着吃。当然他们也只是帮着吃，没敢提意见，只有小胖吃得最认真，别人三两口吃完了，她碗里还有一半多。放下碗总会讲几句心得体会。

　　金三指晚上无聊，就到小雪店里坐坐，顺便帮一把。一女子进店，要打包一份生脉老鸭汤，说是老爸这两天胸闷心悸，听人讲吃这老鸭汤有效果。金三指说，先打住，请你老爸来让我摸摸脉，再作决定，可以吧。女子说，你就是金先吧。刚好要找你，没时间去医院。金三指说，甚。女子说，我这腿痛了两年了，从这到这，骨科先生检查过的，讲是坐骨神经痛，却总没医好。金三指看女子比画，疼痛部位从右臀部起，向下延伸到小腿，说，这时痛没。女子说，有时痛，有时没。金三指示意女子坐下，三指横搭脉，感觉脉虚，叫女子伸舌头，但见舌质淡，苔白。女子说，金先，我这是坐骨神经痛吧。金三指说，那是西医的讲法，中医叫寒湿瘀滞。你痛的这个部位，刚好与足太阳膀胱经重合。天冷时更痛是吧。女子说，是。金三指说，寒湿瘀滞这条经络，所以痛。女子说，先生的话，没晓得听。怎么办。金三指说，我用桂枝汤加减，可以祛你腿上的寒湿。顺手扯下一页菜单，掏笔反面写下：桂枝12g，白芍24g，清风藤10g，独活8g，威灵仙10g，牛膝10g，苏木12g，炙甘草8g，生姜5g，大枣8g。女子接过方子，说，诊金多少。金三指说，免。女子说，金先有卖药吧。金三指说，没。女子说，那我多带两份生脉老鸭汤去。金三指说，没敢。吃药膳也讲对症，没对症会吃坏身体。女子说，叫金先义诊，真没好意思。金三指笑说，带你老爸来看看。女子说，金先真是认真，药膳没敢随便卖的。

这天小胖来上班，一个人高高兴兴、精精神神的，没有一点生过病的样子。到了下班时，小雪把她留下来拔鸭毛。这时节天热，生脉老鸭汤卖得好，小雪就多杀了几只老鸭。两人一边拔毛一边聊天，聊来聊去，自然就聊到小胖的病上去了。小雪问得急了，小胖才说丢人。小雪说，是病就要看，做贼做婊才丢人，生病没丢人。小胖说，唉。小雪说，我当年得了寒病，每月总要痛几天，头壳痛肚子痛，一痛起来没敢下床的，痛得连孩子都没怀上，当时也是寻死寻活的，还好向大妈带我去找金先，吃了几帖药，好了。小胖说，我这事要是讲给金先听，一定把他笑死。小雪说，金先是先生人，甚病没见过，哪里会。讲来听听。小胖说，讲起来也简单，就是每到农历月底，头就晕，就爱困，手脚无力，有时全身酸痛，过两天，自然好了。奇怪吧，笑死吧。小雪说，我当时也是像你这款的，每月痛几天，金先讲是寒，你也是寒吧。小胖说，寒没寒我没晓得，我的病应该是麻秆引起的。小雪说，麻秆打你了，他敢。小胖笑说，怎会呢。小雪说，那是。

麻秆是小胖的老公。麻秆自小是个孤儿，向大妈给他办了一份救济，每到饭点，向大妈就把他拉到镇政府食堂吃饭。食堂师傅有意见，向大妈说，社会主义可以饿死人吧。三四十人的食堂，一人少吃一口，就能把他的小肚子撑破。免讲了，我明天把他的救济款转过来。

向大妈心里有一本账，哪家孩子是独生的，孩子有多大了，隔些天就去哪家，说，有孩子过季的衣服，过小的鞋子，要当破布卖的，我收购，要学雷锋的，我登记。人家一听就晓得向大妈的意思，都会捐出一两件旧衣服，或是一双褪色的鞋子。麻秆就是这样穿了百家衣长大的。麻秆自小瘦瘦弱弱，性格内向柔软，个子倒是会长，只晓得向上长，忘了横向发展，取类比象，人们都叫他麻秆。麻秆书读得没好没坏，大学没考上，向大妈把他叫到社区当杂工，总算给了他一只饭碗。做了几个月，交警招收协警，向大妈带他到交警大队，三讲两讲，成了。领回警服的那天，向大妈把麻秆叫到面前，说，你现在是警察了，免管是正警还是临时工，总有一身虎皮穿。你要记得你是穿过百家衣的，这街上的阿伯阿婶，都是你的父母。后生姑娘，都是你的兄弟姐妹。你今后要是打人骂人，欺负人民群众。向大妈扬起巴掌说，我敢打警察。麻秆频频点头，眼眶红红。

麻秆穿上警服上班的第一天，感觉好极了。领导让他管一条街，他早早就去了，从街头走到街尾，从街尾走到街头，全身都是力气。他自小个子单薄，言行自然低调，经常受同学欺负，现在穿上了警服，似乎是把正义和力量穿在了身上，感觉时时有万丈光芒从他的身上迸发出去，闪闪发亮。要把这种光芒照向所有需要的人。哪处人车稍多一点，他就急急跑到哪处，一阵比画。看着人车从他手指的方向慢慢流走，他觉得自己干了一件很有意义的事。他甚至希望街上不时有一两处堵一堵，好让他有事做。看到街是直的，各个路口也是通畅的，他有些失落。临近换班时，路口蹲着一个女生。走近一看，女生皱眉捂腹，嘴里嘶嘶有声。麻秆弯腰说，甚。女生说，要去办事，肚子忽然痛，急死了。麻秆说，可以坐摩托车吧。女生点头。麻秆三步并作两步，跑到岗亭，骑来摩托车，将女生载到医院。挂号处人说，门诊医生大都下班，怎没早来。麻秆扶着女生，在候诊大厅四处张望，忽听挂号处人说，警察哥警察哥，刚好金先来了，叫他看看。麻秆转头，见一中年人朝他们走来，就说，是金先吧，麻烦你了。金三指说，甚。女生说，肚子痛。金三指让女生在椅子上躺平，双手按肚子，说，吃甚。女生说，吃粥。金三指说，这里痛吧。女生说，没。金三指说，这里有吧。女生说，没。金三指又按了几处，女生说，好像有，又好像没。金三指改掌为指，搭脉。片刻，说，是隐隐痛吧，痛处没固定。女生说，是。金三指扭头说，警察哥，女朋友吧，很漂亮的。麻秆红脸了，说，哪里是。金三指说，同学吧，亲戚吧。麻秆说，哪里是。金三指说，老实讲，我才晓得医。麻秆脸红脖子粗，说，街上捡来的，我真真没晓得是谁。金三指笑说，呀，街上有女生可以捡。你明天帮我捡一个好吧。女生捂脸大笑，麻秆也笑。笑毕，金三指说，肚子还痛没。女生摸摸肚子，坐起来，说，真的没痛了，金先真厉害。以前只是听说，这时亲身体验。金三指笑笑，摇手。女生说，金先怎医的，气功吧。金三指说，你的肚痛，并非器质性病变，是功能性的。就是讲，是精神因素引起的，比方讲，压力呀，紧张呀，忧虑呀等等。我讲几句笑话让你笑笑，缓解紧张情绪，病自然就好了，哪里气功。麻秆说，金先实在伟大，医病免吃药的。

麻秆将女生送回家，两人互留了电话。麻秆这才知道，女生的小名叫小胖。两人花前月下走了一段时间，就结婚了。麻秆是个孤儿，婚后就住进小胖的家里。

麻秆工作认真积极，他管的那条街秩序井然，得到领导的表扬，他很有成就感。可惜好景没长。那天他刚到街上，就看见几辆摩托车箭一般地在街上飞来飞去，吓得行人慌忙躲避。麻秆急了，拦下最后一辆，正准备讲两句，其他几辆摩托车纷纷靠过来，把麻秆围在中央。麻秆一看，有两个是他以前的同学，大个子叫臭头定，小个子叫矮子坚。在学校里这两人经常合伙欺负他。麻秆依规行事，立正敬礼。臭头定旋腿下车，走到麻秆面前，一手摘了麻秆的帽子，食指弹了弹帽子上的警徽，说，呀，麻秆当警察了，出色呀。矮子坚说，麻秆，别的段管得严，我们在你这段耍几下过过瘾。你先去别处走走，莫在这里碍事。麻秆说，街上人多，万一出事，哪里行。帽子还我。臭头定把帽子甩给矮子坚，矮子坚又把帽子扔给另一人。帽子在他们手中飞来飞去，麻秆哪里够得着。麻秆火了，说，你们这是妨碍公务。众人一愣，将帽子塞给臭头定。臭头定说，哇，来真的了。好，在街上叫妨碍公务，晚上去你家敲玻璃没叫妨碍公务吧。走。说着，将帽子歪扣在麻秆头上。麻秆晚上回到家，心里闷闷不乐，小胖问他，他把事讲了。小胖一惊，说，街匪路霸的，得罪了，家里母鸡小鸡都难养吧。正说着，窗子啪的一声，玻璃碎了，一阵杂乱的脚步声消失在巷子尽头。小胖又是一惊。麻秆抱住小胖，感觉小胖身子微微颤抖。麻秆说，免惊，总有办法的。小胖说，我就是惊心。明天去向领导辞了吧，咱别做这个工作可以吧。麻秆说，尽讲瞎话，辞了，叫向大妈骂死。小胖说，可是。麻秆说，别想过多了，睡一觉，明天就好了。

　　小胖一夜没眠，又没敢翻身，怕把麻秆吵醒，麻秆白天上班，街头路尾值勤，要站一整天，辛苦的。小胖是独生女，家里无男丁，爸妈原指望她嫁个警察，免惊外人欺负，没想到麻秆会去得罪那些恶人。往后的日子怎么过呢。第二天起床后，麻秆已去上班，小胖觉得头壳昏昏沉沉的，全身无力，甚事都没爱做，干脆又躺回床上。一天到晚，饭也没吃几口，就是躺着。

　　小雪说，怎没去医院。小胖说，去了，吃了药，当时好了，只是以后每月月底总会再犯两天。两天过后，甚事没有。小雪姐，你讲，丢人吧，一个警察，让一群歹仔戏弄欺负，讲出去把人笑死。小雪说，歹仔真敢死，总有一天政府会收拾的。小胖说，还有更丢人的，干脆都讲出来，藏在心里难受。小雪擦了一把手，抓着小胖的肩膀，说，慢慢讲，我听着。小胖说，麻秆性直，认死理，遇事没晓得变通。街上一处路窄，偏有一辆车经常停在那里。麻秆走过去，敲窗敬礼，让车开走。司机下车敬烟，麻秆摇手。司机讲你晓得这是谁的车吧，麻秆讲没晓得，这处路窄，容易堵塞，没敢停车。司机讲这是局长的车。麻秆讲谁的车停这处，路都会堵。司机讲局长当年干过轰轰烈烈的大事，落下一身毛病，手脚无力，我车停这处，他可以少走几步。后面来了几辆车，拼命按喇叭。麻秆讲，快开走，路要堵了。司机讲，过两分钟，局长就出来了，堵一会儿没要紧的。喇叭声一阵紧过一阵。麻秆掏出单子讲，再没动，我贴单子了。司机指着麻秆的臂章讲，这两个字，认得吧，协警。协警协警，临时工嘛。明天我叫局长把你调到我们单位，你就变成我的手下，我天天安排你扫厕所，你信没信。在这个小县城，我们局长甚事没法做到。麻秆无话，把单子贴车窗上，转身去疏通人车。小雪说，麻秆辛苦了。小胖说，我这病，就是为麻秆操心操来的吧。

有人在前店叫金先金先。小雪出去一看，是个熟客，六十多岁的老汉。老汉说，没好意思，打扰了，金先在吧。小雪说，没。甚事。老汉揉着肩膀说，那我明晚再来。小雪说，肩膀痛吧，我叫他，来都来了。小雪掏电话打了。老汉坐下，一直说没好意思没好意思。小雪沏一杯茶给老汉，转身进后店。没多久，金三指来了。老汉起立说，叫金先辛苦了，我肩膀又麻又痛。金三指说，坐下慢慢讲。老汉说，前些天，我那没做人的小子，把摩托车当飞机开，在街上把人蹭了，人家告到家里来了，我一时火气，甩那小子一巴掌。金三指说，结果，你肩膀伤了。老汉说，哪里是。那晚天热，我吹一个风扇，眼一眯，睡过去了。第二天早上起来，肩膀麻麻的，没当回事，没想到一天比一天麻，后来还痛了，你看，我手都没法伸直。金三指扶着老汉的胳膊，做几个动作，边做边说，痛吧，麻吧。毕了，金三指坐下，说，你这个肩膀，应该去看骨科，骨科先生比我办法多。老汉说，看了，好了一阵，又来了，总是没法断根。金先，我是相信你的，连你也没办法，我就认命吧。金三指说，感谢感谢，我试试看。说着，横指搭脉。一袋烟工夫，金三指松手，去取纸笔。老汉说，金先，有救吧。金三指说，局部血流没通，寒邪痹阻，经脉失养。老汉说，先生话。金三指说，相当是讲，一方面气血少，一方面受风寒。老汉说，奇了，别人吹风扇好好的，我吹了就受风寒，大热天的，金先有解释吧。金三指说，别人气血足嘛，气足血足，就没惊风寒。你脉细无力，舌淡苔白，是气血亏虚，一吹冷风就出问题。老汉说，事大了，往后风也没得吹，热死了。金三指说，免惊，我将你的气血补足，顺便将风寒风湿祛了，筋骨强了，病就好了。老汉说，我就讲嘛，金先有办法的。

金三指说，你儿子还骑摩托车吧。老汉说，我用铁链锁了，哪里能骑。转小声说，还骑，我的脊梁骨要叫人戳断。到时，没单单肩膀痛的。

老汉走后，小雪带小胖出来，简单讲了病情。金三指问了几句，说，固定月底发作的，我倒是没见过。手给我。金三指三指扣脉，眼微闭。小雪坐在小胖身边。夜已深，偶尔有摩托车突突突飞过。金三指松手，说，张嘴伸舌。对了，舌苔淡红，脉弦细而紧，是肝郁，要疏肝解郁。小胖说，固定月底两天发作，多少奇怪，请金先上课。金三指说，这是问题的关键。月有圆缺，圆为阳，缺为阴。你想，农历月底是甚，是由阳走到阴。农历月头是甚，是由阴走向阳。月初和月末，相当是讲，是阴阳交替之际。你看那海水，涨潮退潮，是甚，月象决定。人的气血，也与月象变化相关，月底月头，月象阴阳交替，人的气血运行也跟着进行阴阳转换，转换期间，身体最容易出问题。小雪说，月亮归月亮，身体归身体，一个天上，一个地上，怎就相关。金三指说，中医常讲天人合一，天就是自然界，人就是你我他。自然界怎样变化，都会影响人的身体。比方讲，春天，万物生发，树木花草都要生长，小孩子也在这个季节长得最快。夏天，天热，人也要跟着流汗。小雪说，晓得了，免讲了。疏肝解郁，柴胡吧。金三指说，对。用小柴胡汤化裁，只是柴胡，势单力薄，还要加些行气补血的。单是小柴胡汤，可以疏肝解郁，调和肝脾，畅通阴阳，这是主。增加丹参活血生新，加菖蒲化痰开窍，加茯苓来健脾利湿行气，加竹茹清热化痰，加陈皮行气燥湿，如此，则脾气得升，气血有固，阴阳调和，肝郁可解。药方组合，如同穿衣打扮，方方面面都要照顾到。拿纸笔。

麻秆把一条街管得井井有条，哪个时段人流多，哪处容易堵，他心中有数，早早做了安排。拳头师的修车铺就开在这条街的尽头。街延伸出去，就接到公路上了。夏日里，每看到麻秆巡逻到这里，拳头师就打一大缸凉茶，叫徒弟端给麻秆喝。都说练武的是粗人，却没晓得拳头师的眼睛比贼亮，他看到麻秆走路比以前慢得多，这种慢并非漫不经心的慢，而是一种负重般无力的慢。麻秆遇到老人或孩子时，还会像以往那样笑脸相迎，但此时的笑也显得勉强，笑了一下，马上凝固。拳头师想，下次遇到向大妈，要好好问一下。

有几辆摩托车从公路呼啸入街。麻秆大喊停下停下，开步就追，可只迈开两三步，一个人就瘫坐在街心上。那几辆摩托车见状调过头来，围着麻秆绕圈。拳头师一看，感觉要坏事，就大步跑过去，说，甚，甚。那几辆摩托车见到拳头师，打了个招呼，骑走了。拳头师扶起麻秆，说，伤哪里了。麻秆说，没，我自己摔倒的。拳头师说，怎会。麻秆说，这些天，腿麻。两条腿好像是别人的。拳头师说，原来。又说，我载你去医院吧。麻秆说，免，街上没人看着，会乱。腿只是麻，没痛，慢慢可以走。拳头师说，世界上我最佩服两个人，一个是老人家，一个是金先。你请个假，我带你去看一下，没敢大意的。两人讲了几句，见向大妈急急赶来。向大妈说，伤了没，听人讲摩托车闹事，你躺街上了。麻秆说，哪里伤了，没影的事，我自己腿麻了。拳头师说，我在这里，摩托车敢来闹事，没把村长当干部是吧。向大妈笑说，忘了你是专门修理摩托车的。拳头师说，玩笑归玩笑，麻秆的腿有问题，要去叫金先看看，没大事才敢放心的。向大妈说，是哟。拳头师招手，徒弟拿来一条长凳。拳头师说，向大妈你先回去，我陪麻秆这里坐坐，顺便当一回警察。哈哈。

晚上，小雪做药膳的后店，麻秆夫妇、向大妈、拳头师等人都来了。金三指的面前放着一个小布包，小雪在泡茶。拳头师站起来说，麻秆，往后晚上有空闲，到我铺子去，我教你三两招。麻秆说，甚。拳头师说，看你细手细脚的，跟我学几招，再遇到那些刺头，免惊的。麻秆说，学两招，肯定是好，感谢叔了。讲到对付那些人，我觉得还是用法律比较有力。金三指鼓掌，说，后生可畏。向大妈说，王婆卖瓜。拳头师，你还是滋阴没到位的，改天叫小雪专门做个滋阴的药膳，你天天要吃。小雪笑说，好了好了，先看病吧，麻秆坐过来。麻秆应声坐在金三指身旁，将手放在那个小布包上。小胖站在他的身后。金三指横指搭脉，说，多久了。麻秆说，一两个月了。金三指说，怎个麻法。麻秆说，刚开始只是脚麻，慢慢地麻到小腿，现在连大腿也麻了。以为是路走多了，累的，休息两天就是好了。金三指说，换一手。麻秆依言，侧身换手。金三指扣脉蹙眉，无话。许久，放手起立，丢下一屋子人，独自踱步出屋。一屋子人面面相觑。在他们的头壳里，金三指就是一个神医，多少复杂凶险的病，他都能一眼洞察，药到病除。那时老板讲是胃痛，他一搭脉，就讲是冠心病，救了老板一命。麻秆的腿，能比冠心病复杂吧。小雪说，大家吃茶。麻秆说，叫金先劳心了。拳头师说，干脆，晚上跟我练拳头，我们练武的人，个个铜筋铁骨，哪里会麻。小胖说，我吃了金先的药，身体好多了。向大妈说，拳头师，你天天讲世界上你最佩服两个人，忘了。金先遇到难题，要思考，很正常嘛。要顾大局，莫讲消气的话。

金三指带一阵风入屋，抓起麻秆的手，说，烈日下曝晒，下班回来，身上热极，急急就开空调，吹冷风，有吧。麻秆说，正是。太阳底下晒了一整天，又渴又热又累，一回到家，空调加风扇，冷水大口喝。奇怪，金先看见吧。金三指说，把锅烧红了，突然倒一瓢冷水进去，怎样。小雪说，爆裂呀。金三指说，对呀，若只是撤火，让锅慢慢冷却，没倒入冷水，没事的。热锅让冷水一激，水火没相容，必然激荡，必然坏事。身体也是如此。腿麻，风寒入侵，可以。血虚失养，可以。营卫不和，可以。但麻秆的脉象是沉紧有力，这是我没想通的地方。若是风寒入侵，脉浮。若是血虚，则脉沉而无力。我讲了麻秆是脉沉紧有力。脉沉是甚，是邪气压住了正气，正气的手脚被束缚了，难以运行。脉紧是甚，是阴多阳少，寒凝于里就会脉紧。这个脉象的意思，就是讲，麻秆体内的正气与邪气相互斗争，邪气略胜一筹，形成了里寒。拳头师说，妙呀，金先好分析。现在根源找到了，如何下药。向大妈说，拳头师就是嘴尖，金先没讲完你就插话。金三指说，单是祛风寒可以吧，错了。单是养血柔筋可以吧，也错了。单是温经通络可以吧，同样是错。怎么办。中医有一句话讲，正气存内，邪不可干。相当是讲，行气最重要，要在散寒的同时行气，让气机正常运行，正气才能放出来。我选一个古人治中风的方子吧。众人齐说，呀。小胖从背后抱紧麻秆。金三指说，还没讲完整，就是用古方加减化裁，这个方子叫乌药顺气散。小胖手上早就拿着纸笔，金三指接过，边写边讲，乌药，枳壳，橘红，这三味药是行气的，以乌药为主，行气散寒。行气是甚，行气是关键。麻秆体内的正气是有的，只是受到束缚，没法动，行气就是叫正气动起来。只要正气动起来，就能把寒邪驱赶出去。麻黄，白芷，桔梗，生姜，可以散寒解表，僵蚕，川芎，祛风通络。散寒解表是甚。解表，就是把体表腠理打开，叫寒邪有路可逃。祛风通络，就是铺路搭桥，叫正气畅通无阻，正气通行无阻，歪风邪气自然四处逃窜，无影无踪。这两组药，就像两支军队，各自为战，又互相配合，最后大获全胜。众人鼓掌欢呼。小胖又紧紧抱住麻秆，泪流满面。拳头师说，金先的理论实在高明，正气存内，邪不可干。

打拳也一样，这一拳打出去要有力量，肚子的气必须要足，拳到气到，气到力到。向大妈说，三句没离本行的。社区工作也是相同，正气树立，邪气自然靠边。小雪说，麻秆确实辛苦的，工作累，还得时常对付那些恶人，最恶心的是那个司机，他要把麻秆调去扫厕所。向大妈说，厕所总要有人扫，只是太欺负人了。拳头师站起来说，官大一级压死人吧，这口气我没法咽下去。麻秆，我给你讲，他要是真敢调你，你干脆去我修车铺，修车练拳头，自由自在。这个社会，哪里会饿死人。麻秆谢过拳头师，对金三指说，金先，等我腿好了，再找您讨个方子。金三指说，甚。麻秆说，增加记忆力的，叫头壳灵活的，有吧。金三指说，呀。

寒

几个月前的那个中午，金三指从食堂打饭回家，没见到儿子，感觉奇怪。摆上两只碗，两双筷子，掀开饭盒，一只手要盛饭，一只眼斜看门，还是没有儿子的脚步声，索性放下勺子，掏出手机打了。老师说整个上午都没见人影，我正要问你呢。金三指的头顿时大了，转身出门。

小县城的街道也是直的。金三指跑到街上，一时没晓得该朝南还是往北。天真冷，天上扔雨子，地上湿了。

金三指打个哆嗦，呵气擦掌，脚踏细步，两眼在街边扫来扫去。这种天气，街上人没多。服装店，电器店，茶叶店，糕饼店，小菜馆，门都开着，却无精打采。一家音响店声音很大，唱北风那个吹，算是应景，金三指不由地缩了缩脖子。街上有人打伞，有人没打伞，没打伞的两手拎起裤脚，缩头提肩，踮步三跳两跳，穿过街。一辆摩托车嗖地从身边滑过。

金先没惊雨，出诊还是约会，头毛都贴脸了，快进来擦擦干。金三指循声扭头，看见小雪在自家菜馆门前招手，就抬脚进店。小雪从隔壁理发店抽一条毛巾来，按住金三指的肩膀一下一下地擦，又叫服务员倒一杯开水来。金三指闭着眼把儿子的事说了。小雪说你吃几口暖暖身，我同你去找，就这两条破街，还藏得住人。金三指说，你要看店。小雪说，这时没客，免惊。金三指无话。小雪说，他与哪些同学走一起，人家今天有上课没。金三指说，急了，没问老师。小雪找来两把雨伞，打开一把，放金三指手里，自己撑一把，一同上街。

街拐角有一家游戏机店。小雪说，他打游戏机吧。金三指说，在家里倒是没见。两人进店，一个跛脚老头衔着香烟迎上来。小雪说，生意好吧。老头说，刚才还有几个，这时只剩一个。金三指四面看看，确实只一个戴眼镜的孩子在玩。金三指说，我儿子有来吧。老头摇头，走过去问眼镜话。眼镜没理会，双手在键盘上忙碌。老头歪着身子贴到电脑边，一巴掌捂了屏幕。眼镜急了，说，输了你赔。老头说，金先找人呢，知道快说。眼镜说，早起有来，没打，坐着看黑狗打。金三指说，后来呢。眼镜说，黑狗接电话，走了，他跟黑狗走。好了，手伸去。老头缩回手。金三指抽出一百元，放在键盘上，说，去哪里了。眼镜说，叔，我真真没晓得。

两人出店。小雪说，跟黑狗走一起，要小心。金三指没话。小雪说，报警，可以吧。金三指说，情况没明，虚实没清，没敢落笔开方。小子贪玩，或本没甚事，报警了，弄得满城皆知，让人笑死。小雪说，也是。雨大了些，风吹来，钻入领口，像有人扯开领口倒入一股冷水，冷极。一条街走完，两人转身走，不久，抬头见小雪的菜馆，小雪拉金三指进店，坐下。店里冷清，只服务员独自无聊搓掌。金三指脸色青冷，神情沮丧。小雪说，未吃吧。金三指掏出手机，说，糊涂了，怎么忘了一个人。小雪见状走开。

厨房连在店后，仓库连着厨房。仓库一角支着一张简易的床，床上躺着小雪的婆婆，婆婆在看电视。家里没人，每天早上，小雪用车把婆婆推来，晚上再推回去。小雪进仓库拿了一包面条，走两步折回，换了面线。面条硬，难煮，面线细，一滚就烂。

小雪端一碗面线糊放桌上，说，天冷，吃两口。金三指捏着手机，两眼无神。小雪说，嘴唇都紫了，快吃。金三指说，怎吃得下。小雪说，吃不下也得吃。金三指一愣，这话他说过的。

小雪还是姑娘的时候，就经常头痛，一个月痛一次，一次痛几天。刚开始只是隐隐作痛，还能忍。嫁人后，好了一段，只是一年两年，肚子平平，婆婆急，老公气。老公的拳头常往她身上招呼，头痛就又来犯，一次比一次重，后来连肚子也痛，痛起来，人没敢下床。老公更气，夜夜不回家，不管家，没晓得在外面做什么。婆婆只能抹泪，没办法。小雪没了工作，家里米缸很快见底。老公高兴了，叫人拿几个钱来，不高兴就没有。小雪与婆婆有一顿没一顿。社区向大妈说，这是甚事，尿盆破了也得补，何况身体。拉了小雪去看金三指。金三指一搭脉，啧了一声，说，怎没早来。向大妈说，怎没早来怎没早来，你们做先生的，就爱讲这句，人民群众要是晓得，要你们金先银先铜先做甚。金三指笑说，果然社区大妈，去朝阳区进修的，厉害厉害。向大妈说，免啰唆，是甚病，你晓没晓得医。金三指说，寒。向大妈说，好好一个人，没喘没抖，怎就寒了。金三指说，你先生还是我先生。向大妈说，你先生你先生，骄傲了。金三指说，寒邪入侵，损伤阳气，阳气不振，经脉阻滞，气血运行不畅，不通则痛。早时，寒气伤表，好治，喝几碗生姜小葱汤，就能散寒。现时，寒邪入里，要费周折。小雪小声说，先生，我没钱。向大妈说，是了，小雪三顿没两顿，你敢开鹿茸洋参虫草，我找纪委举报。金三指把处方笺转个方向推给向大妈，说，你开。向大妈说，我开，你签字。小雪拉了向大妈的肘说，咱回吧，莫为难先生。向大妈抖抖肘，将处方笺推回金三指面前，说，肚痛头痛，一身没一处好，丢了工作，老公打骂，苦日子，我三天两头跑她家，你没可怜。医得好，找到工，老公欢喜，要回家，一家人就活了。金三指接过处方笺，说，医没好呢，你去举报。向大妈说，没晓得你肚量小，没得开一句玩笑。金三指笑笑，在处方笺上写下：干姜6g，灸甘草10g。撕下，给小雪。向大妈伸出两根手指，说，就这。金三指说，还有。

　　金三指拿来一支艾条，点燃，让小雪坐下，翘起一只脚，说，这是足内踝，往上六横指，用你的六个手指并排，量，对了，这点叫蠡沟穴，每天灸一次，像我这样。金三指示范，艾条移近小雪的小腿穴位。小雪喊一声烫。

　　小雪说，没烫了，吃吧。桌上的面线糊没见热气。金三指端起碗，浅浅吃一口，说，我刚才打给拳头师了。小雪说，找他最对路，他怎说。金三指说，他随时叫人去找。小雪说，应该可以放心的，你多吃几口。手机响起，金三指接了，嗯唔几声，挂断放下。小雪说，谁，拳头师吧，有消息吧。金三指说，没啦。同事看我没上班，打来问一下。小雪说，莫管了，你吃饱些，你不是为自己吃的。金三指顿时觉得喉咙哽噎，连忙吃一大口冲下。

你不是为自己吃的，还有刚才那句吃不下也得吃，都是金三指那晚对小雪说过的话，小雪怎的把这两句话丢耳朵里藏了这许久呢。

小雪的痛，在金三指的调理下，缓解了许多，却总有个病底，没好利索，遇寒还痛。小雪说，金先，没关系的，这点小痛，我能忍。金三指摇摇手说，叫病人忍，是先生没功夫。金三指看到，小雪脸色青白，头发枯黄，抓过手细看，指甲苍白无华，联想到小雪贫寒的家境，长期营养不良，这是血虚嘛，得补血，要祛风祛寒补血一齐来。上次看病时将就向大妈，未及细想，单就祛寒开方，小雪的寒当然要祛，但只祛不补，病根难除。金三指思之再三，选当归四逆汤，落笔：当归 12g，桂枝 9g，芍药 9g，细辛 3g，通草 6g，炙甘草 6g，大枣 8 枚。叫药房包来九帖，记他的账。小雪说，我以后还。金三指笑笑，无话。金三指忽地想到，小雪的身体要补血，血气充盈，方能驱赶寒气。中医讲究溯源。寒自何来，一是外界寒，寒凝血脉，一是自身虚，自身若强，寒气不侵。小雪气血为何亏虚，源于生活窘迫，日日担惊受怕，外寒加重内寒。外寒不消，内寒难除，只医身体，恐难善终。所以补血。当归活血养血，大枣补血，当归大枣犹如救灾物资，灾区路常没通，这时用桂枝。别看它取了个女人的名字，实则是个刚猛勤快的大汉。桂枝温经通络，逢山开路，遇水搭桥，硬生生开出一条通往灾区的路。经络既通，气血运行自然无碍，寒气败走也有门路。细辛像个细心的婆娘，顺着桂枝开出的路，一点一点地找，把隐藏在深处的寒气一把一把揪出来，祛风散寒。通草通草，上通下通，是个街道老太，善做思想工作，疏肝解郁。一个药方的组成，就像排兵布阵，各就各位，各司其职。桂枝不是主力，却是一支关键的奇兵。打通一条路，小雪自己就能走下去。小雪需要桂枝。向大妈也算是桂枝，可惜是薄薄的一片，药力不够。

用了当归四逆汤，没多久，小雪说没痛了，可钱还得欠着。金三指看到小雪神情抑郁，是通草药效欠缺吧。金三指这段时间比较忙，没有细究。晚冬时节，胸闷胸痛的病人多，门诊一天坐到晚，屁股难得离椅。一个有钱的大老板，当年走到鬼门关，是金三指将他拉回来的，目下一到冬天，自己就感觉心口堵。俗话说，有人万金，没人清心，老板亦然。老板心堵，就爱吃金三指的药，说，金先，我去医院看你要排队，没排队坏你的规矩，排队呢，浪费我的时间。我这个人你是晓得的，书读没几页，字识没几个，话讲起来没转弯，你讲，怎么办。金三指说，怎么办，我办。白天门诊排长队，我走开，别人骂你，晚上没人看见，我去。老板说，金先也是直人，我备两泡好茶等你。当晚，老板派车载金三指去。老板一手捂胸口，一手要泡茶，金三指说，好酒沉瓮底，好茶没惊晚，先摸脉。老板依言坐好，伸手绾袖。金三指横指扣脉，半晌，说，无大碍，天寒，血脉欠通。老板说，平平一个天，单寒我没寒别人，别人的血脉怎没欠通。金三指说，平平一个人，有的穷有的富，你怎就比别人会赚钱。老板张口无话。金三指说，个体差异。你属痰瘀体质，遇寒则堵。老板说，合该我堵，讲讲看。金三指说，你胖，自己看，肚子比老婆孕孩子大多少。胖人多湿，湿能生痰。老板说，越讲越错了，我嘴里干干净净，从没咳痰。

金三指笑说，此痰非彼痰。老板说，中医就是绕，痰叫痰，不是痰也叫痰。我穿了一身厚衣服，整天坐在屋里，有时走两步就流汗，你说我寒。金三指说，要上课吧。老板说，没敢与你绕，反正是你们先生说的才对，别人说的都没对。金三指笑笑。老板泡茶，两杯浅绿的茶汤冒着热气。老板说，上等的绿茶，一斤三千多哦。捧着都烫手的茶，我要是问你热还是寒，你一定讲寒。金三指说，还真是寒，质寒。老板说，我讲对了吧，先生就要讲先生话，别人没晓得才叫高明。本想问，我怎来的痰瘀体质，算了，你讲了我也没晓得。金三指说，你吃多了，别人吃稀粥，配青菜，你吃大鱼大肉。老板说，奇了，大鱼大肉吃了有力，怎就痰瘀了，我的船员，天天要大鱼大肉。免免免，你免讲了，讲了我也没晓得，越讲我越乱。晚上没事，常来坐坐，吃茶摸脉。金三指说，要开工资。老板笑说，工资小事。金三指说，还真有个事，要求老板。

　　金三指晚上常去老板家，自己骑一辆摩托车去。那晚，天真冷，金三指心里却是热的，他与老板说成了一件事。回家的路上，过石拱桥后，天上扔下些雨子，金三指下车拿雨衣，车灯一歪，照到桥下，水里有半截人影。大寒之夜，有人捉鱼吧。金三指心底一颤，硬着脖子朝水里开喉大喊，是人是鬼，是人上岸，是鬼隐去。人影无声，半晌，似有哭声传来。金三指心头方定，说，做医生的，治病救人，只在诊室，叫我下水救人，为难了。人影说，你走你的路，救人做甚。话被风吹过，听得隐隐约约，金三指觉得耳熟，就说，救人是天职，谁叫你给我看见，你不上来我下去。金三指披着雨衣，屈腿侧身下堤，脚下一滑，跌坐在地，叫一声哎呀。金三指说，甚事想没通，上来和我讲讲嘛。人影说，没路走了。金三指一惊，说，小雪，是你吧。小雪说，金先，你回去吧，这事你没法管的。金三指坐地上说，痛死我了，我苦，脚崴了。小雪没话。金三指说，小雪，我救过你吧。小雪说，是哦，下辈子报答。金三指说，下辈子谁晓得，今晚，你先救我一次，好吧。小雪无话。金三指说，脚在你身上，你要死，没人能拦，明天后天再死，一样的。今晚你先救我。雨小了些。小雪说，金先。金三指说，我无法走了，在这里坐，没到天亮就会冻死。就是没冻死，明天满城的人都会把我骂死，讲你金先白日全讲好听话，救死扶伤挂嘴上，一个好好的人在你面前死了，怎没去救，你说是吧。小雪说，金先。金三指说，你快载我回家，我天天要吃降压药，血压高了，没吃危险。摩托车会骑吧。小雪说，会。金三指爬了两爬，没站起来。一阵水响，小雪双脚淌水，上岸扶起金三指。雨没了，金三指脱下雨衣给小雪，说，穿上挡风。小雪开摩托车，两排牙齿打架没停。金三指说，冷，慢点。

　　进了屋，金三指找来老婆的衣服，叫小雪换。小雪无话，头扭向门边，开步要走。金三指说，换一身干净的衣服，死了做干净的鬼，清清爽爽，漂漂亮亮。到了那边，干净的衣服找得到吧。里间没人。小雪接过衣服，说，老婆呢。金三指说，早跑了，没听说吧。小雪说，孩子呢。金三指说，去爷爷奶奶家住两天。快去换了，我还有事求你。没多久，小雪从里屋走出，手里捏一团湿裤子，拿眼看金三指。金三指说，放地上，我要吃一粒降压药，可是肚子饿了，先帮我煮一碗面线糊好吧，很快就熟了，免多久的。金三指一瘸一拐带小雪到厨房，面线油盐味精指给小雪看，坐在桌边看小雪点火下锅。金三指说，先抓一把红枣做锅底，白罐子里就是，待出锅时加三片姜，生姜红枣祛寒。小雪依言。金三指说，那年，我在乡镇卫生院，孩子才四五岁，老婆嫌家里穷，跟人去深圳，就没回来，多少年了，没人晓得她在哪里，是死是活。小雪说，真傻了，金先多好的人。金三指说，讲你的事吧。小雪说，金先没再找一个。金三指说，怕孩子受苦。等孩子独立了，再说吧。讲你的。小雪双肩一抖，说，你没听说吧。金三指说，这些天带孩子回老家，今天刚返。小雪说，老公赌博输惨了，没钱还，来了一帮人，抢，家里本也没甚值钱的东西，床，桌，电视机都载走。晚上向大妈背一条旧棉被，一张草席来，我和婆婆打地铺。地上冷，没法睡，婆婆坐在地上一直哭。金三指说，老公呢，这个没做人的东西。小雪说，老公去把那人打半死，载去医院，听说没法活了，老公就跑得没见人影。向大妈说，没做人的东西也晓得跑，叫政府抓到，没枪毙也要判无期。金先你讲，我有活路吧。锅上起大烟，咕嘟咕嘟响。金三指说，熟了，加生姜，舀两碗，陪我吃。小雪摇头，无话。金三指说，你死了，婆婆能活吧，一死就死俩。快吃。小雪横袖揩泪，说，真真没办法，我怎吃得下。金三指说，吃不下也得吃，去照照镜，你面如白灰，那是气血衰竭的征兆。不吃，寒气把血脉冻住，仙来也没救。再说了，你不是为你自己吃的。一滴泪流到嘴角，小雪伸舌头接住。金三指推一碗面线糊给小雪，自己边吃边说，老板公司工人几百人，一半是单身，单身汉就爱吃两杯酒，约三两个好朋友一起吃。你吃呀，听见没，要胡椒粉吧，不要算了。单身汉爱吃酒，有时上街吃，有时带回厂里宿舍吃。在宿舍吃就要有人送。你看，街上的菜馆都没给客人送菜的。小雪低眉，吃一口面线糊。金三指说，老板讲，这就叫商机嘛，做别人没做的生意，稳赚。叫我讲，做生意就要像艾草。艾草贱，长得满地都是。医书上写，艾草通经络，活气血，祛寒祛湿止痛。艾草还有一个功效，走窜。艾灸只用艾草，怎没用稻草麦秆，艾草善走窜，烧别的草只有热，艾草能将热渗入体内，顺着经络走。小雪说，金先，降压药放在哪里，我去拿。金三指说，免急。我讲的你听晓得吧。小雪说，我去洗碗。金三指说，你想想嘛。小雪边洗碗边说，叫我去送餐，我十二分同意，免想也晓得。街上的菜馆都没做外卖，我想有用吧。金三指说，木头刻的头壳。小雪停手扭头，说，甚。金三指说，正是没人做外卖，才叫你开一间嘛。小雪回头洗碗，无话。金三指说，谁没晓得你没钱。老板后街有一间店铺，空着。拳头师以前办过培训班，剩下一些桌椅，挑几只来，洗洗就能用。买米买菜的钱，我先垫着。老板还讲，他的工人消费，免付现钱，先记账，月底从工资里扣。小雪双手淌水，跪下去，说，金先。金三指将小雪拉起来，说，这时将婆婆带来，先在我这里住两晚，我的孩子要过两天才回来，房间空着。小雪说，金先，你能站。金三指说，已经好了。

手机又响。金三指听了，脸色舒缓。小雪说，好消息吧。金三指说，拳头师说，有人看到，他和黑狗一起，跑进老板的船里。拳头师的人没法上船，人家拦着。拳头师叫我自己去找老板。小雪说，这就好了，人在船上，也算有着落。

街面低洼处，积着浅浅的水，叫雨点打到了，散开一个一个细细的圆环。一只脚踩下去，圆环破裂，水花四溅，有人叫声苦也。

金三指说，别人看见的，没确定，还要落实。小雪说，简单呀，问老板就晓得了。金三指打电话，嘟嘟嘟嘟了许久，挂了。小雪说，老板经常是忙的，没要紧，等下再打。

两个年轻人跑进店，急急抽几张纸巾抹头发。一个说，来两碗面线糊，下巴都冻硬了。另一个吸一下鼻子，说，一斤米酒。

金三指说，去忙吧，我回去上班。小雪说，有消息要打电话来。

晚上，街上的路灯刚亮的时分，小雪安顿好婆婆，就到金三指的家，手拎两个餐盒。入门是餐厅，小雪一进屋，反手按亮了灯，餐盒放在桌上，说，没吃吧。金三指说，中午还有剩饭。小雪说，剩饭扔掉，吃这个，热。小雪从厨房拿来碗筷勺子，打开餐盒。金三指说，老板讲，管理人员看到两个孩子跑进船，以为是上船找人，没注意，船开走了，也没注意孩子下船没，等到问，才想起来，孩子是谁家的，没晓得。小雪说，简单呀，问船上的人。金三指说，船开到外海，没信号，电话没好打，要等。一盒是两个煎蛋，一盒是面条，煎蛋静静，面条冒热气。小雪麻利地将面条舀到碗里。一条面从碗沿下垂到桌面，小雪拿筷子夹起，放入垃圾桶，筷子磨刀般地在衣角边蹭两下，递给金三指，转身去卫生间拿出拖把，拖地。金三指觉得，今晚的面条真好吃。煎蛋是金黄色的，上面散着蒜泥。金三指的筷子伸向煎蛋。拖地的小雪说，蛋热一下要吧。金三指说，免。金三指看到，小雪脸色红润，头发也已返黑，皮肤恢复了光泽，近身时能感觉到她身上散发出的热气。金三指稍感慰藉，小雪全身的气血充盈了。

金三指吃完，起身收拾桌面，拖地的小雪说，放下，金先劳累了一天，坐下休息。小雪过来，拿碗去洗。金三指看小雪洗碗的背影，半弯的弧线很好看，像一张拉了五六分的弓，有弹性，有力量。壁灯斜照，弓一半光，一半暗。洗碗的小雪说，金先骂孩子吧。金三指说，没。洗碗的小雪说，金先打孩子吧。金三指说，现在的孩子，能打吧，多说两句，门砰地关上，半天也没伸出一个头来。洗衣服的小雪说，小时候，阿母骂我，我就一个人跑到海边看海，看波浪一条一条卷来，看海鸟一只一只飞去。礁石缝里有小螃蟹，寄生，尖螺子，爬出爬入。

逮一只小螃蟹，翻过来，看它八支腿乱舞，我会笑。放开，它比老鼠跑得还快。金三指说，真的没打没骂。晾衣服的小雪说，总有原因吧。金三指无话。一阵风吹来，带跑桌上两三张处方笺。金三指说，寒。小雪将窗子关上，捡起地上的处方笺，坐金三指身边。金三指说，寒邪伤肝。小雪说，没晓得，年纪轻轻的。金三指说，上课吧。小雪说，上课。金三指说，肝主情志，一个人的喜怒哀乐归肝管。脾气大，爱发火，逮谁吼谁，叫肝火过盛，要清肝火，用柴胡。心情没爽，忧忧郁郁，甚事都没精神，叫肝气郁结，要疏肝理气，还用柴胡。小雪说，我是讲，小小的人，怎就寒邪伤肝了。金三指说，肝喜条达，没晓得吧，就像一棵树，枝枝叶叶，要伸展，上下左右，四面八方摆开，得阳光温煦，雨露润泽，树才好好生长。若是遇到晚上下霜，嫩叶细枝没经冻，先枯。讲到人，热胀冷缩，寒气会凝束气血，伤到肝，肝就没法条达，肝气就郁结，人就烦躁，就唉声叹气，就神不守舍，就爱胡思乱想。孩子这个年龄，就怕这项事，用西医的话讲，叫青春叛逆期。讲来讲去，根源是寒。孩子自小没阿母，他才四五岁阿母就跑了。我没敢再找一个，就怕后母毒他。唉。小雪拿一个夹衣服的粉色夹子，一捏，口张开，一放，口合上，小声说，柴胡，柴胡。金三指也看着那个夹子，也看着夹子上面的那只手，白里透红，忘了上课，满耳朵都是小雪的柴胡声。小雪说，孩子去哪里，会是找他阿母吧。金三指说，没人晓得她在哪里，小孩子怎找。小雪说，柴胡，柴胡。

　　突然，门砰砰砰大声地响。小雪一惊，抬眼看金三指，说，谁。金三指说，还有谁，拳头师，听声就晓得。小雪说，拳头师有好消息吧，我去开门。

# 痛

金三指遇到麻烦了。麻烦出自小雪饭店斜对面新开业的大牡丹药店。

大牡丹药店是个外号叫大牡丹的独身女人开的，听说很有些来头。大牡丹人高马大，头大脸大，脾气大嗓门大，理男发，喜欢穿印有大朵大朵牡丹花的连衣裙。早年，在一家茶馆里，一个男人开玩笑说，你真像一朵牡丹花。她说，人就是人，哪里像花。那人说，你的脸笑起来像。她绷紧脸说，要是没笑呢。那人拍了一下头壳说，那是牡丹未开。她愣了一愣，扑过去，在那人的耳边亲了一口，叫一屋子的眼睛瞪得比牛眼大。从此，大牡丹大牡丹的就让人叫上口了。

小县城的街道是简单的，两条主街打个十字。原有两家药店，在东西街的头尾各有一家。大牡丹药店正好在中间，经营中西药品，医疗器材，职员五人，加上大牡丹，共六人。六人的午餐晚餐都叫小雪的饭店打包。到了饭点，大牡丹就隔街喊一声小雪姐，打六份饭来。后来，嫌打包麻烦，就分批到店里吃，记账，月结。大牡丹嗓门大，她骂员工小雪听得清清楚楚。骂这个讲，头壳是木头凿的，哪个药放哪里一点没记住，客人来了找半天。骂那个讲，我早晚要扣你的工资，客人来了就像呆头鹅，没晓得热情招呼。小雪说，毕竟新店新人，员

27

工还没熟练。小胖说，敢是更年期提前了，天天骂的。晚上，大牡丹无聊，摇一把纸扇，跨过街，到小雪饭店，说，蹭你家空调来了。因是常客，小雪自然笑脸相迎，沏茶让座。小雪空闲时，就聊，天南地北，小城趣闻。大牡丹说，你家金先真正厉害，一街人都竖大拇指的。小雪笑笑，无话，续茶。有病人从里间出来，大牡丹就说，药店在对面，转头可以看见，省走多少路。小雪忙时，大牡丹径直去了里间，看金三指搭脉开方。

　　本来，金三指来小雪店里，一是因为晚上无聊，二是没忍心小雪一人独自忙，想顺便帮一手。来了遇到熟人，熟人中偶尔有个头疼脑热腰酸背痛的，就将手伸给他，说，金先，刚好遇到的，顺便救死扶伤吧，省得去医院。金三指哪里能拒绝，自然接手摸脉，把饭店当作诊所，嘴上开始跑火车，讲你昨晚蹬被子了，没，没那就是运动过头，倒头便睡，你看，伤风了。你免骗我，我三指一搭，多少事全清楚。然后落笔开方。熟人取了药单，说诊金多少。金三指说，将药单还我，你明天去医院交诊金再拿。熟人哈哈大笑，金三指也哈哈大笑。这事慢慢传开，晚上来小雪饭店看病的人也慢慢多起来。小雪在她做药膳的里间，腾出一个角落，放一张桌子，几把椅子，金三指就可以救死扶伤了。后来，来的人更多了，小雪就做了二十张纸牌子，牌上编号，从一到二十，挂在墙上，要看病的，自己去取一张，按号入屋。晚来没有取到牌子的，对不起，明晚再来。这样，金三指每晚最多看二十个病人，累是累了点，但身体吃得消。

　　晚上，老板叫了几个菜，说是朋友来了，要吃两杯酒。小雪打好包，骑一辆摩托车送去。进了办公室，见老板与朋友聊着，面前茶几上摆着两杯酒，一捧熟花生。小雪摆菜开包，说，街上人多，走得慢了，让朋友久等的。那朋友说，没紧没慢，正好。本来花生下酒简单粗暴，老板客气，硬是要加菜。老板说，我只是要替小雪做个广告。又说，金先夜夜义诊，真是辛苦，何必。小雪说，先是一个两个，看也就看了，慢慢地越来越多，看这个没看那个，可以吧。那朋友说，金先也是难，名声在外，身不由己的。老板说，难免树大招风哦。

一路上，小雪的耳朵都叫老板的那句话堵着。老板经营着那么大的公司，大船小船几十艘，还有海滩养殖，工人近千，要应付方方面面，头壳自然灵活厉害，眼睛看得比别人要远，他的话肯定没错。只是，会招多少风，树会叫风刮倒吧，谁也没晓得。

小雪回到店里，小胖扯一张纸巾擦小雪额头上的汗，凑近耳边说，那朵花来了两次。小雪笑说，来就来吧，没稀罕的。小胖说，拿扇子给金先扇风的。里间有空调，用得着扇风吧。小雪大笑，说，小小的人，心眼倒是多。免管她。

日子依旧平稳地过。小雪热情招待每个人，没论是客人还是病人。

金三指在里间看病，外面有三个人候着。店外进来一老汉，径直走向里间，说，金先，我吃了你的药，头痛是好了，却拉稀，是甚。正在给病人开方的金三指停笔抬头，说，你吃了几帖。老汉说，吃了两帖，拉稀了，剩一帖没敢吃。金三指开好方，吩咐病人几句，起身送走，招手让老汉坐下。老汉说，金先的药真是好的，您讲三帖吃完头就没痛，到时再来换药，实际免的，吃两帖头壳就好了，只是拉稀。金三指喷了一声，说，怎么会。接过老汉的手，搭脉。外间候着的人，都把头壳伸到门前。金三指皱眉说，奇怪，热是全部清除了，倒生出多少寒气，莫非我用力过猛。金三指闭着眼睛想了一会儿，说，这两天，您有吃甚寒凉的东西吧。老汉说，哪里敢，三顿只吃米粥。老汉想了想说，我拿药来，您看看吧。金三指点头。外面候着的人说，金先，看我吧，我没惊拉稀的，两天没拉了，正好。金三指说，稍等可以吧，这个问题没搞清爽，没心思的。没多久，老汉带一包中药来，打开放在金三指面前。金三指指头一阵拨拉，拿起一块淡黄色的药片说，原来。又说，是哪家药店抓的。老汉说，对面的大牡丹。金三指捧起那包药，说，跟我来。老汉及三个病人跟着金三指过街到了大牡丹药店。

大牡丹的眼睛从手机移开，一句是甚风把你吹来只讲了半句便打住了，笑也只笑了一半。金三指将药包搁柜台上，说，谁抓的。大牡丹伸头来看，说，怎了。金三指说，谁抓的。大牡丹抬头说，谁抓的，给金先讲。五个店员面面相觑，无话。金三指说，要是在医院，这可以当事故。大牡丹说，这到底是甚，金先讲清楚。金三指说，我开的是熟地，你看看，这是熟地吧，是生地。生地熟地都能清热降火，生地偏清热，熟地偏滋阴。老人脾胃本来就虚，用熟地滋阴降火刚好，你给人家抓了生地，火倒是降得快，可是脾胃没力承受，拉稀了。大牡丹说，药方带来没。老汉说，扔了。大牡丹说，没有药方，难讲吧，怎晓得金先开的是熟地还是生地。金三指张口无话。老汉说，好了，这回算我输，没留下方子。金先，我相信您，咱回去重新开药。

一行人重回小雪饭店。金三指肚子里生气，嘴上没话，重新给老汉开了药方。老汉说，往后，真没敢去大牡丹药店抓药了，害死人的。其他人纷纷附和。一个说，生是生，熟是熟，怎能混了。另一个说，故意的吧，生的便宜，熟的贵些。再一个说，分量足没足咱没晓得，价钱多少咱也没计较，人家要多少钱咱就给多少钱，怎可以生熟没分，这是治病，没敢马虎的。下次，咱多走几步路，去别人药店。

大牡丹药店的生意渐渐清淡下来。大牡丹骂店员的次数也渐渐多起来，声音也越来越大。小雪听了，心里跟着难受起来。有一晚下雨，街上没人，小雪交代小胖几句，就去了大牡丹药店。小雪进店说，妹子，来蹭你家空调了。牡丹花顿时盛开怒放，说，我家人少，空调开着白白浪费。说着，拉小雪进了后间。后间是大牡丹的办公室，办公桌椅靠在一角，对面墙上挂着神龛，里面供着土地爷和药王神。神龛下一圈乳白色的沙发，围着一方玻璃茶几，看起来整洁气派。小雪说，呀呀呀，这才叫办公室嘛，干净漂亮雅致。大牡丹说，小雪姐喜欢哪款茶，普洱，观音，还是大红袍。小雪说，我少吃茶，随便吧。又自顾自地说，要是有一间这样的办公室，我就高兴死了。大牡丹拆开一包茶叶说，我宁愿与你换。小雪笑说，我那里烟熏火燎的，哪里敢换。大牡丹倒了一杯茶给小雪，说，做生意靠的是人气，我这里冷冷清清的，再干净再漂亮有甚用。小雪放下茶杯，说，妹子，我替金先来讲声对不起的。金先做事没讲究，伤了你的生意。大牡丹抓了小雪的手说，这事没怪金先的。我药店开在这里，原是要借金先的光的。唉。小雪吃一口茶说，店新员工也新，出点差错也是难免的。我刚开店那时，油放哪里盐放哪里经常都记错。你放宽心，慢慢会好起来的。大牡丹说，我的员工一个比一个笨，要口才没口才，要人才没人才，呆头呆脑的，与你的员工哪里能比。你看小胖，一肚子货色，一双眼睛滴溜溜地转，我每次去，她都把我当贼防。小雪扑哧一声笑了，说，这个精灵鬼。大牡丹说，小雪姐，你的员工很顾家，怎样培养的。小雪说，没怎样呀，少骂几声，多问几句，把她当自家妹子，没难的。大牡丹说，骂了还错，没骂更错吧。又说，我就是这个臭脾气，急了就骂人，没法控制的。小雪说，妹子素来心直口快，脾气慢慢改吧。大牡丹说，有时头壳痛，也去过几次医院，检查从头做到脚，都没问题的。两个女人的话题，就像天上的风筝，随风飘，一会儿向东一会儿向西。茶渐淡，大牡丹要换茶叶，小雪起身说，免换了，我该回去了。大牡丹说，小雪姐没放下生意的，依你吧。两人走到门前，大牡丹拉住小雪的手说，我忽然想起一个事。小雪说，甚。大牡丹说，坐下讲吧。两人又重回后间。大牡丹说，往后请金先晚上在我店里坐诊，可以吧。我没敢叫金先义务的，是按营业额抽成，还是我固定按月发补贴，都好讲。小雪没话。大牡丹说，先生该有先生的样。我这里环境好，空间大，金先看起病来舒舒服服。小雪说，这个事我没敢替金先做主的。大牡丹说，你晚上给他吹吹风嘛。小雪说，这个可以。

睡觉前，小雪把事说了。金三指摇头。小雪说，甚。金三指说，咱家缺钱吧，没有。做义诊，街坊邻居方便，我心里快乐，端起碗来吃得下，躺到床上睡得着，多好的事。我往她店里一坐，病人敢去别的店抓药吧，没敢的。要是再出一个生熟没分的，一街人没把我骂死才怪。人家把手伸给你，那是将自己的苦痛托给你，是将健康和生命交给你保管。做先生的，责任天大，可以马虎吧。小雪说，可是。金三指说，晓得你心软，这事叫你为难了。金三指起床，轻轻走到阳台。小雪跟着，端一杯茶放金三指身边茶几上。天上没月，星星眨眼。一阵风吹来，冰冰凉凉。小雪说，睡吧，明天还要上班的。金三指说，你这样讲，补贴抽成全免的，药店坐诊，医院有规定，没敢去，可以吧。小雪说，医院真有规定。金三指说，先这样讲。小雪点头。

这几天，金三指诊室里的病人，讲痛的居多，肩痛，腰痛，膝盖痛，嘴巴痛，胸痛，肚子痛。属于骨伤的，金三指都会将病人劝转到骨科去，也有没愿意去的，他只好搭脉。今天最后一个病人，是个五十多岁的程姓女子，肩痛，讲针灸理疗都做过的，效果平平，所以这次特地挂金先的号。金三指看了病历，X光片，有了初步判断，属于气滞血瘀型的，横指搭脉，病因更加明确，便用一个理气活血通经络的经方，根据病人的身体状况，加减化裁，又吩咐了几句注意事项，完工。送走病人，下班时间也到了。这时手机响了，一看，是院长。院长说，还有病人吧。金三指说，没人。院长说，在院门口等我，很久没有一起吃饭了。

金三指和院长在中医学院里是同班同学，院长个高，金三指偏矮。院长有文艺细胞，人又活跳，是学生会的干事。毕业后，同时分配到乡镇卫生院，后来又一起调到县城医院。在乡镇卫生院那两年，两人同住一间宿舍，同一个科室上班。晚上没班时，两人走一阵，去护士站深入生活，偶尔也帮忙做些量血压测体温之类的杂活。护士们当然明白他们的醉翁之意，却也乐得他们去，毕竟都是年轻人，精力多得没处消耗。一年半载，院长有了成果，拉着一个女护士的手去看电影。那个女护士的老爸是县委的一个领导。金三指依然两手空空。院长头壳活络，活动能力强，没多久就当上科室主任，又没多久就升了副院长。升到院长这级就没那么快了，用了七八年。金三指一对比一总结，看到了他与院长之间的巨大差距，人家是兔子咱是乌龟，讲乌龟跑赢兔子，那是励志的故事，没吃没睡日夜没停地跑，也没法追上人家，就死了心，将精力转移到古籍医案中。在这里面，他有充分的自信，他三根手指的灵敏度和捕捉力，远远胜过省里的许多同行。也许是过于沉迷，对家庭的照顾少了，在一次偶然的争吵中，因对高跟鞋与杯子的意见相左，老婆一气之下离家出走了。

院长没讲错，确实是很久了，上次一起吃饭是什么时候，金三指都忘了。他们去了医院旁边的一家小餐馆，要了一个单间。院长从包里拎出一瓶洋酒放在桌上，说，没别人，就我们两个，一瓶应该够吧。金三指说，好久没喝了，二两下肚，双脚会跳舞。院长浅笑，说，敢讲喝二两，你是要叫我跳舞吧。一人一半。两人边吃边喝边聊。院长先讲些场面上的话。金三指只是扎着喉咙喝，没敢大口，他晓得院长今晚肯定有事。院长问了小雪的生意后说，咱两人一起站在大街上，问人，谁是成功人士，十个人中，至少有九个讲是我，对吧。金三指说，没对，十个人中有十一个讲。院长说，胡扯，从哪里多出一个来了。金三指说，十个人中有一个是孕妇。院长哈哈大笑，金三指陪笑。院长喝了一口酒说，可是，这十一个都错了。金三指说，甚。院长说，我只是表面成功，你才是真正成功。街头巷尾随便一问，大人小孩肯定都晓得一个金三指，可有几个晓得院长姓甚。做先生的成就，是医术的成就，你是我们医院的一块金招牌哦。上班时，你可以专心看病，下班时间一到，你可以双手夹背后，两腿一迈开步回家，自由自在。你看我，院长，很风光吧，可是你没晓得我的难处。没当家没晓得油盐贵。全院几百号人，一年工资要多少，院里各项费用开支要操心，收红包吃回扣要整治，上级检查考核要应对，哪个环节没小心就要出错。这么多年，头壳都用在这些地方了，哪里还记得几首汤头歌诀，哪里还记得哪条经络上有几个穴位，我都没敢给人看病了。你讲，我容易吧。金三指说，唉。院长说，所以讲，你要帮我。同学都没帮的，谁会帮。金三指说，甚。院长说，有一个事。

　　院长讲的这个事叫金三指相当为难。这几个晚上都没去小雪的店里。一时停下来，金三指感觉有点空虚。这晚，他信马由缰，到了城郊，两只脚自然地走去老板家。以往相当长的一段时间，金三指晚上常在老板家吃茶摸脉，嘻嘻哈哈。自从在小雪饭店做义诊后，与老板的联系都只是手机。那次老板讲树大招风的话，小雪有带到，金三指却没放在心上。院长才是大树，自己只是一棵草，哪里敢讲是树，大一点的草而已，能招多少风吧。

老板在玩一个枣红色的紫砂壶，说，我就晓得你要来，早来晚来都会来。你看，我准备一个新茶壶等你来泡茶。金三指说，老板怎就料到。老板说，你看病厉害，我看人厉害。金三指说，呵呵。没多久，水开了，老板拆一包茶叶倒入壶中，冲水，盖壶盖，又往壶外冲了一遍水。水顺壶壁流下，壁边光光，没挂半滴水珠，只漫起几缕水汽。老板说，多少钱一个，晓得吧。金三指摇头。老板说了一个数。金三指伸长了舌头，说，金子做的吧。老板说，金子做的可以泡茶吧。贵有贵的道理。这种天，用瓷壶泡茶，茶汤放半天就馊了。用紫砂壶泡，一天两天没关系。金三指说，以前好像听说过，没晓得是甚。老板说，简单。瓷质密，紫砂可以透气。茶汤也像人，闷在密封的瓷器里，没有呼吸，时间长了，就馊。在紫砂壶里，能呼吸，就是活的。活的会馊吧。金三指说，原来妙在一个透气。以茶类人，老板高明。老板说，金先有话讲吧。金三指说，中医的道理，与世间的道理是相同的，你讲茶壶透气，很好。人也要透气，身上的经络要通畅，气机要运行没碍，才健康。要是哪里堵了，气滞了，麻烦就来了。老板说，对哟，很多道理是相通的，比方讲，一个企业，资金周转正常，企业就能发展。这个资金周转，就相当于你讲的经络气机吧。吃茶吃茶，茶凉了没好吃。金三指说，是了，茶凉了没好吃，茶热了没法吃。老板说，金先话里有话。金三指说，遇到一件左右为难的事，要找老板讨个主意。老板说，甚。金三指说，就是晚上做义诊的事，我真是招风了。老板说，我就讲嘛。金三指说，我那个义诊，引出多少麻烦。大牡丹在小雪饭店对面开一家药店，要我坐诊，我能去吧，她店里的员工都是新手，谁晓得经过正规培训没有，可是叫我发现了差错，我开熟地，她给你抓生地。熟地生地药性大体相近，只是偏性有差异，生地偏清热，熟地偏滋阴。还好是熟地错成生地，要是给你抓一味大辛大热的猛药，那就是大事故了，要害死人的。所以我讲医院有规定，拒绝了。哪曾想，院长来找我了。老板说，你那个同学吧。金三指说，是。院长请我吃酒，话讲得好听，叫我帮他一个忙。慢慢慢，还没到这里。院长先是批评我，讲你金三指这个事，讲好听的，叫作义诊，方便群众看病，讲难听的，叫违反规定。老板说，呀，做义诊也违反规定。金三指说，义诊谁批准了，没经批准就是违反规定。再一个，做先生的，有两个框框，一个是执业资格，这个我有，一个是执业地点，我的执业地点是医院，我到外面行医，没经批准也是违反规定。老板呵呵一笑，说，我就讲嘛，招风了没有。用框框来框你，先把你框住，然后口气一变，请你帮一个忙，去大牡丹药店坐诊，对吧。金三指说，呀呀呀，你在现场吧，一点没差的。老板说，我讲过的，我看人比你厉害。金三指说，院长讲，上级领导过问的。医院给你补办个手续，在大牡丹药店设个夜间中医分诊部。又讲，你在哪里看病都是看。你讲，这个大牡丹是个角色吧，可以叫医院给她的药店设分诊部的。老板说，你同意了。金三指说，我没同意，也没敢没同意，只讲考虑考虑，这事搁着。可是这么一来，我三面得罪人了。院长是一面，大牡丹是一面，街上的群众是一面。怎讲。我没去大牡丹药店坐诊，自然也没敢去小雪的饭店。群众还是去小雪店里等着，就讲，金先怎了，好多天没来了。小雪只好讲在医院加班。这话骗得长久吧。老板换了一个茶壶泡茶。金三指说，你整晚地泡茶，主意都没出一个。老板将紫砂壶里的老茶叶倒出，冲水洗净，说，你整天讲中医的道理与世间的道理相同，可是世间的道理你多少没弄清楚，你嘛，还是没透气的。这个壶你拿回去，泡两壶茶，想想可能就会明白的。金三指吸一口气说，这么多钱的壶，没敢受的。老板说，怎么嘴巴里都是钱的。拿去。天晚了，叫司机载你回去。金三指说，哪里要，我慢慢走，早了上床没法睡。

这段路没有路灯，四周静悄悄的，远处有摩托车的轰鸣声。金三指一手捏紧紫砂壶，一手护着，小心地走。他原是要一个塑料袋装的，老板说你手拎一个袋子，没走几步，忘了袋子里装甚了，双手自然摆动，袋子晃来晃去，碰到壁就碎了。金三指心里很佩服。前路有个拐弯，摩托车声清晰，似乎还有讲话声。金三指靠边快走几步，到了拐弯处，看到路中停着一辆突突突响的摩托车，两个人对面站。再走两步，听到讲话声，一个男声，一个女声，女声是大牡丹。男的讲，你就当没有看见，回家睡觉，以后甚事都好讲的。大牡丹说，你把人都撞死了，我能当没有看见吧，快打电话。金三指听了，才看到路边躺着一个人，定定的没动。金三指一阵冲动，想去察看那躺在地上的人，又听那男的说，死都死了，打电话叫我坐牢吧。金三指掏出手机，小声打了电话。大牡丹说，天大地大的事，你不打我打。那男的一把抢过大牡丹的手机说，牡丹姐，我给你下跪可以吧。只要你没讲出去，叫我做甚都可以的。大牡丹说，手机还我。那男的跪在地上说，听讲金三指与你闹别扭，这事包我身上，我明天叫几个兄弟先把小雪的店砸了，再去修理金三指，可以吧。大牡丹说，我与金三指的事免你操心的。手机还我。那男的说，牡丹姐，你真没想放过我吧。大牡丹说，人命关天的。那男的站起身，一扬手把大牡丹的手机扔远了，说，我已经撞死一个了，多一个没算多的。大牡丹说，吓唬小孩的话免在我面前讲，我大牡丹行走江湖的时候，你还穿开裆裤在大街上吹小喇叭。那男的转身从摩托车上拔出一把刀，挥起手，在摩托车灯照射中，那把刀闪着耀眼的亮光，向大牡丹砍来。金三指大急，喊了一声，手一挥，啪的一响，只见那男的额破血流，愣了一愣，扔了刀，骑着摩托车跑了。金三指急忙跑过去。路边那人躺在血泊中，金三指蹲下身，摸那人的脖子。大牡丹走过来，说，原来是金先，你来做甚。金三指说，见义勇为，人人有份。大牡丹说，哼，好事都叫你占了。你没来，我一人就要修理他，还能叫他跑了。好吧，你救死扶伤吧。金三指说，没脉了，走了。大牡丹说，那就快报警吧，蹲着做甚。哎呀，我的手机。金三指掏出一方手帕盖在那人脸上，说，早报了。大牡丹弯腰挪步找手机，金三指凑近去，用手机照地上。大牡丹说，谢谢。金三指说，免谢。走了几步，大牡丹指着地上几块碎片说，那是甚。金三指一看，叫声苦也，说心疼死了。大牡丹捡起来看了，说，一个破茶壶，心肝宝贝的，笑死人。金三指说，你晓得多少钱吧。大牡丹说，多少钱也是茶壶。金三指说了一个数，大牡丹说，杀人吧，一个壶要那么多。又说，那么多钱的壶，你怎就甩出去了。金三指说，当时哪里记得。大牡丹哈哈大笑，说，这时候心疼吧。金三指说，没心疼你甩一个给我看看。

警笛声由远而近。警车救护车，警察医生都来了，他们各自忙碌，金三指和大牡丹相应配合。金三指看到麻秆拿着一个照相机跑前跑后地拍照，腿脚利索，心里暗暗高兴。

金三指与大牡丹同乘警车，到交警大队做了笔录。麻秆说，这么晚了，我请二位吃夜宵吧。金三指说好，扭头看见大牡丹双手捂着头壳，表情痛苦。金三指说，甚。大牡丹说，头壳痛。金三指说，刚才摩托车撞的吧。大牡丹说，哪里是。平时常痛，隐隐作痛，心情没爽时就痛。去医院检查，先生讲是血管神经性头痛。刚才摩托车撞人，情绪激动，这时又痛。金三指说，手给我可以吧。大牡丹说，免了，两片止疼药的事，哪里敢叫金先出手。金三指说，靠止痛药，多少麻烦，找到病根才好。大牡丹说，我这时心情没爽，免讲病根的。省城多少先生没看好的病，金先要是会医，省里怎没调你去。金三指说，我晓得的，你生我的气。唉。又说，其实，每个人的心里都有一朵花，你心里的那朵，也是很漂亮的。大牡丹说，一街人都讲金先厉害，你要是没医好，砸了招牌我没法赔哦。金三指说，做先生的，就爱救死扶伤。大牡丹说，金先真要医。金三指说，你头壳痛，花也会痛的。大牡丹眼眶红红，缓缓伸出手。金三指横指搭脉，半晌，说，伸舌，好。是肝郁。站在大牡丹身后的麻秆急了，手指着自己的头壳说，金先。大牡丹说，我只是头壳痛，金先是头壳没清楚。肝离头壳很远吧。金三指说，脉象弦，舌苔薄白，没错，是肝郁。大牡丹说，省城的先生讲是头壳血管，金先讲是肝，人家用几百万一台的机器看的，金先你用甚看的，三根手指吧。麻秆说，金先上课吧。金三指说，脉弦，是肝有问题。平时性情急躁，爱发火，有吧。大牡丹说，那又如何。金三指说，麻秆坐下来吧，久站伤骨。血管神经性头痛，那是西医讲的，也没错。中医讲是肝郁，也没错。肝主情志，肝主疏泄，肝喜舒展，就是讲，喜怒哀乐归肝管，人体气血要运行没碍才健康。气血运行有路线，路线要有交警维持秩序，肝就是身体里的交警。肝郁是甚，肝郁就是交警累了睡着了，没维持秩序了，交通就乱了，就堵车了，也就是叫作气滞了，气逆了，气血运行没法顺利通畅了。麻秆讲讲，路上堵车了，两边的人会怎样。麻秆说，拼命按喇叭，跺脚，拥挤，骂人的也有。金三指说，路上情况你最清楚。肝胆这条经络，从脚起，最后走到头壳。因为肝郁，肝经堵车了，肝风上扰，头壳就痛。大牡丹说，麻秆，你头壳晕了没，叫金先绕了这一圈，我是晕了。麻秆笑笑，说，我那时双脚麻，麻得没晓得脚在哪里，走路基本靠挪。金先几帖药下去，麻从大腿退到小腿，再从小腿退到脚底，最后完全好了。当时金先讲是正气没鼓动，要用顺气的药，我也是晕了。从晕到病好了，这是一个从认识到实践再到认识的过程。大牡丹说，呀呀，麻秆爱背书了。麻秆说，这个是哲学书上的，我要考试的。大牡丹笑说，麻秆你是托吧。麻秆说，人民警察爱人民，绝对没托的。大牡丹双手抱拳说，金先打算怎医。金三指说，清肝热，平肝阳，理肝气，祛风止痛。大牡丹说，先生话就是绕。金三指说，麻秆，拿纸笔来。麻秆依言。金三指写下，生地12g，忽地停笔抬头，说，是生地哦，没敢抓熟地的。大牡丹说，金先，我给你跪下吧。金三指说，开一句玩笑。肝气郁结的人，笑口常开有好处。大牡丹笑笑，没话。金三指开完处方，说，自己抓吧。大牡丹接过方子说，金先干脆多绕几圈可以吧。金三指说，你是开药店的，多少明白。用龙胆草清肝热，生地和白芍也能凉血清热，滋补体阴，与石决明一道平抑肝阳。香附疏肝理气，代赭石镇肝降逆，两药合用，可以疏理气机，相当是讲，是疏通了道路，叫人流车流动起来。只是动起来够吧，哪里够，动起来只是基础，还要叫人走得顺，车跑得快，所以我用苏木和川芎，活血解郁，血通则痛止。用荆芥，僵蚕，蜈蚣，白附子来搜风，风熄则痛消。这个方子的组成，道理清楚吧。大牡丹说，听起来理论很好，就是没晓得吃下去效果好没好。

麻秆开车送两人回家。夜已深，路上没人。麻秆说，金先，我要去考公务员，要读很多书，有药方可以帮助吧。金三指说，你记好了，制远志，党参，茯苓，菖蒲各五克，煎水，代茶饮。大牡丹说，再念一遍，没记全。金三指又念一遍。麻秆说，远志。金三指说，对，远志可以益智宁心安神，散郁开窍化痰，可以帮助记忆。麻秆说，金先的药很有意思。

第二章

# 寒 热

## 痹

大牡丹去局长办公室是免敲门的，在门口叫声舅舅就推门进去。

大牡丹的母亲是局长的亲姐姐。局长自小父母双亡，与姐姐相依为命。姐姐那时二十刚出头，在镇办小纸厂做工，厂花一朵，追她的小伙子可以从街头排到街尾。局长在读中学。姐姐俨然是母亲的角色，操心吃的穿的，操心学费书籍费。晚上，电影院到了新片，几个平时走一起的姐妹会说，大家晚上都去看电影。她没敢去，讲没闲。其实哪里是没闲，是没有的确良穿，没好意思去的。那时流行的确良，棉布衣服穿久了，肘部膝盖处会打皱，的确良没有皱痕。大街上，小伙子大姑娘都以穿一身的确良为时尚。的确良贵，她只有三两身棉布衣服，一个人的工资两个人花，已经勉强。弟弟书读得好，全校数一数二。高考成绩出来后，全校只有三人考上大学，弟弟是其中之一。他选择读医。父母是病死的，那时没钱去医院，只是请街上的先生来按几次脉，开几帖中药。是病太重，还是先生没本事，没清楚的，父母都在五十多岁时就相继走了。父母的痛苦神情在他的头壳里留下深深的烙印。他想知道父母的病应该怎样医，那个先生到底医对没医对。

人穷亲戚少。姐姐没法凑齐弟弟上大学的学费，想了几天，就放出风声，讲谁供我弟弟上大学，我就嫁给谁。副厂长托人来提亲。副厂长四五十岁，老婆死了几年，有痨病，有存款。讲出去的话泼出去的水。出嫁的前一天晚上，姐弟俩默坐垂泪，末了，姐姐说，一定好好读，老爸老妈在天上看着。读好了，可以医别人的老爸老妈。

他读的是西医。在学期间，他暗自将父母患病的症状与书本上病例做比较，也与同学、老师讨论。教材读完，就到图书馆搬出一部部医学经典来啃。读的书越多，他就越觉得西医的正确性和精准性，科学就是要严谨。相反的，那个街上的先生就越发显得平庸，甚至猥琐。你分得清病毒与细菌吧，你晓得血压内分泌肾上腺素吧，你三根手指就敢代替心电图、血压计，可笑吧。

毕业后，他分配到一个小山村的卫生院。这个地方，山比田地多，睁开眼睛，四周都是山，找一块巴掌大的平地都难。这里的村民，小病靠挺，大病去县城的医院，所以卫生院里一天难得见到三两个病人。休息日，他与院长打个招呼，穿上白大褂，背个画着红十字的出诊箱，带着干粮和药品下乡走走。村子都很小，村子与村子之间离得很远。他给村民看病，顺便也普及一些卫生常识。他看病免付现钱的，先给药，开个单子叫家属自己去镇上卫生院交。有的人说，跑半天山路去交几毛钱，麻烦的，干脆先生代交吧，他也会收。有次路过一个村子，村尾大树下，一个老人蹲着没停地咳嗽。他走过去，掏出听诊器，老人摇手。他说，甚。老人说，没钱，免看。他说，没钱，可以先看。他给老人药，老人没敢接。他说，现在政府有政策，可以欠账。这是十天的药，十天后我再来看看。十天后，他带药去，老人的邻居围上来，讲政府很好，先生很好。村长把他拉到一旁，说，这个政策何时出的，我怎么没接到通知。他笑笑，没话，走人。他每到一个村子，村民老远就会喊，那个白衣先生来了，那个白衣先生来了。他每月的大半工资，都用来为穷人付药费。他觉得，村民老实善良，山里空气清新，他心里很高兴。一个路过的省报记者偶然听到这些事，顿时来了兴趣，认为抓到了新闻眼，连夜赶写文章，次日见报。他出名了，当上了县人大代表。

那天他又背着药箱要下乡，院长指着天说，这几天都有暴雨，山路难走，等好天了再下去可以吧。他说，这种天山里生病的人可能更多，正因为路难走，他们就忍着，小病拖成大病，所以更应该去。院长说，那就小心点，特别要注意山洪，耳朵听眼睛看。

越往山里走，四处的流水声越响。声音清脆，他晓得，这是小股水流，免惊的，继续走。来了一阵暴雨，他急忙撑开伞，没多久，却也浑身湿透。四面雨帘密布，没法看到路在哪里，两脚艰难地向前挪。没晓得过了多久，遇到一座房子，收伞进屋，只见一个六七岁的孩子坐在床上，问大人去哪里，小孩讲都让村长叫去抗洪了。还未来得及拧干衣服，便听见浑厚的水声自远处而来，越来越近。凭经验，他晓得那是山洪，便急忙背起小孩，出屋，朝一边的山坡上爬。声音越来越大，虽然还没见到洪水，但山洪激起的疾风已拍到他的脸上。果然，他才爬上几步，山洪就滚过来了，水一下子自小腿涨到膝盖，他已没法站稳，叫水流推着往下走。慌乱中，身子被什么绊了一下，伸手一抓，竟是一棵小树。他心里一阵狂喜，死死抱住这棵小树。水还在涨，已淹到他的胸口，他把小孩顶到肩上，坐好，让小孩双手抓住树干。树比坐着的小孩高出一些。他晓得，山洪涨得快，消得也快，只要挺过这阵，应该没大问题。前面漂过来一些椅桌零星家具，他腾出一只手，拨开身前的杂物。雨渐渐小了，天慢慢亮了些，眼睛可以看见对面的山脊。水没有往上涨，这是好事。可是，风一阵阵刮来，肩上的小孩在颤抖，他也感到自己身上在发冷。这是个坏的信号。他晓得，随着寒冷加剧，体温会下降。体温下降到一定程度，人就会失去活动能力，那就是灭顶之灾。他搜肠刮肚，赶紧找些话与孩子讲，问孩子几岁了，读书了没有。讲天上的飞机，讲海上的船，讲电脑，讲手机。讲完了，就讲医学院的老师，讲上课，讲病例。这些都讲完了，只好唱歌。他教孩子唱少先队队歌，唱让我们荡起双桨。孩子顿时提起了精神，说，白衣先生，往后带我去划船可以吧，我还没坐过船。他说，可以呀。孩子说，坐船与坐在你肩膀一样吧，都是在水上。他说，哪里一样，坐船肯定更舒服的，可以漂荡，想去哪里就可以划去哪里。孩子与他拉钩。他说，你以后要坐船，还要做甚。孩子说，做先生，像你一样的先生。他顿时感到一阵温暖。

水慢慢退到腰部。天暗了下来，雨完全停了。他在考虑如何度过这个夜晚，猛然间抬头，看到一队火把自山上下来，夹杂着人声。他和孩子张开喉咙喊起来。村民来了，抱下孩子。他刚转了半个身子想走，却感到腿像木头一样的硬，一步也没法挪了。

省里对他救人的事很重视，一个领导说，那个村子是革命老区，又是全国贫困乡村，一个基层医生几年如一日，坚持送医送药，关心群众疾苦，这就是把党和政府的关怀送到老少边穷的典型嘛。现在又救人，典型加典型，要大力宣传。于是，一个一个光环挂在他头壳上。县里立即行动起来，表彰会报告会一场接一场，还决定要把他调进县委。他拒绝了，讲他是个医生，想医更多人的病，丢了专业可惜的。县里的领导来做他的工作，讲你没服从调动会让县里很被动。这样吧，各退一步，不进县委，但也不能待在这个小卫生院，到卫生局去，没丢专业的，可以吧。他只得同意。

他的事迹被广泛地宣传，为这个县带来许多好处。全省的扶贫政策都往这里倾斜，一批批扶贫款，一个个扶贫工程都跟着来，他没过多久就当上了局长，成了县里的红人。为解决群众看病难问题，他下手对全县医疗系统进行改革，一是严厉禁止收红包，二是大量添置先进的医疗设备。几百万上千万一台的仪器，只要他开口，上级都会尽量满足他。全市的医务人才也纷纷往这个县医院流动。几年时间，他就把县医院建成全市一流医院。中医也跟着沾光，县医院原来只有一个中医内科，一间诊室，现在扩建成两间。

局长也有烦恼。那次在水里泡的时间过长，给他留下了严重的后遗症。当他被村民救上来时，才发觉双腿变硬，膝盖没法打弯，送医后虽然行动恢复自如，却落下了病根，双手双脚会突然无力，好像是断了线的木偶，一点也没法动的。严重时，拿在手中的笔会掉落在地，而且发作前全无征兆，说来就来，开会时可以来，吃饭时可以来，十多分钟后才慢慢恢复正常。这让他非常尴尬。对这个怪病，他自己无法解释，省城的医生也无法解释。到省城医院看过的，用最先进的仪器检查，肌肉没有萎缩，关节没受损，风湿因子也没查到，总之，没有查出病因。几年过去，这病逐渐加重，刚开始发病时只是手脚一阵发麻，后来就连笔，筷子，碗都没法拿住。是渐冻症吧。这几个字从头壳里跳出来时，他自己也笑了。渐冻症是肌肉僵硬，他是肌肉无力，正相反。

大牡丹是上午十一点左右到局长办公室的，这个节点合适。局长还保留着以往做先生的习惯，八点半查房，查看住院病人的身体状况，查病情变化，以及病人对药物的反应等等。局长早就离开了医院，现在没房可查，但可以查科室，查工作的落实情况，所以讲通常从八点半到十一点这段时间会比较忙。大牡丹进去时，局长正在签一份文件，他抬一下眼说，药店生意好吧。大牡丹说，没好。局长说，没好是正常的，新开业嘛。大牡丹说，可以好的，我想到一个办法，要你帮忙的。局长停笔抬头，哈哈一笑，说，要我违法乱纪吧。大牡丹倒一杯茶给局长，说，哪里要违法乱纪。大牡丹把请金三指晚上到药店坐诊的事讲了。局长说，金三指我倒有耳闻，名头很响的，可是，你那么大的一个药店，要靠他三根手指生存，笑话吧。大牡丹说，舅舅没看见，一个晚上找他看病的人要排队，天天爆满的。局长笑说，中医就是绕，阴阳五行绕来绕去的，街上那些阿伯阿婶，晚上没事无聊，就喜欢去听他绕罢了。大牡丹说，没管绕没绕的，做生意人气最重要，人多了，多看上几眼，没买这个买那个，生意就来了。广告晓得吧。局长没话。大牡丹说，舅舅中午在食堂吃，还是回家。局长说，吃食堂。你也留下来吧。大牡丹说，免了，药店那里一帮人等我的，我回去了。大牡丹出门又返身，在门口探一个头壳进去说，昨夜我又梦见我妈了。局长马上站起来，看着大牡丹的背影消失在走廊。

大牡丹吃下金三指的几帖中药，心情慢慢好起来，看到的光景也都顺眼，特别是自己的员工，也没像以往那么呆板，会招呼客人了，会主动介绍推荐药品了。情绪好了，头壳自然没痛的，心里对金三指就多了几分佩服。舅舅讲中医绕，可是绕有绕的道理呀，人家能把病绕好了的。你西医没绕，几百万一台的机器，看起病来清清楚楚的，没错，可是病都没看好，清楚有用吧。只是，金三指还没答应来坐诊，大牡丹又没好意思直接去问，坐着着急，站起来无聊，走几步还是没主意。走着走着，两只脚自己走到小雪的店里。这时候小雪是清闲的，十点没到，客人未来，坐着做药膳。大牡丹说，小雪姐厨艺超一流的，香味透过一条街，免做广告的。小雪抬头笑说，牡丹姐真会聊天，叫人听了心情好。呀，你脸上涂甚化妆品，白里透红的。大牡丹两只手没地方放了，说，小雪姐才叫会聊天哟。你家镜子放在哪里。小雪说，免照了，漂亮的，我会骗你吧。大牡丹仿佛听到外面有人叫她，心狠狠地跳了几下，脚底像安了弹簧，三跳两跳跳过街，一脚踏进自己的那间办公室，抓起镜子一照，咦，还真是白了的。虽说也天天照过镜子，但那个词叫甚，对，熟视无睹。刚才叫小雪一讲，这时注意看了，才发觉真的变化很大。以往她的脸色偏黄，还黄里带黑，有斑点，那时以为是自己未老先衰，是街上小后生嘴上叫的黄脸婆，心有不甘却无可奈何。此时镜子里的脸，斑点还在，但颜色变浅了，叫大牡丹惊喜欲狂的是，青春又回到她的脸上。是甚叫青春回来的，想来想去，原因只有一个，金三指的药。

大牡丹打出电话，响了几声那边才接。大牡丹说，舅舅，我太高兴了。局长说，金三指去坐诊了。大牡丹说，不是。局长说，捡到金子了。大牡丹说，更不是。局长说，那就是有人要摘走我家那朵花了。大牡丹生气了，说，舅舅你太不会聊天了，哪壶不开提哪壶。干脆我去找你，你在办公室吧。局长说，呀呀，现在讲礼貌了，找我先打电话。

办公室门开着，里面人声杂乱，大牡丹心底一颤，想可能是舅舅的病又犯了。进门一看，果然两个人一左一右搀扶着局长走向沙发。局长坐下后说，没事了，你们回去吧，老毛病了，等下就好了，免惊的。那两人讲了几句体贴话，离开了。大牡丹蹲在局长身旁，说，又发作了，摔倒有吧。局长说，去了一趟洗手间，回来的路上突然全身无力，刚好他们看到，没事的。大牡丹说，还好。喝茶要吧，我来泡。局长说，免了。你刚才有甚好事要给我讲吧。大牡丹说，差点忘了。你看我的脸白吧。局长笑说，白。大牡丹说，没敢马虎的，认真看。局长侧着头看了几眼，说，还真是白了些。大牡丹说，白只是现象，要透过现象看本质。局长说，还有本质，呵呵。大牡丹说，头壳好了。局长说，血管神经性头痛，容易反复的，这么快就好了，讲故事吧。大牡丹说，真的好了，还心情愉快的。局长说，谁医的。大牡丹伸出三根手指。局长站起来说，他，这个故事讲大了吧。大牡丹将那晚金三指甩壶救人，后在交警给她看病的过程讲了，接着说，本来我对中医是没多大相信的，后来想，吃了多少年止痛药，何妨多几帖中药。没想到，效果惊人的。局长说，他用甚药。大牡丹说，中药呀，他晓得开西药吧。局长坐下来说，泡杯茶吧，这次叫他绕对了。大牡丹边泡茶边说，舅舅总是讲人家绕，麻秆的事晓得吧。局长说，哪个是麻秆。大牡丹说，麻秆，协警，在你车上贴单子的那个，双脚麻，没法走路的，也是吃他的药，才一两个月，现在健步如飞。局长说，这个可以拍电视剧。大牡丹倒了一杯茶给局长，说，舅舅，我晓得你心中有一个结。局长没话。壁上挂钟嘀嗒响。大牡丹说，我妈讲过，一个巴掌伸出来，五个手指没有一样长的。先生也分等，有手段高的，有一般的，也有混饭吃的。金先是真正有手段的。我头壳痛，西医讲是血管神经痛，金先讲是肝郁。我仔细一想，西医讲的是现象，金先讲的是根源，是肝气郁结引起的。多少年来，我爱发脾气，心情没爽，其实是肝郁。西医按血管按神经来医，医了几年还要吃止痛药，人家金先用疏肝解郁的中药，从根源上解决问题。你看，我脸上多少干净的。壁上挂钟嘀嗒响。茶凉了，大牡丹换了一杯。门前有零星人影闪过。大牡丹说，舅舅，我给你煎中药吧。几年了，你的身体都没起色，叫我妈看了心疼的。局长苦笑一声，说，我读了多少西医经典，反过来要吃中药。大牡丹说，那句话叫甚山甚石甚玉的，你试试嘛，一点也没麻烦的，药我来煎，你只负责张嘴，可以吧。局长苦笑。大牡丹叫来司机，耳语几句。局长说，好吧，眼见为实。

三人到了县医院。局长拿卡叫司机去窗口挂号，司机说，还要。局长说，当然。大牡丹陪局长去中医科，远远地看到走廊里排着长队。循着长队往前走，就到了金三指的诊室。大牡丹伸头一看，金三指横指扣脉，满嘴跑火车。病人说，是甚，金先。金三指说，燥。病人说，燥是甚。金三指说，你昨晚吃酒了，吃火锅了。病人说，金先刚好看见吧，怎晓得。金三指说，没晓得，没晓得敢坐在这里做先生吧。酒，火锅都是辛热之物，凡辛热之物必燥，吃得多了，燥邪入侵，毛病来了。病人说，金先且慢，四人一起吃，怎只我一人来，有解释吧。金三指哈哈一笑，说，体质。有的人吃酒一斤两斤，照样抡大锤扛水泥包，有的人一两二两下肚，双脚要跳舞，你讲是甚。病人摸头壳笑笑。金三指开方。

司机来了，讲金三指的号挂满了。大牡丹说，怎么办。司机说，找院长吃茶吧。三人上楼，到了院长办公室。院长见到局长，起身迎接，随手关了空调，说，怎没先打个电话。司机说明来意，院长操起电话。局长说，干吗？院长说，叫他上来。局长说，一条走廊都是病人，他可以放下病人吧。院长一只手拿着电话，一只眼看司机。司机在泡茶，讲这茶味正色泽好。大牡丹起身说，大家先坐坐，我出去一下。局长问了几句院里情况，院长做了汇报，司机到隔壁房间抽烟。

日影从窗口慢慢退走，远处似有蝉声。

司机进来说，下班了。院长看了一下手表说，去食堂吃个便饭吧。三人刚出门，便见大牡丹和金三指匆匆赶来。金三指说，哎呀，没好意思，叫两位领导久等了。院长说，干脆，叫食堂送饭来，大家边吃边聊，可以吧。局长附和，众人入室就座。司机退出去打电话。

局长说，叫金先加班，辛苦了。金三指说，加班正常事。经常是时间到了，可是诊室里还有病人，这时叫人家回去，下午再来，做先生的，没敢这样讲话。院长说，金先敬业，加班没计较。局长说，我这次来，要请金先看病。金三指说，愿意效劳。局长说，我先请教金先一个问题可以吧。金三指说，局长客气了。局长说，西医是循证医学，哪个病用哪种药，怎么用，用多少，铁板钉钉，一清二楚。中医好像没相同，一个病多少个方子可以治，一个方子多少病可以用。这样看来，中医看病多少随意，凭个人经验多些，科学严谨少些，金先有解释吧。金三指说，我先讲个医案可以吧。有个青年去外地出差感冒，吃了解热镇痛的西药，感冒很快好了，以后却多出一个毛病，稍一活动就全身出汗，最麻烦的是，出汗后就畏寒怕风，四肢乏力，无精打采。局长，这个病西医如何下手。局长说，这个。院长朝金三指狠狠地眨眼。金三指说，还好，他去看中医。刚才讲了，青年是感冒后吃了大量的解热镇痛药，造成多汗的，中医讲，汗叫津液，多汗伤津。津能载气，伤津则损气，气损就叫气虚，青年四肢乏力，精神疲软，就是气虚的表现。气有营卫的作用，中医讲，营卫就是保护体表抵抗风寒的。既然气虚，必然怕风怕寒。就好比一个国家的边防部队人数少了，或装备差了，或士气低下，敌军很容易就打进去了。这是顺推。如果逆推，就是讲怕风怕寒是因为气虚，气虚是因为多汗，多汗是因为吃了过量的解热镇痛药。至此，病因相当明确了吧。中医看病，经常要切脉。青年的脉象是浮细。脉浮是甚，是正邪相争的表现。脉细是甚，是正气不足的表现。脉诊可以佐证上述推理。接下来要放蛇了。哎呀，没好意思，开一句玩笑，要开方了。怎开。两条腿走路，一是解表，二是扶正，相当是讲，把病人的表邪散开，把正气补足。正气足了，有力了，就可以把外邪驱走。正气足了，可以固表，就是把肌表的腠理保护好，这样就没再怕风怕寒了。因此，中医用桂枝汤和玉屏风散两个方合用，加减化裁。这两个药方都是古方，书上都有，我免讲了吧。大牡丹说，要讲要讲，两条腿走路，两条腿都要讲清楚。中医走路叫西医看看。金三指说，要讲也可以，就怕局长饿了。局长笑笑。金三指说，桂枝汤是甚，桂枝，白芍，甘草，大枣，生姜。桂枝生姜通经疏风解表。白芍和大枣养阴血，补充召集营卫之气。甘草和百药，是个和事佬，可以助桂枝散寒邪，可以助白芍补津液。整个桂枝汤，讲白了，就是疏风解表。玉屏风散是甚，只三味药，白术，黄芪，防风，经常用来预防感冒。黄芪和白术，健脾益气，特别是黄芪，补气药中数第一。气补足了，就是边防部队加强了。防风嘛，药如其名，防风祛风。这个玉屏风散，单看药名就晓得，像一道屏风，可以遮挡寒风的，用在这里，起到培植正气，坚固城防的作用。这两条腿，一条是把敌人赶跑，一条是把城墙筑牢，这是中医治病的思路，清楚了吧。大牡丹说，中医治病，行军打仗。金三指说，我看病时，有好事者问我，中医厉害还是西医厉害，我讲，马善奔跑，牛能犁田，各有千秋吧。司机说，后来怎样。金三指说，吃了三帖，出汗畏寒大为减轻，再吃三帖，基本痊愈。

食堂师傅送盒饭来。司机和大牡丹拆装分勺筷。局长笑说，他山之石，可以攻玉，看来我要补课。大牡丹说，舅舅。金三指说，局长，先把脉可以吧，吃饱了多少影响。局长解扣绾袖，伸出手说，有劳金先。金三指接手切脉，不禁一颤。虽属夏令时节，局长的手却传来一束阴寒之气，令人有触冰之感。金三指双眉轻蹙，两眼微闭，三指微微颤动。众人无话，都把眼睛瞪在那三根手指上，似乎这样可以帮助金三指更快地捕捉到病魔。窗外蝉鸣浅短，虽有声而未成腔。没多久，金三指松手，说，脉沉细而略迟。院长说，脉迟是有寒邪入侵，沉细是气血两虚。局长笑说，院长难得，专业没丢。金三指说，院长讲的一点没错，气虚血虚，气没法充盈脉道，脉就沉细。局长平时关节怕冷，手脚常年无汗吧。局长说，全身怕冷，何止关节。既冷，哪里有汗。金三指说，这是寒湿缠身，凝滞关节所致。回顾那时情形，局长走了较远的山路，身体必热，热则皮肤腠理打开。南方山区多湿，那天刚好暴雨，湿气更盛。本来正邪相争，也就是讲，一方面湿邪要入侵身体，一方面身体的阳气要抵御湿邪，相持之际，若能休息一下，使正气的调动和聚集更加充分，就有足够的力量抗击外敌，身体谅无大碍。但此时山洪暴发，局长救人被困洪水中。本有湿邪要入侵，这时又长时间泡在水里，寒与湿两股敌人合在一起，力量大增，身体的阳气相比之下势单力薄，败下阵来。获救后虽有治疗，但估计没有采用中医的手段，难免落下病根。局长说，是西医治的没错。当时住了几天院，经骨科再三检查确认后，才让我出院的。金先认为是西医没治好吧，或者是讲西医没适合治疗这种病，言过其实吧。院长在一旁苦了脸。金三指笑说，西医是建立在解剖学基础上的。你当时膝盖没法打弯，没法迈开腿，是膝关节肿胀僵硬对吧。既然肿胀，西医的应对就是消肿，消除炎症，清除积液，如此这般的局部处理对吧。这其实是仅对器官，组织的器质性病变进行处理，而没有对肿胀的根源做必要的追查，相当是讲，隐患没有消除。中医讲的是天人合一，人与自然紧密结合。自然界有风寒暑湿燥火这六种气候变化，人体也有，中医称为六邪。六邪使人致病的，就要找出其根源，在根子上下手。如何下手，无非扶正祛邪。中医西医，理念没同，效果自然有异。相当是讲，西医注重局部，中医注重整体，各有优劣。比如，冠心病，大血管堵了，胸闷胸痛了，西医放支架或搭桥，血管马上通了，人马上一身轻松，没病一样，那叫一个快。可是，也有今年放一个支架，明年再去放一个支架的，是甚，是只注重局部，没有对造成血管瘀堵的体质进行干预的缘故。中医用活血化瘀的手段，在堵的源头上下手，既清理血管的瘀堵，也对产生瘀堵的体质进行调理，但时间要长，若是病情急的，没留给先生足够的时间来医治，就要坏事。这种情况，先处理好局部，支架或搭桥，是对的，西医有优势。局长说，所以你讲马善奔跑，牛能犁田。好。我同意。院长擦了一把汗。大牡丹说，哎呀，饭要凉了吧。院长说，先吃先吃。局长说，免急。请金先继续上课。司机说，对，金先放蛇吧。金三指一句话刚要出口，看到桌上的茶壶，改口说，大家先吃，我草拟个方子，等下与院长研究研究。院长大笑说，我这个师弟，就爱开我的玩笑。我的专业快丢光了，哪里还敢研究。金三指就院长桌上的便笺开了药方。大牡丹把单子抓在手上，说，药我负责，保证没敢熟地抓生地的。又说，咦，还真有熟地哟，还是大分量的，三十克。局长说，方子念念。大牡丹说，熟地，生麻黄，肉桂，炮姜，鹿角胶，补骨脂，秦艽，丝瓜络，透骨草，白芥子，川牛膝，炒苍术，炒白术，炙甘草。哎呀，金先，舅舅的病是老病，只这十几味药可以吧，方子简单吧，我以为要满满一大张。金三指说，局长的病，是寒湿凝滞于关节，好比土匪藏在深山里，在你防备松懈的时候跑出来捣乱一下。对付这样的土匪可以大部队吧，派小分队去最合适。院长歪过头来看着药方，说，金先的小分队很精干的噢，你看，兵分三路，一路散阴寒，用生麻黄祛寒，熟地养血，鹿角胶，肉桂，炮姜，补骨脂来温阳。一路化痰湿，用白芥子，丝瓜络。一路通血脉，用秦艽，透骨草祛风除湿通经络，用牛膝引气下行，苍术，白术燥湿强气血。经络一通，气血就能顺着经络一路前行，金先的思路妙呀，散寒化湿通血脉，血脉就是剿匪小分队嘛，小分队一到土匪自然就跑了，手脚自然有力量。实际上也是两条腿走路，扶正祛邪。通血脉是扶正，散寒化湿是祛邪。司机说，局长的手脚有力量，可以干大事，我也思想轻松，免惊麻秆贴单子。众人大笑。司机吃一口饭说，罚款都是局长自己出的。每次出车回来，他都要问，贴单子吧，给我。

两个月后。晚上，金三指家里。

老板按着腰说，吃了金先的药，痰化了瘀也化了，身体爽了，免惊再去放支架的，可是腰痛了，金先的药哪里有错吧，又是熟地错成生地吧。金三指说，躺下，我看看。老板面朝下躺在沙发上。金三指边按边说，这里痛吧，这里痛吧。老板说，是。金三指说，怎个痛法，撕裂样痛，压榨样痛，针刺样痛，钝痛。老板说，没一个是对的。酸痛，隐隐作痛。金三指说，腰肌劳损，没大碍，免吃药，按摩几下，可以回家休息。老板说，局长那么老的病，你都医好了，我这点腰痛，小儿科吧。金三指说，病分大小，先生的心没分大小。老板说，对了，大牡丹托关系走到我这里了，怎么办。金三指顿了一顿，说，以后讲吧。老板说，我就料到。金三指的手上涂了些滑石粉，在老板的腰上一阵推揉点按拿捏。老板时而讲痛，时而讲爽。讲爽时哼哼哈哈，讲痛时难免大呼小叫，喊轻点轻点，老腰哦，没敢当打铁铺子的。金三指说，义诊还要叫人挑三拣四的，这个先生做得真窝囊。老板说，那是你做人没够透气，死板。那个壶给你玩，你还是没玩出意思来。金三指说，还没玩就砸了。老板说，痛死我了，怎就砸了。金三指将那晚的情形讲了。老板说，就你刚才这手劲，那么远还可以砸中人的额头，我相信。金三指说，各人有各人的活法，做生意的人要透气，做文章的人要灵气，女人要柔气，男人要刚气。可是没管谁，身上都要有正气。麻秆这孩子我是喜欢的，他敢在局长的车上贴单子。

敲门声响。拳头师在门外说，谁讲麻秆，麻秆怎了。向大妈在门外说，你总是忘了滋阴，讲话像吵架。麻秆明天要考试了。金三指拉下老板的衣摆，转身去开门。

# 燥

金三指第一次见到拳头师，是在一个特殊的地方。那是一个容易咳嗽的季节，一个县城有半城人喉咙痒痒。金三指诊室外那条走廊，也咳嗽了一天，有的声结，有的声松，有的声尖，有的声浑，有的声长，有的声短，一声一声，此起彼伏，循声走去，可以走到金三指的诊室。临近下班，走廊无人排队，咳嗽声零星。诊室里还剩三个人，只一人咳，三十多岁的汉子。金三指收回手指，说，多久了。汉子说四五天。金三指说，伸舌头，好，小便赤短吧。汉子说，甚。金三指说，尿色重，尿少。汉子说，是。金三指说，口渴吧。汉子说，是。金三指说，咽喉痛吧。汉子说，是。金三指执笔开方。汉子说，金先，多少人咳嗽，是甚。金三指说，气候。秋天嘛，干燥，燥邪犯肺，肺是娇嫩之脏，喜湿怕燥，一燥就咳。汉子拿方道谢走人。汉子身后的红毛青年顶上来。红毛说，金先可以去摆摊算命，保证队从街头排到街尾。金三指说，甚。红毛说，金先三指一搭，甚事都晓得，讲的比算命先生都准。金三指哈哈一笑，说，你昨晚吃火锅了。红毛说，呀。金三指说，吃酒有吧，熬夜有吧。红毛连讲几个呀，给金三指竖起两个大拇指。金三指说，口腔溃疡吧，吃饭吃茶痛极。红毛说，金先真伟大，没摸脉就全部晓得，一句没差的。金三指说，你一开口，各种症状都显露出来。中医讲，望闻问切，你口气重，有异味，是过食辛辣之物，爱从嘴巴噁气，是嘴破了，西医讲，叫口腔黏膜破损，叫口腔溃疡。口腔既溃疡，吃东西自然会痛，一路推理，哪里算命。红毛说，佩服佩服。金三指落笔开方。红毛说，金先，前头那位咳嗽是燥，我是甚。金三指说，也是燥。红毛说，金先马虎了，他咳是燥，我口痛也燥，种瓜没得瓜，种豆没得豆，怎讲。金三指说，燥邪犯肺，就咳，燥邪伤胃，就口痛。症没相同，根源相同，燥过盛，就损阴，阴亏，就生病。红毛说，阴，下面。金三指笑了说，上课没注意，老师讲这个字时，你刚好跑去撒尿。阴是阴液，身体内的液体，血液水分都是。红毛说，我回家多喝水。金三指说，喝水能解决，要先生做甚。吃药。红毛拿了单子，嘻嘻哈哈走人。最后一位穿警服。警服说，金先，我没要看病。金三指伸个腰，打个哈欠，说，甚。警服说，我是拘留所的，专门请金先和我走一趟，好吧，刚好下班。金三指愕了，双手忘了放下，作投降状，说，呀，我犯事了。

拳头师在县城外西北角开修车铺，专修摩托车。这个铺子有意思，全县城只一间，工人都是拳头师的徒弟，白天修车，晚上练拳。拳头师说，只练拳头会饿死，要学一种手艺，有手艺在身，免惊刮风下雨。徒弟吃住都由拳头师负责，收入当然也全归拳头师。徒弟学个三年五年的，可以出师。出师的徒弟，没敢在县城修车，都找个乡下去开铺子。离县城近的，晚上也会来拳头师这里练几趟拳，也做师父的帮手，在师父吃茶的空隙，指点师弟几招。有时会带两瓶米酒，几包卤料来，同师父师弟们吃几杯，聊天讲古，讲街头巷尾新闻，讲乡下农家趣事。阿牛最早出师，铺子开在县城十里外的西水村，十天有八个晚上在拳头师的铺子里。拳头师说，都拢来，吃酒，看阿牛带甚好料来。新来的几个手脚利索，收了器械，摆桌搬椅，围成一圈。筷子酒杯摆上，有人开包，有人斟酒。一个说，今天修了三辆，都是大灯裂的，转向灯碎的。另一个说，看样子是撞的，街上常堵车，都没相让，你没让我我没让你，就撞了。撞了要下车理论，理论没清楚，就要出手。一出手，路就更堵了。拳头师说，都是脾气。我脾气大，要检讨，你们莫学我。吃酒。一小师弟说，阿牛铺子开了好几年，没挪窝，有相好的吧。阿牛说，呸，这个村子的人，性直，我喜欢。师弟说，怎个直法。阿牛说，讲了莫笑。一个憨子挑一担粪水上田，憨子只晓得横挑，就是扁担横放在两个肩上，这种挑法吃力，要两只手抓住扁担，脚也没好开步，憨子嘛，没办法。路本来够宽的，我摩托车都敢开上去，可是叫憨子的担子一横，路就比担子窄了。对面过来一个人，牵一头牛。牵牛的说，担子拔直了。憨子说，没晓得。牵牛的说，侧身晓得吧。憨子说，没晓得的。牵牛的说，担子横路上，我怎过去。憨子说，你倒退。牵牛的说，我倒退，牛没晓得倒退。两人都没让，都像棍子插在路中。我跟在牵牛的后面，路堵了，我停车。那牛的尾巴扬了几扬，两个前蹄抬起放下抬起放下，嘴巴哞哞地叫，我晓得，牛生气了。师父说，牛生气了，后果很严重。师弟说，怎么办。阿牛说，怎么办，我办。我过去，将憨子的担子抬起来，挑我肩上，三步越过牵牛的，两步越过我的摩托车，放地上。我和牵牛的都走了，那憨子还愣在路上。我好像听到背后憨子在骂，讲骑摩托车的，注意了，明天路上我撒钉子。师弟们哈哈大笑。拳头师吐出一块鸡骨，说，阿牛做对了，练武做甚，就是帮人。吃酒吃酒。

　　没过几天，阿牛修车缺零件，来拳头师铺子找。大路前面堵车，喇叭声叫骂声响成一片。阿牛摩托车小，好调头，一把拐进巷子。巷子宽，有脚踏车摩托车过来过去。对面有小妹踩一辆车过来，车把上插一束花。阿牛减速靠右，正准备停车观光，忽见楼上一个红脸盆一闪，一盆水像闪电泼下，刚好叫小妹撞到，小妹惊叫一声，人连车倒地。阿牛刹车。花撒一地，小妹上衣湿透，膝盖见红。小妹说，谁泼的水，出来讲讲。楼上静静，小妹流泪。阿牛下车，拿拳头擂门，说，出来出来，敢做敢当。擂了一阵，门开了，出来一个癞头。癞头说，黑社会吧，打砸抢吧。阿牛说，带小妹去医院看伤，赔医药费。癞头说，看你大头大脸，四肢发达，头壳简单吧，你看见我泼的水。阿牛说，清清楚楚。癞头说，你用左眼看还是右眼看，一条巷子多少个门。阿牛说，多少个门我看清楚，就是你家的红脸面盆泼的。渐渐有人围过来。癞头说，你看小妹看得眼花了，红脸盆白脸盆分得清。阿牛脖子粗了，说，分得清，是你家泼的，分没清，也是你家泼的。人越围越多。一个说，一天到晚，泼了多少水，没见到一个敢擂门的。一个说，今天倒好，来一个浑身痒痒的。一个说，地瓜吃多了，来这里消化消化。一个说，哪里来的，回哪里去，免生事。癞头说，回去好说，先赔我的门。阿牛说，人多是吧，你老爸就喜欢人多。癞头讲声好呀，挥拳打来。阿牛反手一格，顺手一挥，说，先赔你个门。一个巴掌实实打在癞头脸上。癞头大叫一声，后退几步，跌坐地上。另外三四人见状逼近来，出拳的出拳，踢脚的踢脚。阿牛兵来将挡，水来土掩，几个回合就叫那几个趴下。癞头说，本事的，等我五分钟。阿牛说，十分钟也等，没来是乌龟。癞头一伙人散去。小妹说，大哥，跑吧，他们一伙人是街上霸，没人敢惹的。阿牛说，跑字怎写，没晓得。小妹说，会出人命的。阿牛说，这样，你去修车铺找我师父。小妹掀起地上的脚踏车，一阵急蹬，到修车铺找到拳头师。众人听了，火冒三丈，都要出阵。拳头师拦下，说，人多了事就大，我一人去。拳头师骑一辆破摩托车赶到巷口，见阿牛已被数人包围，渐落下风。那些人手执木棍铁棍，往阿牛身上一阵乱砸，阿牛左躲右闪，已露败象。拳头师急跳下车。阿牛背后，一人操一条长凳朝阿牛后脑勺砸下去，阿牛浑然不知，相当危险。拳头师从地上捡起一根木棍当标枪，嗖地掷去，正好戳中那人膝盖后的委中穴，那人双腿一屈跪下去，长凳砸到地上。拳头师大喊停手，那些人都没听见，该怎么打还是怎么打，脖子凸起青筋，歪咧着嘴大声喊打，手上的家私生风夹火。阿牛是听到了师父的声音，可是手忙脚乱，无暇应答。拳头师只好出手，一拳一个，一脚一个。那些人顿时像面捏的一下子瘫倒一大片。剩下两个，倒拖棍棒，钻入巷子深处。地上散落几条木棍铁棍。阿牛身上几处受伤，拳头师看看，并无大碍，师徒两人骑摩托车回到铺子。徒弟们围过来，问情况。小妹掏出一方手绢，擦阿牛额边的血，阿牛定定。小妹说，谢谢大哥。我陪你去医院吧。阿牛笑说，只当是练拳失手，铺子里有药粉，去医院笑死人。拳头师说，小妹哪里人，怎会这样。小妹说，我住在巷子的另一头。那伙人真坏，经常泼水，人人过巷子要小心。拳头师说，好了，我去一趟派出所。阿牛这两天先住这里，莫回去。

拳头师找到派出所所长，说，我来投案。

警服开车。金三指说，拳头师的功夫真是了得，真没想到，小小的县城，也有这等高手。警服说，拳头师的师父，与几十年前那个很出名的武打明星的师父，是同班同学。金三指说，哦，原来。金三指又说，拳头师算是见义勇为吧，还要坐牢。警服说，这个，没算坐牢，只是关几天，主要是受伤的人有好几个。派出所所长当时也为难，那伙人做了多少坏事，早有听说，只可惜没有证据。金三指说，是了，治病也要讲证据，就讲感冒吧，分风热风寒，怎分，找证据。都是头痛喉痛咳嗽流鼻涕，怎断风热风寒，鼻涕是证据。鼻涕清水样流，是风寒，鼻涕又黄又稠，是风热。找到证据，才敢下药。车子往城外走。警服按两下喇叭，说，讲到治病，金先呱呱叫。拳头师进了拘留所后，整天整夜咳嗽没停，那种咳，我听了心里会发慌，像喉咙随时会破裂，脸膛都要炸开的样子。最惨是晚上，他一咳，所有人都没法睡。第二天，一个个没精打采，直抱怨。狱医给他开了些药片，吃了没效果。我想来想去，感觉还是请金先走一趟，最好。

车进了拘留所停好，一个女警察朝警服叫所长，讲请到了吧，金三指才晓得原来警服是所长。所长说，先去泡两杯茶请金先，再准备两份饭，我和金先一同吃。金三指连忙说，所长，先看病吧，吃茶免急。所长说，恭敬不如从命，就带金三指往监区里走。过两道铁门，就听见咳嗽声。单是听声，金三指就清楚，是无痰的干咳。来到咳嗽的监室，几个人分两排恭敬站立，齐声讲干部好。一人靠墙坐在地上，身边一杯水，手按着脖子，张大了口咳嗽。金三指蹲下身子，说，拳头师吧，舌头伸看看。所长叫人拿来一只矮方凳给金三指坐。金三指将拳头师的手放在自己的膝盖上，摸脉。拳头师头扭一边咳嗽，手也随咳而动。所长说，摸得准吧，我帮你按住手吧。金三指与所长说，免了，脉虚数。金三指与拳头师说，你忍住痛。拳头师点头。金三指一手握住拳头师的手掌，一手捏一根牙签，折断尖尾，裹了衣角，对准拳头师的大拇指指甲边捅下。拳头师咝了一口气。捅了几捅，咳嗽声减了许多。拳头师说，你是金先吧，好受多了，厉害厉害。这个叫什么穴，以后咳了自己弄。金三指说，少商穴。你躺床上，我按你背上的厥阴俞穴。拳头师依言俯卧，金三指双手大拇指在他肩胛骨旁按下，说，一下一下吸气。按了几分钟，拳头师咳嗽渐止。两边站着的人，依旧笔直，但脸上均露出惊奇的神色。金三指站起来，甩甩手，擦一把汗。所长说，妙手回春呀，以前都以为是书上夸张，今天眼见为实。金先，这里热，你都一头汗了，我们去办公室吃茶，那边凉快些。哦，对了，肚子瘪了吧。拳头师说，等一下。金三指说，呀。拳头师从床上爬起来，忽地单腿跪地，朝金三指抱拳，说，我道谢，金先肯定没稀罕。这样讲，全世界我最佩服的有两个人，一个是老人家，一个是金先。金三指连忙将拳头师扶起，说，你要折我的寿吧，我怎敢与他老人家相提并论。拳头师说，我爱佩服谁，是我自己的事。金先你是没清楚，喉底痒得要死，恨不得拿拳头去砸。我没怕痛，就怕痒，痒是小人，专玩阴的。金三指说，你的病就是伤了阴，这样的病哪能单按几下就好的，还要吃药。拳头师说，呀，呀。金三指说，穴位止咳，只是治标，就是讲，暂时止咳。去除病根，才是治本。拳头师说，病根是甚。金三指说，燥。你舌红少苔，脉虚数，是燥盛阴虚，肺胃伤津，虚火上炎，气逆咽干而咳，病根在燥。拳头师说，金先讲先生话，我没晓得听。我天天练拳，一顿三碗饭，吃酒吃肉，怎有病根。金三指坐矮凳上，说，干脆上课。汽车摩托车一个理，加了油门才能走，对吧。都讲加油加油，要是忘了加水，水箱没水了，会怎样。拳头师说，要坏事，会炸锅。金三指说，对呀，水是用来冷却动力的，没水冷却，动力就过热，过热要坏事。用到人身上，动力是人的阳气，阳气当然要旺，人才有力气干活，但是也要有水，就是阴液，来滋润，阴阳要平衡，身体才健康。阴液少了，阳气没得控制，就会亢奋，就会过盛，就像发动机过热了，要炸锅。讲到摩托车，你比我懂。机器高速运转，必须机油润滑，少了机油，零件要烧坏，机油就是阴液。讲到你，就是水箱没水了，机油降到底了，马上要炸锅。拳头师说，呀。金三指说，阴液少了，就叫阴虚，阴虚生内热，就叫燥。拳头师说，金先要用甚当机油。金三指说，麦冬。麦冬是滋阴润燥的良药，特别能补肺阴。你的咳就是肺阴虚引起的。一个好汉三个帮，我用一个古方吧，千金麦冬汤，拉几个帮手，一齐辅助麦冬，更好发挥作用。一个是人参，益气生津。一个是半夏，降逆化痰。一个是甘草，一个是大枣，益胃气，生津液。有人推车送牢饭来。所长说，打住，下课吧。金先还未吃。拳头师说，金先快去吃，勿敢耽误。过两天我出去，要去请教。修车讲阴阳，动力和机油，练拳也要讲阴阳，进攻和防守。金三指笑说，活学活用。所长带金三指到办公室，女警察已等候多时，桌上放两份饭菜。女警察说，还热。所长说，饿极饿极，没好意思，家常便饭，金先请将就。金三指打开饭盒，白米饭，花菜，茄子，鱼块，红烧肉，肉里见辣椒一个，红彤彤。另一个小碗里是紫菜蛋汤。金三指看一眼所长说，忘了，该死。拳头师的菜里有辣椒吧。拳头师勿得吃辣椒。所长对女警察说，快。女警察转身跑出办公室。金三指说，辣椒，燥。凡辛辣之物都燥，燥必伤阴。拳头师本属阴虚体质，吃了辣椒，势必干咳加重。所长说，燥真是个坏东西。金三指说，没一定。若是湿了，就要用燥，辣椒能燥湿。南方，特别是山区洼地，湿气重，要多吃辣椒，祛湿。物无分好坏，只讲适宜。还是那句话，阴阳要平衡。阴虚了，身体就燥，就要补阴润燥。所长吃一口饭说，是哦，润燥要吃药，多少麻烦。金三指吃一口汤，说，吃药没一定，吃对饭也能润燥。所长说，呀。金三指说，比如，这个，紫菜鸡蛋都能润燥。青菜，木耳，豆腐，白萝卜，瓜果，都能，多吃就有效果。所长说，这个好办，我叫食堂多煮这类菜，让大家都滋阴滋阴。按金先的话讲，滋阴就会润燥，润燥就少了脾气，心平气和就能好好反思，认识错误，免生事端。哈哈，妙呀妙。金先可以帮我们做个题目吧。金三指含一口饭，说，甚。所长说，拘留所开展文化建设，正苦没有题目。浅谈滋阴润燥对服刑人员的重要作用，呀呀，错了，题目小气了，金先出手，怎能浅谈，要搞就搞大一点的，想想，对了，论中医与监狱管理，怎样。金三指哈哈大笑，说，所长很会聊天，我只晓得看病，怎敢做文章。监狱管理，我一点没懂，都没进去过，呀，错了，刚才进去一回。只去一回，敢讲管理吧。讲到中医，话就多了。人怎会犯错，心态吧。心态平和，嘴上讲道理，心里有分寸，做事没离谱，有错犯吧。目下社会，节奏加快，大家都忙，有事忙无事也忙，一忙坏了，心态容易失衡。路上堵车，互不相让，针尖大的地都要去争，去挤，坏了，水泄不通了，谁也没法走了，心里就犯燥，嘴上就相争，你一句我一句，比赛舌头功夫。燥气攻心，心火燃烧，燥气入肝，肝火大动，话讲起来大声，舌头没够用，燥气转而走向四肢，手脚就痒痒。舌头没办成的事，就叫手脚办。手脚好办吧，手脚一办，就都要到你这里办。所长鼓掌，说，金先好推理。边吃边讲，请继续。金三指说，没了。我要吃饭，否则，阴阳要失衡。所长说，金先比我会聊天，话讲一半吊人胃口。金三指说，真没了，想到讲到。文化建设有用吧。所长说，绝对好题目。当然，这事一时没法做完整，金先有时间帮我想想。等金先吃饱了，我载你回家。真没好意思，叫金先加班了。金三指说，呵呵，救死扶伤，没讲上班下班。饭毕，金三指开了药方：麦冬 60g，半夏 9g，人参 6g，甘草 4g，大枣 8 枚。所长看了一会儿药方，说，金先笔误吧，麦冬用六十克，其他都是个位数，相差太多。金三指说，无误。药方讲究配伍，麦冬滋养肺胃能力强，方中重用麦冬，补肺胃之阴，以清降虚火，作君药。人参为臣，半夏为佐，甘草大枣为使，君臣佐使，以君为主为重，量要大，臣佐使起辅助作用，量宜小，否则喧宾夺主。没错。所长说，受启发了，我也来个活学活用，谢谢金先。金三指说，呀。所长说，好题目呀，文化建设这篇文章，就以麦冬为题，相当是讲，大力开展滋阴润燥活动，创建和谐监区。到时还得麻烦金先。金三指说，和我走一趟。金三指和所长同时哈哈大笑。

拳头师吃了金三指的千金麦冬汤，没到半小时，便觉得满腹清爽，一股清凉之气，由肺胃直升到喉，到口，喉没痒，口也润，连讲几声神医，又对旁边的人说，没好意思，我要打呼噜了。呼噜声起，头才落枕。旁边的人都苦笑，一个说，拖拉机开了一两天，这时改摩托车了，也罢。

拳头师出来后，又照金三指的药方，吃了两三帖，完全康复。阿牛也回了乡下修车铺。拳头师叮嘱他，以后心中有火，先忍着，回家麦冬煎水，吃了降火，免生事端，金先讲的。

拳头师晚上练完了拳，就到金三指家里泡茶。天热，在阳台上摆一张小方桌，拎两张矮凳来，照着月亮就能泡茶。金三指也极爱他去，虽说行业没相同，脾气也差异，但缘分这事谁也难说清，金三指就爱听拳头师的江湖故事。金三指说，等放了暑假，我那小子近你学两招，顺便也修摩托车。小孩出去走走有好处，去你那里我放心。拳头师说，那是相当的欢迎。金三指说，你专教那些消闪步，莫教打人的，可以吧。拳头师说，哪里可以。金先自己讲，阴阳要平衡，进攻是阳，防守是阴，专门防守，相当被动，那叫阴甚阳甚的。金三指说，阴盛阳衰。拳头师说，对呀，阴阳要平衡，好比摩托车要走，加汽油也要加机油，只有机油没有汽油，摩托车能走吧。金三指说，又好比，一把菜刀，可以切菜，也可以杀人，就看刀在谁的手上了。拳头师说，对呀，又好比。金三指说，吃茶，吃茶。拳头师吃了一口茶，说，专业人做专业事，我教他拳头，你给他滋阴，甚事也没有。

月亮圆圆挂在头上，远处吹来些轻风，带着露水，凉凉的。茶香渗到月光里去，月光也香了。拳头师觉得这样的夜晚也挺有意思的。

那天拳头师去社区，见向大妈一手捂着腮帮，苦脸皱眉，就说，谁敢将大妈的嘴边打胖了，我找他理论。向大妈说，小雪夫妻。拳头师说，敢死，两个打一个。向大妈说，怪我没讲清楚，是人家夫妻吵架。拳头师说，晓得了，夫妻吵架，你去调解，刚好一拳头打来，刚好你脸凑近，无意插柳，打你嘴边，是吧。向大妈说，去死。拳头师说，怎了。向大妈说，小雪身体没好，老公就没爱回家，就去打牌，输了钱，回家向小雪伸手。小雪哪里有，老公就打。打得厉害了，小雪跑我家里来，晚上也没敢回。老公真敢死，来这里找人，小雪自然没敢跟他回去。一次来，两次来，三更来，半暝来，我一夜没眠，话讲了一大车，口干舌燥，今早起来，牙痛脸肿。拳头师说，那个没做人的，欠打了，我去。向大妈说，你还要去拘留所吧。拳头师说，我吼他两声可以吧。向大妈说，返来。不如载我去看金三指。拳头师笑说，金三指又矮又黑又瘦，有甚好看。向大妈说，你变了一个人，以前天天风风火火，话无半句多，脸绷得比棺材板硬。目下呀，嬉皮笑脸，油腔滑调。是吃错药了，还是心里藏个小三，坦白交代。拳头师说，我滋阴了。向大妈说，甚。拳头师说，金三指讲，我身体有燥气，讲话常带刺，伤人也伤己。吃了他的药，肚子里清爽，头壳轻松，玩笑随便开。向大妈说，滋阴本是好的，讲话轻声细语，做事有章有节，我看你是滋错了阴，满嘴刻薄。

拳头师用摩托车载向大妈，两人一路讲相声，到了医院。拳头师拉向大妈直接要去金三指诊室，向大妈说，滋阴，先挂号吧。就一同到挂号处。收费员说，金先的号满了，明天早点来。拳头师说，救死扶伤吧，老大娘三天没吃了，偏偏号挂满，我挂急诊可以吧。收费员说，金先的号没有急诊。拳头师说，慢诊没，急诊也没，那是要叫我去看义诊吧。收费员白了拳头师一眼，说，下一个。向大妈将拳头师拉出医院，两人骑摩托车回家。向大妈说，还滋阴呢，燥气都冲到头壳了，脖子粗了，金三指的药白吃了。拳头师说，我一急，就忘了滋阴。

晚上，拳头师到向大妈家，小雪拿风扇吹一碗稀粥，向大妈坐在桌边。拳头师说，晚上免挂号，我载你去金先家吧。我的嘴是开玩笑的，你的嘴是做正事的，嘴边肿了，开展工作有阻碍，和谐社会受影响。小雪说，还未吃，吃了再去吧。向大妈说，饿是饿，却也没爱吃。小雪双手端一碗稀粥给向大妈，向大妈吃了一口，嘴往一边裂，显得痛苦。小雪说，慢点慢点，我再去吹凉些。拳头师坐下站起，站起坐下，说，真想替你吃。小雪说，莫急，都是我害的，要怪我。拳头师说，你那个没做人的老公，要修理吧，傻瓜一个，那种牌是他能打的，三个合伙打一个，没叫你倾家荡产是没放手的。小雪眼眶红红，没话。拳头师说，他这时要是敢来，看我。向大妈说，滋阴。拳头师搓搓手，说，唉。小雪说，家里穷，他是想赢些钱来。以前是买彩票，又嫌彩票慢，几个人打个招呼，就去了。拳头师说，要叫金先讲，那也是燥。看别人家吃鱼吃肉，自家的粥就没法咽，心里急躁。想要来钱快的，头壳一定会短路。这种人，最该滋阴。小雪说，滋阴是甚，真能治老公的病，借钱也去买。拳头师说，滋阴是甚，金先才晓得。小雪说，带我去可以吧。向大妈说，小雪，你老公是心病，心病要用心药医。比方讲，叫小偷吃两帖中药，他没敢偷了，叫骗子吃两帖中药，他没敢去骗了，可能吧。真这样，多省事，开医院就好了，设监狱做甚。金三指治病是厉害，可再厉害也只是先生，莫将他当神仙，整天金三指金三指挂嘴边。对金三指要正确认识。小雪静静。拳头师说，我没文化，这个世界，我只佩服两个人。向大妈说，好了，好了，走吧。

三人敲开金三指的门。金三指双手滴水，半举着，屋里洗衣机声响。金三指说，大家等我一等，拳头师泡茶。拳头师说，洗衣服是吧，小雪可以洗吧。金先你辛苦一天了，要休息，阴阳要平衡。小雪说我洗我洗，循声去找洗衣机。金三指说，没敢没敢。向大妈说，金先做爸又做妈，没简单。拳头师将金三指按坐在沙发上，说，任脉主阴，督脉主阳，归属分清楚。先生要做先生的事。小雪拿一条干毛巾来，说，金先擦手。金三指说，哎呀，小妹是。拳头师泡茶，说，小妹的事下回再讲，这回先讲向大妈。金三指擦了手说，怎了。向大妈说了事。金三指用手机照向大妈的嘴，说，燥，燥热。拳头师一拍大腿说，燥，好办，麦冬。金三指笑说，你只晓得麦冬。向大妈说，才近金先几天，就敢开药。金三指说，开药可以，身体坐直，我念你写。拳头师拈来纸笔，依言坐直，执笔，引颈。金三指起身，走向里间，声音传来，虫草五只，鹿茸七片，藏红花半斤，雪域野党参八两，西藏佛手参。拳头师听了，脖子硬，手也僵。向大妈五指拢撮起茶壶，作砸地状，忽地放手，说，烫死人。里间传来笃笃笃的锤捣声，有酸辣味。那边小雪说，金先，衣服要挂哪里？金三指说，阳台，随便。小雪晾好衣服出来，三人坐在沙发上吃茶。向大妈说，涩死人，舌头都硬了，中药吧。拳头师笑笑。小雪无话。几杯茶过后，金三指端着一个盘子出来，盘子里滚着几颗花生米大小的药丸。金三指在向大妈对面蹲下，用牙签叉一颗药丸，叫向大妈张嘴，将药丸放到痛牙处，说，咬着，莫掉了。向大妈依言，没多久，口水如泉。金三指说，如此最好，便起身洗手吃茶，听拳头师讲江湖故事。拳头师看一眼向大妈，说，菜市口陈三的油炸鸡卷最好吃，外脆里嫩。金先没见过，鸡卷下锅，油锅冒泡，咕嘟咕嘟响，香过几条街，免做广告。晚上无事，切两条来，配齐姜蒜辣醋，就半斤烧酒，爽过做县长。金三指说，原来你好这一口，难怪一身燥气。姜蒜辣，油炸鸡卷，酒，都是辛辣之物，常吃易燥。向大妈张嘴吐出一口口水，说，去死。小雪抽一张纸巾给向大妈。金三指说，怎了。向大妈擦了嘴说，看我流口水，拳头师专挑吃的讲。

拳头师大笑。金三指说，我讲牙齿。向大妈说，基本没痛了。金三指说，那几颗药丸带回家去，一天两次。拳头师说，好药，金先怎做的，干脆多做些，我带到铺子去，叫人做个广告牌，就写金先牙痛丸，世界高科技。金三指说，主药是生地。将生地与花椒捣细，以醋调和成丸。你讲用麦冬，其实该用生地，麦冬滋肺阴，生地泻火，此处重在泻火。呀哈，有了。众人拿眼看金三指。拳头师说，甚。金三指自顾自拿手机打了，说，所长，题目有了，就叫生地与熟地。生地熟地本是一样的东西，地黄只是晒干，就叫生地。地黄经九蒸九晒后，才叫熟地。生地清热凉血生津，能败火，有缓解血热症状的功效。熟地滋阴润燥，补精益髓。都能润燥，生地偏降火，熟地偏滋阴。当然有关系，你免急，听我讲。拘留所对刚进去的人讲，是生地。人一进去，种种问题没想通，肚子里生气，焦急烦躁，难免有火气，这时要清热败火，用生地。一个人肚子里没火气，头壳没发热，才能好好反省，痛改前非。一段时间，认识错误，改正错误，人要回家去了，家是熟地吧。虽是回家，思想莫放松，因为讲，人犯错误，经常是火气过旺，这时滋阴润燥十分重要，偏偏，熟地就是干这事的。从生地到熟地，中间要九蒸九晒，从监狱回到家，中间要改造思想。九蒸九晒就是改造思想。你说，这文章好吧。哈哈哈哈。

三人听得一头雾水。吃茶。

# 瘀

　　小雪去开门，门刚扯开一条缝，拳头师的声音先钻进来，说老板那边怎讲。小雪说，小声些，进来讲。拳头师说，哦，小雪。金三指站起来，说，老板的船已走到外海，电话没打通，要等。三人移坐沙发。小雪泡茶。拳头师吃一口茶，说，老板真是麻痹，那只破船也敢走什么外海。小雪说，还好，管理人员看到，孩子和黑狗都上了船。金三指说，莫怪老板。孩子才走了一天，我们就打听到这么多消息，要好好谢谢大家才对嘛。吃茶。拳头师说，老板就是麻痹，一只船那么大，多少零件，多少部位，平时总该保养，该加机油加机油，该换零件换零件，哪能等到走到外海，电话才出问题。修了多少年摩托车，这个理我晓得，走多少公里要换机油，火花塞刹车皮要常检查，轮胎气压转向灯不时要试试。老板当年的身体也是这样，平时没维修，一时出大事，还好遇到金先，交到别人手上，这时没准要坐轮椅。小雪说，老板当时怎了。

　　老板养着三艘大渔船，几十艘小渔船。大渔船走外海，小渔船走内海。海边围了大半个海湾，种海带紫菜，饲几种海鱼。渔船返航，还未靠岸，家里就晓得船上有什么鱼，多少鱼，早早联系好客户，时间一到，码头上车辆一排排，抽签排队，等候装鱼。客户多时，鱼没够分，客户少时，鱼有剩余。剩余的鱼要载进冻库。冻库是租的。鱼入冻库，成本要升高，资金要积压，这是正常的，人非神仙，没可能捕多少鱼就能卖出多少鱼，要么少了，要么多了。每天大渔船靠岸，老板都会坐在港口管理处三楼阳台上，一边吃酒，一边俯瞰码头上忙碌的车船和人流。大货车，手推车，挑担的，进进出出，各行其道，虽然拥挤，路却畅通。偶尔有肩上扛鱼的与手推车停下来口角，老板看到了，就喊，张三，来三楼吃杯酒，力气留着回家使，与人争甚。那人听了通常会讲一声没闲，便扭头走开，路又通畅。小渔船捕来的鱼，通常叫邻县或附近的鱼贩子载走，一般没进冻库，他们要的就是一个鲜。四月五月收紫菜，海带要等到十月。捕鱼与养殖两部分工人，加起来数百人，要是一齐撒尿，能将县城的内河沟涨一尺。老板肩上担子重，头壳天天要计算。鱼卖出去，紫菜海带卖出去，收回来的钱，要发工资，要买柴油走船，买饲料买鱼苗，付冻库租金，等等等等，剩下的才是老板赚的。在账务上，钱叫资金，资金是长脚的，是按规矩走的，走得顺溜，那叫资金周转通畅，是好事。若是没走好，在哪个环节停下来，就好像公路上堵车了，那叫资金周转失灵，这时要赶快想办法解决，投入一笔钱，让资金重新周转，否则，后果很严重。

这一阵，老板心里没清爽。冻库里那几十吨马鲛鱼，已积压了两个多月，没销出去就是堵，堵了资金周转的路，也堵了老板的心。到了傍晚，收到消息，大渔船要返航，可是平时的那些客户，一个个像是吃坏了肚子拉了几天稀似的，讲话全无底气，报上来的数量只是以往的三成，这就是讲又有一百多吨的鱼要进冻库。这一百多吨的鱼化成一块石头，压在老板心上。财务做了估算，回收的资金还不够发工资。老板说，账上还有多少钱。财务说了一个数。老板说，维持整个运转还缺多少。账务算了一阵，说，原来冻库每月租金多少，估计新增冻库租金多少，柴油多少，维修费。老板生气了，说，讲总数。财务说，七百万。老板顿时感觉心里加了一块石头。七百万多吧，换在以往，其实也不算多，可在目下，资金紧张，莫讲七百万，就是七十万也是多的，听说过一分钱难倒英雄汉的事吧。晚饭老板只吃两口，嘴里全无味道，推到一旁，泡茶去。茶也无味道，就像白开水。老板想想，手指头在手机上刷了一阵，找到行长的号码，按下去，说，行长吃未。那边说，吃了。今天西北风转东南风，老板给我打电话。老板说，海上的风，说变就变，我最清楚。吃什么。那边说，还有什么，单位的食堂，天天都是四菜一汤，肚子无聊死了。老板说，深有同感，我今天嘴里无聊，吃什么都无味道。我就不信，酒也没味道，我想吃两杯。那边说，老板对不起，酒你自己吃，等下我有个会。老板说，银行这么忙，晚上要加班。那边说，一时的，上头刚指示，银根要紧缩，所以开会研究。好，好，就来。老板说，甚。那边说，是他们催我开会。老板有事吧，有事明天上午来我办公室泡茶。对不起，我先挂了。老板耳边响了一声嘟，像打雷，震得耳朵发痛。扔了手机，将屁股丢在沙发上，心里的石头又加了一块，这块最重。没借钱时，银根松得像挂在架上的面线，见风飘，刚想借几个钱，还没开口，银根就要紧缩，早没缩晚没缩。都讲银行的人，脖子上天天吊一个算盘，头壳比鬼精，眼睛比贼亮，人家肚子里的事，他眼珠子转两转，全都清楚。老板随手抓起一瓶酒，咬开瓶塞，仰头灌下几口，这回嘴里有了味道。

第二天一早，老板没吃早餐，胃有点痛，像是被人捏住了似的。

老板晓得，这只手肯定是行长的，行长不让他吃早餐。公司素来运转正常，财务状况良好，老板从未向银行贷过款，与行长的关系就局限在嘻嘻哈哈之间，行长有时打电话来，老板也是嘻嘻哈哈地应付，随口也讲要请行长吃酒，但那是谁也听得出来的客套，行长一次也没让老板请过。目下，老板的胃叫行长捏着，一阵一阵的痛。痛也得忍着，昨晚约好的，上午要去行长办公室泡茶。老板要去扯扯行长的那条银根，看看是面线，还是钢丝绳。

老板换了西装，绑了领带，套了皮鞋，忍着胃痛上路。行长下手一下比一下重，老板额头出汗，头毛湿湿，衬衣领口也湿。松开领带，喘一口气，胃仍旧痛。老板说，调头，先去医院找金三指讨几粒药吃，止止痛。去税务局，可以灰头土脸，穿背心，趿拖鞋，裤脚一脚长一脚短。去银行，形象要照顾，胸要挺，腰要硬，讲话要大声。司机依言调头，将车开到医院。司机说，老板你坐车里，我去请金三指来。老板擦一把汗，挥一下手，无话。司机拔腿跑向金三指诊室，远远一看，叫一声苦也，诊室外走廊里排起长蛇队。怎么办。再跑两步，看到一边卫生间，金三指从里面出来，边走边扯裤子的拉链。司机心里说一声好，开步跑过去，一把拉住金三指，不由分说就跑。金三指边跑边说，你要抢劫吧，四周全是监控。司机说，老板胃痛，没敢排长队。到了车边，司机拉开车门，金三指进去一看，老板捂着肚子，脸色苍白，头壳冒汗。金三指要摸脉，老板说，免了，没时间，先给几粒止痛药，马上要去找行长泡茶。金三指说，昨晚吃甚。老板说，没吃甚，只吃酒。金三指说，情况没明，没敢开药。老板伸手给金三指，说，那就快点。司机说，老板要去找行长做大事，请金先快点，过后我去找金先泡茶。金三指横指搭脉，脸色渐渐凝重。一会儿，金三指说，换一手。老板说，几粒止痛药，要两手。金三指无话，换个坐姿，拉过老板的手，三指照例搭上。司机说，金先，可以了吧，开药吧。金三指无话。司机说，到底是甚。金三指说，寸口脉微，尺脉弦。司机说，先生话，没晓得听。金三指说，这是典型的胸痹脉象，按西医的话讲，叫冠心病。老板生气了，说，我胃痛，你讲冠心病。胃在这，心在这，楚河汉界没分清。外面将金先吹得上报纸，讲三根手指头一扣甚病全清楚，免拍片免B超，我看都是些咳嗽流鼻涕的人讲的吧。胃在这，心在这，我没讲错吧。金三指说，我做先生几十年，没晓得胃在这心在这。我问你，这些天，乏力有吧。老板说，有些。金三指说，胸闷有吧。老板说，堵。金三指说，气短，呼吸困难吧。老板说，那又怎样。金三指说，这就对了。司机急了，说，老板平日连感冒都稀罕，怎会。金三指说，没时间上课。我叫一辆救护车，你们马上去市医院，要快。县城医院条件限制。司机说，要回家拿东西吧。金三指说，一分钟一分钟好，东西以后拿，莫啰唆。老板说，几粒止痛药，引出多少麻烦。先生都爱将病讲得严重，以后治好了面子好看。去，换一个先生开止痛药。天天讲救死扶伤。司机依言，跑出几步又折回，说，金先，对不起了。金三指一把拉住司机，对老板说，赌一局可以吧。老板说，赌甚。金三指说，赌你的病。老板说，呀，怎赌。金三指说，若是胃痛，我输。若是冠心病，你输。老板说，你输了，怎样。金三指说，我输了，从此没敢看病，天天去你家扫厕所。老板说，你扫厕所，我要开工资吧。我去市医院，三查两查，好了，是胃痛，可是这里的大事没办成，我赢了有意义吧。金三指说，免去市医院，在这里就能见分晓。我开个硝酸甘油，你舌下含服，两分钟，胸闷气短的症状若有缓解，便是冠心病，简单吧。老板说，我家正欠一个扫厕所的。司机说，硝酸甘油消炎止痛吧。金三指说，硝酸甘油能扩张血管。老板心脏血管堵了，血流不畅，身体各处缺血，所以全身乏力，胸闷气短。用硝酸甘油将血管扩张，血流量就多一些，缺血的状况改善一些，各种症状就能缓解一些。司机说，胃痛有解释吧。金三指说，心室下壁有神经和血管与胃相连，心室缺血，引起胃痛。莫要耽搁了，时间拖得越久，心肌梗死的面积越大，治疗起来效果越差。司机说，那就快。金三指打电话叫人带来两片硝酸甘油，叫老板先含一片。没多久，老板汗止，呼吸缓和，胃痛渐减。金三指说，信了吧，快去市医院。

救护车到，金三指和司机扶老板上车。老板对金三指说，我扫厕所。金三指说，去了听先生的话。

小雪换了一泡茶。金三指手机响，小雪停手，拳头师说，快接。金三指操起手机，说，在呀在呀，方便，来吧，一起来。拳头师说，老板吧。金三指说，向大妈。拳头师说，向大妈打听到消息吧，太好了。金三指摇摇头说，向大妈要带老公来看病。拳头师说，还以为社区消息灵通，晓得孩子去哪里，唉。小雪加洗了两个茶杯，搬两张方凳摆在茶桌边。

向大妈一进门，笑说，难得呀，一屋子人，开会吧。拳头师说，开会少得了你。小雪说，大伯大妈这里坐，吃茶。两人坐定，吃茶。金三指说，怎了。向大妈抓起老公的手给金三指，说，叫金先看看。退休就退休嘛，谁都会退休。无聊了去公园散散步，去海边钓钓鱼，或者走棋打纸牌可以吧，一个人坐在家里生闷气，你批评他，没讲几句，他就发火，摔杯子。人老了，脾气没老。金先，你讲这是甚。拳头师说，这也算病，男人都会发火摔杯子，我连脸盆都摔过。向大妈说，怎没讲你连拘留所都进过。拳头师说，你看你看，社区的就爱翻日历。我告诉你，大伯这事没算病，我都会看，哪里要金先出手，这是燥，爱发火，脾气大，滋阴就行了。向大妈说，呀，呀，修车铺要改诊所了。金三指笑笑，摸脉。拳头师竖掌嘴边，对向大妈故作严肃小声说，外面有人了。向大妈嘻嘻一笑，说，有人好呀，带到家里来，我还真欠一个煮饭扫地洗衣服的。拳头师说，真有这个肚量。向大妈说，绝对肚量。明天人没来，我去修车铺找你要。小雪给大伯续茶，说，大伯，咱吃茶，配相声。大伯莞尔。

　　金三指把完脉，叫向大伯张嘴伸舌，翘舌，看了几眼，说，瘀。小雪朝拳头师笑笑。向大妈说，瘀是甚。金三指说，血脉瘀阻。拳头师说，神奇。谁的脉都一样跳，金先就能摸出瘀阻。世界上我最佩服两个人。向大妈说，静静，听金先讲。金三指说，中医讲，看病用望闻问切，摸脉只是辅助。大伯脉涩，脉涩是甚，脉动往来没流利，虚细而迟，叫脉涩。涩脉，一般讲，是身体气滞，血瘀，津液亏损。加上望诊，就是看舌苔，大伯舌质暗紫，有瘀斑。两诊相证，断为气滞血瘀。拳头师说，我发脾气是燥，大伯发火是瘀，怎讲。向大妈说，金先上课，提问要举手。你只晓得燥呀，滋阴呀，还晓得甚。也敢讲免金先出手，让你出手，老命就算卖给你了。小雪笑笑说，莫讲相声了，听金先上课。金三指说，中医讲，治病要治本，燥邪伤肝，肝主情志，肝伤了人就爱发脾气，没错。气滞而致血瘀，引起肝气久郁，日久不解，也会有瘀血内停，也会发火，摔杯子。所以，不能单是滋阴，要先活血化瘀。血脉一旦通畅，没有瘀阻，肝气郁结得解，心气自然平和，情绪自然好转，这叫治本。还好，向大伯的瘀属于初级阶段，好办。小雪，拿纸笔来。小雪依言。拳头师说，瘀真害人，一人瘀了，全家都瘀，金先呀，要用重药呀。向大妈说，这些人中，我看就你拳头师最瘀，人家金先上课，你乱插话，好好一堂课，断成三四截，真正是瘀了。金三指接过纸笔，说，就用桃红四物汤加味。落笔：熟地黄12g，当归9g，白芍药9g，川芎6g，桃仁9g，红花6g，柴胡9g，香附6g。小雪说，四物我晓得，熟地，当归，白芍，川芎，以前金先常叫我吃，其他药没晓得。我当时是寒，吃了身体好，大伯是瘀，怎也吃得。金三指说，小雪讲对了，四物就是那四种药，是个古方，有补血，养血，活血化瘀的功效，原用于妇女月经不调，痛经等症，加上桃仁和红花，活血化瘀的作用更强。柴胡，香附都能疏肝理气化郁。拳头师说，这样好呀，瘀化了，肝也舒了，心情好了，天天与大妈讲相声。向大伯笑笑。小雪笑笑。金三指说，拳头师刚才讲对一句，一人瘀了，全家都瘀。你看，向大伯摔杯子，向大妈心里就难受，没错吧。中医的基础，就是讲天地人合一，一个人病了，没管是寒是燥是瘀，家庭就病了，家庭病了，社会就病了。将社会缩小了，就是一个人的身体，将一个人的身体放大了，可以看到整个社会。向大妈拍掌说，金先好理论。我感觉，做社区工作，都应该近金先学习中医，以后工作好开展。对了，小雪你学了更好，咱没讲要看病，卖药膳可以吧，防寒一种药膳，防燥一种药膳，防瘀一种药膳，多种经营，特色经营，执照我可以帮你办。对了，卖修车铺的药膳，要加味，除了防燥，还要防舌头乱闪嘴巴喷水的。小雪大笑。向大伯大笑。拳头师说，向大妈你绝对要好好学，先将金先刚才那个药方的暗示弄清楚。向大妈说，甚。拳头师说，桃红四物汤，记得吧，桃红桃红，女人吧。向大伯心情好了，天天到外面与别的女人讲相声，他的瘀是化了，你的瘀可就来了，要警惕。向大妈对金三指说，拳头师全身都瘀了，头壳瘀得最厉害，脑筋七搭八搭，一嘴没一句正经话，金先有药吧。金三指说，拳头师是假瘀，老板当年才是真瘀。

市医院是心血管专科医院，经验丰富。他们给老板检查后说，来得还算及时，心肌大部分保住了。他们给老板安了一个支架，一星期后出院。老板回家后马上做两件事，一是找行长泡茶，二是请金三指泡茶。

老板依旧西装革履到行长办公室，去扯行长的银根。扯了半天，才晓得原来银根没像面线那样软，也没像钢丝那样紧，是橡皮筋，表面看是紧，暗地里可以拉长一些的。拉橡皮筋，手法要讲究，用力要恰当，力小了没法拉开，力大了容易拉断，要见好就收。行长说，三百万吧，上头缩得紧，还是我大胆主意的。老板静静。吃了两杯茶，行长的目光从壁上的挂钟上移下来，说四百万，我从别处的指标移过来。老板掏出手机打给司机，说，将我的药带到行长办公室来，我要在这里住两天。壁上的挂钟嘀嗒嘀嗒响。行长说，五百万。你就是住我家，也没法多出一分钱。这时司机手提一个塑料袋进门，说，老板，药放哪里。老板生气了，说，木头刻的头壳，我与行长开玩笑也没晓得，回去回去。两人与行长礼貌告别。老板直到坐进车里，才敢笑出声来。这五百万就像他血管里的那个支架，虽然瘀了的血管难以恢复如初，但这个支架却能使大部分的血液流动起来，全身的血液循环就能继续进行。老板心里说，这个病还真叫他长了见识，公司的资金周转与身体的血液循环是一个理。

那晚金三指刚与儿子吃完晚饭，老板的司机敲门进来，说，老板请金先去商量扫厕所的事。金三指说，我家厕所用抽水马桶，很干净，免扫。司机说，金先生气了。金三指说，救死扶伤，怎会生气，老板康复就好。司机说，老板是粗人，鱼吃多了，口水里都能长出刺来，金先莫计较。金三指说，做先生的，这种事不是见过一次两次，哪里会计较。晚上我要辅导儿子做功课。司机说，我苦了，回去叫老板骂死了。金三指皱了一会儿眉，说，好吧，跟你去。

此后，金三指晚上常去老板家吃茶摸脉。老板放了支架，吃了市医院带来的药，身体已逐渐恢复，但金三指说，老板你是痰瘀体质，祛痰化瘀是根本。老板说，支架也放了，血也流过去了，事还没完，还要化瘀。金三指说，两回事。支架只是叫堵了的血管增粗一些，叫血流过去，暂时没堵。要是瘀的体质没改变，别处的血管也照样会瘀堵。也有这样的人，去年去放一个支架，今年又去放一个支架，听说吧，这是没从根源上解决问题，哪处瘀了医哪处，年年放支架年年瘀。要打赌吧。老板说，没敢没敢，厕所还没扫。两人吃茶，笑笑。老板说，我吃鱼吃肉，好酒好菜，办公室坐坐，四处走走看看，我瘀了。工人少鱼少肉，整天流大汗喘大气，却没瘀。哪里错了，金先上课。金三指说，冻库里的马鲛鱼没卖出去，再进一批马鲛鱼来，还是没卖出去，这时口袋里没钱了，冻库堵满了，是吧。讲到人，大鱼大肉，肥甘厚味，吃多了，难以消化。中医讲，脾主运化，运化甚，运化水谷精微。脾胃负担重，日久天长，必然虚弱。脾胃一虚弱，运化要打折扣，脾虚生湿，湿而生痰。中医所讲的痰有两种，有形之痰，无形之痰。无形之痰，就是运化不灵所致，用西医的话讲，叫代谢障碍产物。你吃得好，动得少，营养过剩，堆积在体内，变成脂肪。脂肪跑到血管，越跑越多，随血流全身去走，血液就黏稠了，流动就慢了下来，慢了就容易瘀堵。老板说，怎么办，换血。隔壁房间扑扑扑响。

金三指说，你生活习惯没改变，换血也没用。老板说，金先你自己讲，治病要治本，我血里的油多，换血就是治本。金三指说，别人没多，怎就你多。你吃得比别人多，动得比别人少，这才是本。隔壁房间扑扑扑响。老板说，没吃，饿死。吃吧，瘀死。难题。老板的孙子脖子戴红领巾，在外间玩一个球。球掉地上，滚进客厅，孙子追球跑进客厅，说，阿公，这道题我晓得。老板说，别处去玩，金先要上课。孙子说，大鱼大肉叫物质文明，物质文明只是一条腿。老板说，甚。孙子说，还要精神文明，就是跑步跳舞唱歌。老师讲，要两条腿走路，物质文明和精神文明一起上。孙子抱着球跑出去。金三指说，你孙子真聪明，全讲对了。简单点讲，就是要管住嘴迈开腿，少吃多动。老板说，爱吃没法吃，活着有意思吧。金三指笑笑，吃茶。老板说，跳舞长短脚，唱歌像鸭叫，跑步，跑没两步，心就要从喉咙跳出来。连金先都没有办法，我只好扫厕所吧。金三指说，扫厕所是动，跑步跳舞也是动，动了，血液流动就加快，新陈代谢也就加快，多余的东西就被代谢出体外，人就没得瘀了，多好。动则生阳，就是讲，运动会产生阳气。气为血之帅，就是讲，血液流动是靠气推动的，气强了，血就流得快，气弱了，血就流得慢。正气存内，邪不可干，讲的就是这个道理。隔壁房间扑扑扑响。

有一天晚上，天很冷，有小雨，金三指骑摩托车到老板家。老板说，动也动了，吃也少了，天一冷，心里还是没踏实。金三指摸了一阵脉，说，无大碍。老板是痰瘀互结，开个小方，可以当茶饮。落笔：苍术 3g，白术 3g，蒲黄 3g。老板收好方子，说，真冷，吃两杯小酒吧。金三指摇头说，吃了肚子热，出去头壳冷。老板说，摩托车扔这里，我叫司机载你回家。金三指说，路上多少人冷。老板说，金先叫我开公交公司吧。那么多人，我哪里能管。金三指说，先管一个可以吧。金三指将小雪的事讲了。老板说，与金先有关系吧。金三指说，向大妈带来看病的，看着可怜。没有关系。老板滋滋笑，说，鬼信。金三指说，打赌。老板说，打赌总是你赢。老板又说，技术没技术，资金没资金，做个工人又没力气，难办。金三指说，看病我内行，做生意你内行，资金我先垫一些，没多。老板生气了，说，还讲没关系，还要打赌。有关系就有关系，怕甚。她老公跑了，你老婆跑了，这么巧的事，打灯笼去找，找得到吧。你免讲了，我想想。老板站起来，在客厅里走两圈，说，外卖。县城没人做外卖。金三指一拍大腿，说，高明。

向大妈折好药方，带老公走出门，迎面遇到老板。向大妈说，老板找金先吧，一屋子人，好热闹，开会吧。老板简单讲了几句金三指儿子的事，向大妈说，原来。向大妈叫老公先回家休息，就与老板折回金三指家。

老板一进门，小雪说，老板坐。拳头师说，你那艘破船走到哪里了，有消息吧，大家都心急。金三指起身，拉老板坐下，说，天很冷，你怎就出门了。老板吃了一口小雪递来的茶，说，等了一天电话，船返航时，动力系统出故障，电路也有问题，时好时坏，看发来的定位，已靠近内海。另一艘船已赶去救援。等吧。向大妈说，茫茫大海，无边无角，也会瘀，真没想到。拳头师说，海是没瘀，是老板的船瘀了。哪天靠岸了，要好好修一修，该加机油加机油，该查电路查电路。那个开船的，特别欠修理，出了这么大的事，头壳瘀得厉害。这个交给向大妈，向大妈修理头壳最内行。小雪说，少讲两句吧。大家吃茶。壁上挂钟嘀嗒。没多久，老板手机响，接听后说，救援船报告，讲抢修后动力恢复了一半多，可以返航。孩子在船上，没事的。小雪拿眼瞅金三指，嘴笑目笑。拳头师说，这颗心呀，叫那艘破船揪了一天，都悬在半空中，这时可以放下了。向大妈说，放下是放下，总结要总结。孩子怎会跑船上，好玩吧，没一定，根源要查清。叫我讲，大家各人都瘀了。我老公瘀了，我就跟着瘀。老板的船瘀了，老板心里也会瘀。拳头师就免讲了，全身都瘀，只一个嘴没瘀。拳头师说，呀。向大妈看着金三指和小雪说，你们两人也瘀。小雪说，我。金三指张嘴，无话。向大妈说，哪本书上讲，男人的一半是女人，金先你的一半在哪里，丢了。你用一半代替全部，免讲辛苦，功效要打折扣。小雪你也是用一半代替全部。你们两人的瘀，是生活上的瘀。身体内的瘀，金先有办法，生活上的瘀，要靠我们大家一齐出手。拳头师说，肚子饿了。向大妈说，一讲出手，你就饿。好吧，小雪，你将桌子收拾干净。老板，拳头师，我们去弄些酒菜来。

　　夜风真冷，三人一出门都缩着脖子。老板说，我叫司机开车。向大妈说，免，运动运动，也让他们多讲两句。远处夜吃摊，灯火一堆，人影绰绰，看着心里暖暖。

第三章

# 虚　实

## 苦

　　金三指开了门，刚一照脸，拳头师就说，老板在吧。金三指说，在。拳头师说，我就猜到。他讲腰痛，我的手还没碰到，他就叫苦连天，讲他的腰要断在我手里。金先你讲，老板多少珍贵，他的腰可以弄断吧。他就是奇怪，一心要死，一心要吃米，又要医腰，又要怕痛。我没办法，讲你干脆找金先吧。向大妈在拳头师背后推了一把，说，进去讲，进去讲，在门口大喊大叫的，邻居以为是吵架。拳头师说，向大妈的脾气就是扭扭捏捏。练拳头讲究拳到气到，气到力到，上下贯通，套路分明。讲话也一样，喉咙扯直，没遮没拦，这样舒服。大妈做社区工作的，讲话要绕，要轻声细语，讲一个事，要像丝瓜藤左搭右搭，七缠八绕，多少麻烦，寿命短的，一句话听不到尾。向大妈说，叫金先讲，肚子里的肠子有直的也有弯的。讲话做事，该直就直，该弯就弯，这才是有章有节，有分有寸。麻秆执勤遇到麻烦，你就要麻秆近你练拳头，以武力对付武力，还好麻秆没像你，人家懂得用法律对付违章，多么漂亮。金三指哈哈。

　　两人还没进门，就先讲了一段相声。老板从沙发上爬起来，反手揉了揉腰，坐着烧水泡茶。

拳头师和向大妈在茶几前坐定，老板给他们倒了茶。金三指从洗手间出来，甩了甩手说，我刚与老板讲了麻秆，你们就来了。拳头师说，老板的腰好了吧，可以坐了。老板说，金先出手，当然好了。你的手像打铁铺的大锤子，还没砸下来我的背就一阵发凉。拳头师说，金先是先生，我能比吧。向大妈吃了一口茶说，麻秆明天要考试，金先可以帮点吧。金三指说，还真有个法子，可以一试。向大妈说，甚。金三指说，去药店包几味药，佩兰呀，薄荷呀，桂枝呀这些的，做一个香囊，带在身上，可以提神醒脑。向大妈说，这个容易，等下去大牡丹药店包一包。拳头师一拍大腿说，世界上我最佩服两个人。向大妈说，老掉牙。拳头师说，我是讲，提神醒脑很重要。头壳清醒，眼睛自然就亮，多少拳打来免惊，分得清一拳是主要的，集中力量拿下这一拳，其余的自然疲软。老板说，拿下这一拳，有固定招数吧。拳头师嘻了一声，说，老板的头壳这时短路了，没晓得你是怎么管手下那一千来人的。打架有固定招数吧。这一拳来，可以消闪躲避，可以格挡反击。就讲格挡吧，太极中有掤捋挤按等等手法。临阵时，用哪个招数，要依具体情况而定，随机应变。招数没变化，肯定要吃亏。向大妈说，其实一个道理，比如讲社区工作，点多面广人杂。一千个人就有一千个头壳，你怎晓得哪一个头壳里想的是甚。所以要灵活，不能认死理。老板吃一口茶说，就讲这杯茶吧，也是变化的，刚倒出来时烫，慢慢地就变凉了。讲到走船，大海阔茫茫的，大方向一定要把握，其他的就要灵活处理，海风有时东南有时西北，海浪有时大有时小，环境随时变化，应对要随时调整。

三人约好了的一般，你一言我一语只管讲，好像没有金三指的事。

听了一阵，金三指倒是慢慢听出了一些味道。夜色渐浓，对面楼房灯光渐多。秋风吹过，凉凉爽爽。

茶淡了，再换一泡。水干了，再烧一壶。讲来讲去，无非是灵活处世，随机应变的话，金三指就猜到，他们要合伙当说客。

对面楼房的灯光少了些，应该是有的人习惯早睡吧。

门板有钥匙扭动声。金三指斜眼一瞥，小雪身后跟着三个人，一个穿白衬衣系领带，一个衣黄，一个衣浅绿。那三人进门后一齐说，金先，打扰了。大家让座，吃茶。金三指说，甚。领带说，我先来吧，口苦，要杀人。拳头师说，呀。金三指抓过领带的手，三指扣脉，说，伸舌头看看。领带依言，张口吐舌。但见舌红苔黄，两舌边鼓胀。金三指说，眼睛干涩吧，头晕吧，两肋胀痛吧，小便色重吧。领带说，金先真是厉害，三指一搭，赛过B超CT磁共振的，讲得一句没差。金三指说，以后要注意控制情绪。你经常会急躁发怒吧，怒火一起，恐生事端。领带说，又叫金先讲对了，今天刚与领导吵了一架，差点动刀子的。拳头师说，怎的，事大了。领带说，平时领导没少给我穿小鞋子，没管做甚，他都能在鸡蛋里挑出骨头来。最苦最累的事叫我做，年终评先评优没我的份，动不动就要扣我的奖金。我昨天做了一张报表，核对了几遍无误，心想这下没茬可找了吧，可我们的领导就有这本事，能从鸡蛋里挑出骨头。今天早上领导拿着那报表说，字体太小，没法看清，重做。报表本来就那么大，数字那么多，字大了填得下吧。就理论了几句，一团火便从胸中烧起来，手脚就没晓得是谁的，旁边台子上刚好有一把水果刀，顺手操起来，还好同事把我按住。过后想想心里凉凉的。金先您讲，我怎就操起刀了呀，只是口角几句，哪里用得着刀子。回到家，老婆骂我神经病，叫我先去精神病院做个鉴定，以后出事了有退路。邻居也围过来劝解，纷纷讲这事要找金先。金先您讲，我是神经病吧。金三指一笑，说，从舌象看，你是肝胆湿热。领带说，先生就是先生，从舌头可以看到病的。有药吧。金三指说，我开个清热祛湿的方子。小雪拿来纸笔，向大妈移开茶杯，腾出位置。金三指将就在茶几上开方，落笔：茵陈，龙胆，黄芩，猪胆粉，栀子，白芍（炒），当归，甘草。拳头师伸头过来看了半晌，说，怎没麦冬，既要清热，麦冬可以胜任，金先讲讲吧。向大妈说，你只晓得麦冬，你适合吃麦冬，就把麦冬当仙丹，多少可笑吧。老板大笑。金三指说，茵陈味苦微寒，可以清热泻火利湿，是君药。龙胆草，黄芩，猪胆粉，栀子性味苦寒，可以泻火解毒，清利肝胆，作为臣药。当归和白芍，前者补血养血，后者柔肝止痛，作为佐使之药。这样，君臣佐使就完整了。此方重在清热利湿，麦冬滋阴的效果好，若用在这里，犹如杯水车薪。

领带收了方子，说，谢谢金先。诊金多少。金三指说，免。快去抓药。领带说，按劳取酬，天经地义，怎能免。向大妈说，金先义诊，救死扶伤，回去吧。领带说，那一刀要是捅下去，这时没法见到金先的。今天没捅，明天后天难说，全看金先的药了。金先收了钱我心里踏实。老板说，你是会计吧，会计爱算账，一分一厘算清楚。金三指说，先回去吃药，看看效果如何，账以后一起算，好吧。领带说，恭敬不如从命。我会做报表，金先以后需要报表讲一声。领带鞠了一躬，转身要走。穿黄衣的起身说，大哥，且慢。领带说，甚。黄衣说，我也口苦眼干肋痛小便黄，你方子给我拍一张，省得叫金先动笔。金三指哈哈大笑，说，哪里可以，千人万象，多少有区别。看病哪里讲麻烦，来都来了，坐好伸手吐舌。黄衣依言。金三指摸脉看舌象，说，舌红苔黄，舌边多泡沫，舌中有小突起，加上脉弦，你是肝气郁结引起胃气上逆。有反酸烧心吧。黄衣说，是。金三指说，你的病宜开怀大笑，保持心情舒畅。黄衣说，没有哭就算烧高香了，哪里能笑得出来。向大妈说，甚事没想通，或是谁欺负你了，讲讲嘛。黄衣说，我是在银行开运钞车的，花花绿绿的钞票，每天大袋出大袋入。老婆在家照顾小孩，没有工作，一家人租房子住。我每天回家，要看老婆脸色。老婆高兴了，会炒两个小菜，斟一杯地瓜酒。老婆的脸色就像六月的天，说变就变，刚才还是艳阳高照，一眨眼就变成乌云密布。谁谁与你同年参加工作，人家已经当上科长局长，住了楼中楼别墅。要不就是，我今天遇到你同学的老婆了，她讲她家又买了新房子，听说很便宜，一平方米才多少钱。要不就是，我嫁错人了，你当时是怎样骗我的，讲从今以后要把我当公主养，一切没让我吃苦的。那时追我的多少人，闭着眼睛嫁一个，也都是有房有车的。要不就是故意在我面前打骂孩子，含沙射影，讲今后要有志气，当个大老板，没敢像人家成天载着大袋大袋的钞票，都是别人花的，没有一张是自己的。金先您讲，我的嘴巴可以讲话吧。我简直要拿头壳去撞墙。我天天车上载着成捆成捆的钞票，可我一个月才能得到几十张。我有时真想拿一捆回家，可以办多少事。向大妈说，打住。你拿一捆回家，敢花吧，连你那几十张都没得拿了。黄衣说，就是。所以我想，要是有人拿刀子来抢银行，我一定第一个冲上去。拳头师站起来，比画着说，要这样，眼尖手快，胆大心细，第一个动作就是夺刀。黄衣说，哪里是。我要用胸脯迎着刀扑去。拳头师忽地一把抱住黄衣，说，错了，兄弟，这不就壮烈了吧。黄衣说，我想当烈士，家里可以得到一大笔抚恤金。她不就是喜欢钱吧，给她钱。拳头师缓缓松开手，说，老板，你看着办吧。老板摊开双手说，金先才有办法。金三指说，简单点，先吃小柴胡颗粒，三五天后，根据情况再调整药方，可以吧。黄衣点头道谢，向大妈送出门，说，给个地址，我找你老婆聊聊。老板说，对了，这事向大妈最拿手，比金先的药更灵。

浅绿衣坐上来说，金先要救我。金三指说，呀。浅绿衣说，听人讲金先医术一流，肯定有办法。我白天没敢去医院，多方打听才晓得您晚上在饭店坐诊，可是去了两次都没遇到。今晚没办法了，只好坐在饭店等，还好大嫂带我来到这里。金三指说，哪里没舒服。浅绿衣说，同样口苦，没想吃饭，浑身无力，做事没精神。口苦能忍，生活中多少苦，没差一个口苦的。没想吃饭更好，省事。可是做事没精神，这条要命。金三指号完脉，看了舌象，舌体胖大，舌边有齿痕，舌苔厚腻，诊断为湿阻中焦，胃气瘀滞。金三指说，这是普通的病，中药调理一阶段就好了，关键是要放下思想包袱，该吃就吃，该喝就喝，自然有力气，做事有精神嘛。浅绿衣说，包袱过大，难以放下，金先有药吧。金三指说，包袱是甚，可以讲讲吧。浅绿衣看了众人一眼，说，讲讲就讲讲。

浅绿衣姓张，是县中心小学的语文教师，做班主任，离异，家中上有八十多岁的老母亲，下有八九岁的孩子。老母亲体弱多病，要吃药要照顾。甚病，高血压糖尿病冠心病，各种老年人易得的病，她都有。每天要吃药，一吃一大把。有的饭前吃，有的饭后吃。有的一片，有的多片。张老师要列一张表，各种药片的用法用量详细列明，没敢弄错的。时不时还要带她到医院，测血糖做心电图，根据病情变化调整药量。张老师属于头壳没够活络的人，教书就专心教书，没晓得做别的。许多教师都在为职称努力。每个职称都有一些条条框框，比如，一堂公开课可以加多少分，学科竞赛获奖可以加多少分，论文发表，课题研究各加多少分，等等。有心计的人会利用各种有利条件，做课题研究，举办公开教学，发表论文，分数到了，职称很快就能评上去。职称是与工资挂钩的。张老师的职称一直都停留在很低的层级上，工资也就长期没有长进。有些比他晚来教书的青年教师，职称都比他高。一段时间后，学校也发现了问题，部分教师把精力用在了争取职称上，教学反而有所放松，于是出台了一个规定，实行教学末位淘汰制，也就是讲，到了期末，哪个班的学习成绩最差，哪个班的班主任就要遭淘汰，调到乡下的学校去。按说这个规定对张老师很有利，他一门心思都用在教学上，他班级的成绩在全年段是数一数二的。但要实行末位淘汰制，大多数教师意见很大，讲有的班差生多，有的差生少，不公平，要重新编班。学校就采纳了这个意见，重新编班。因张老师教学能力突出，所以他的班要接受更多的差生。张老师使出九牛二虎之力，幸好，他的班级上一年成绩全年段倒数第二。公布成绩的那天上午，大多数教师都松了一口气，似有劫后重生的感觉。有的还相互约定，晚上要聚餐，谁谁谁争着请客，整间办公室嘻嘻哈哈。张老师虽非末位，心里却也沉重，他晓得这里面有多少侥幸的成分。他正想去倒一杯水，忽地听到有学生喊道，黄先跳楼了。他随着人群跑出办公室，往楼下一看，黄老师衣衫不整躺在地上，旁边一摊血。他的身子顿时像面团一样软了，瘫坐在地上。考试的前一天下了暴雨，他班上的两名学生因家住农村，路被水淹，没参加考试。而这两名学生恰巧就是成绩最差的。要是没那场暴雨，这时躺在地上的，说不定就是他张老师。

向大妈说，可怜呀，黄先。拳头师说，那个规定害死人。张老师说，从那时起，那一幕就一直出现在我的脑海里，挥之不去。后来，饭吃不了两口，做事提不起精神，老出错。期中考，我那个班成绩垫底。只剩半学期了，我很想把成绩抓上去，可是浑身没劲。向大妈说，张先，你千万不能跳。张老师说，我没敢跳的，我跳了，母亲怎么办，谁照顾她吃药。我孩子还小，我还要给他洗衣服。可是只有半个学期了。金先，求求您，让我能够振作起来，我要做最后的努力。

金三指执笔欲书，笔尖抖了几抖，放下。眨了眨眼，重新提笔，笔尖依旧凌空画弧，难以落笔。如是者三，啧了一声，放下笔，看了拳头师一眼，起身走向里间。老板下巴一扬说，拳头师，去帮金先找药吧。拳头师哦了一声，转身说，金先，我来帮你。

过了一会儿，两人从里间走出，脸上都挂着浅笑。金三指拿着一根点燃的艾条，说，张先你坐直了，我试一试，过烫要讲。金三指用艾条灸张老师头壳正中的百会穴，说，烫吧。张老师说，还好。拳头师说，张先，我是修车铺的。张老师说，晓得，我去修过车的。拳头师说，这样话就好讲了。我那里后生家多吧。张老师说，多，起码十多个吧。拳头师说，十五六个。我那里环境还可以吧，铺子足够大吧。张老师点头。拳头师说，修车用得着那么多人，那么大的地方吧。张先你放心，万一真的调到乡下去，你老母的事我来管。张老师说，甚。拳头师说，我每天叫一个后生家把老人家载来，一把太师椅坐店中，当自己的老母养，晚上再把她载回去，可以吧。老人家要吃甚用甚，我那些徒弟都可以供她差遣，就是演戏给她看也没问题。张老师抓住拳头师的手说，多少钱。拳头师笑说，养自己的老母要钱吧。张老师一愣，起身离席，忽地向拳头师跪下，大哭起来。向大妈连忙过来相劝，讲些好听的话。可是向大妈越劝，张老师哭得越厉害，向大妈顿时感觉自己嘴笨。老板自顾吃茶。小雪半举着一双手从厨房跑过来，说，甚，甚。金三指朝她摇摇手，示意没事。小雪重回厨房。

张老师哭声渐弱，拳头师说，张先张先，可以停吧。我是个粗人，最惊哭哭啼啼。张老师收住声，抹一把泪说，我是个唯物主义者，平时没信神没信鬼的，可是今天我信了。你是菩萨派来的吧。拳头师说，哎呀，讲那个做甚。菩萨我没认识的，你认识吧。向大妈说，张先你就将心放回到胸里去，和谐社会，还有没法跨过去的坎吧。金三指给张老师方子，说，先买两瓶，按说明吃，吃完再找我。张老师收了方子，千恩万谢而去。

对面楼房灯火阑珊。

拳头师说，老板，你刚才怎么晓得金先要叫我去商量事。老板说，你打拳头厉害，向大妈讲话厉害，金先治病厉害，我嘛，看人厉害。小雪从厨房里走过来，说，菜好了，在餐厅吃还是拿到这里。向大妈说，甚菜。大家坐坐聊天，吃茶就可以了，还要菜。小雪客气了。小雪说，哪里客气，都是饭店锅底的，明天哪敢继续卖呀。大家算是帮我一个忙。老板说，那就端到这里吧，茶壶换酒壶就好了。小雪依言。向大妈摆好筷子汤匙，拳头师斟酒。老板说，小雪，别忙了，一起来吧。小雪在厨房说，就来，就来。

说是剩菜，其实味道正鲜，香味也浓，口感没差。

拳头师说，早晓得小雪要请客，我晚饭就不吃了。向大妈说，是哟，亏死了。小雪，还有剩吧，打一包叫拳头师拿回去。拳头师说，拿回去就拿回去，我那些后生家，个个像饿虎，喊两声哎哟，可以再吃三碗。向大妈说，对了，你刚才进去与金先商量甚。拳头师说，就是那个事呀，你没看出来。向大妈说，张先老母的事吧。拳头师说，对呀，金先说，张先的病，更多的是心病，心病要用心药来医。解决了张先老母的事，张先才没有后顾之忧。向大妈说，哦，原来。可是，既然用了心药，金先怎么还要开药。金三指说，张先的病，是肝气郁结，引起胃气瘀滞。拳头师说，慢，肝是肝，胃是胃，肝气郁结怎就引起胃气瘀滞，金先上课。金三指说，肝五行属木，脾五行属土。按五行相生相克的理论，土生木，相当是讲，土是母，木是子。子病可以累及母身的。肝气郁结可以引起胃气瘀滞的，脾胃脾胃嘛。我开了个木香顺气片，可以行气化湿，健脾和胃，只针对胃气瘀滞，让他能吃得下饭。脾胃是气血化生之源，吃得下饭，身上自然就有气力，做事才有精神，健脾和胃是基础。向大妈说，心药就是解决张先的后顾之忧吧。金三指说，这个嘛，我详细点讲，省得拳头师再问。肝气郁结是甚，中医讲，肝主情志，肝喜条达。张先班级成绩垫底，张先就顾虑重重，日思夜想，苦思冥想，忧虑万千，肝气就无法条达，就郁结。讲到肝郁，情绪宣泄比吃药效果更好。如何宣泄，无非哭和笑。张先那种情形，大家都看到的，能够笑吧，只有让他哭。我与拳头师一商量，拳头师满口答应，这就让张先痛痛快快地大哭一场。我敢讲，张先这一哭，病就好了一大半。拳头师吃了一口酒说，世界上我最佩服两个人。老板说，确实佩服。从拳头师讲到要照顾张先老母时，我就猜到是金先安排的，所以张先哭时，我没感到意外。拳头师吃了一口菜说，苦，甚菜这般苦。向大妈说，苦瓜吧。没苦怎能叫苦瓜。金三指说，苦好，凡苦的菜，都能清热解毒。向大妈说，晚上来的三个，都苦，各有各的苦。这个镇上，还有多少人痛苦。拳头师说，是呀，刚才那个张先讲，有病没敢到医院看的，在饭店等了两个晚上，才找到这里的，多少痛苦。老板说，大牡丹的药店，金先是没打算去坐诊的。要是去了，可以解决多少麻烦。向大妈说，金先怎就不去，救死扶伤还讲地点吧，看风水吧。老板说，你忘了，熟地抓生地的事。向大妈说，哎呀，那次金先开熟地，药店错抓了生地，那是个错。可是，多久的事了，员工都是新手，要允许人家犯错误，也要允许人家改正错误嘛。金先是那种小肚鸡肠的人吧。拳头师说，要叫我讲，可以放心去的，人家手续齐全，免惊。向大妈说，就是。去了还有一个好处，可以及时发现员工问题，哪味药抓错了，哪个药价格偏高了，当场纠正。金先既当先生，又当纪委，多好。

至此，谜底完全揭开了，是老板约了拳头师和向大妈两人来做金三指的工作的。拳头师拳头打得好，动起手来，五六个人没法近他的身，讲话也是直来直去，但他胆大心细，往往一句话就能讲到点子上，只是少了委婉，遇到对方也是硬直的，就无法转弯。向大妈是做社区工作的，话当然讲得好，按拳头师的话讲，是用嘴巴工作的。向大妈讲一个事，可以点面兼顾，滴水不漏，根据需要，可以把芝麻讲成西瓜，也可以把西瓜讲成芝麻。有时是窥一斑而知全豹，从小处入手，以小见大，有时是一览众山小，从高处从全局分析，讲明整体与局部，集体与个人的关系。从哪个节点讲起，向哪个方向出发，她完全免打草稿，张口就来。拳头师与向大妈配合，默契又无痕迹，如果是走船的话，必是一人一支桨。老板掌舵，只在每个转弯处扳一扳舵。三人都是金三指的好朋友，他们把话讲得圆溜溜的，让人无法抓到尾巴，特别是向大妈那句既当先生又当纪委，在给金三指戴了一顶高帽的同时，也给金三指一个稳当的楼梯，让金三指好顺着这个梯子走下来。金三指是这一带的名医，在业界内外都有很高的声望。那次他开熟地，大牡丹的药店给抓了生地，病人吃了拉稀，金三指很生气。但这也只是他不去大牡丹药店坐诊的面上的原因。大牡丹的药店若只是普通人开的，那还好说，偏偏它有官方的背景，通过各种关系向金三指施过压力，金三指心里就没舒服，就拧着一把劲，这才是他拒绝的深层次原因。老板是何等厉害的人，他碰了金三指的钉子之后，就分析到这一层，所以才让向大妈设计了那个梯子。现在向大妈的梯子架起来了，金三指只好顺着梯子往下走。金三指说，纪委是没敢当的，可是考试还是要的。拳头师说，考甚。金三指说，当然是考药呀，生地熟地总要分清楚吧。拳头师说，这个自然。小雪又端来一盘菜，向大妈说，小雪没容易的，忙完店里忙家里。来来来，坐下来好好吃一杯。

第二天晚上，金三指拎一个包，正步走进大牡丹药店。店里的五六个员工齐刷刷地朝金三指鞠躬，说，师父好。金三指一愣，说，呀。大牡丹从里间走出来，后面跟着老板、拳头师和向大妈。大牡丹笑容满面地说，金先是主考官，这些就都是您的学徒，自然要叫师父的。又扭头说，站着做甚，来一个给师父拎包呀。一个戴眼镜的员工过来接过金三指的包。拳头师说，我们三人当监考，绝对严肃公平的。金三指说，呀，考虑真周到，还请来监考的，好。包给我。金三指从包里拿出一件白大褂，抖了两抖，穿上，对着几个店员说，这次，你们考我。众人愕了。金三指走进柜台里，背对药柜坐下，说，我只讲考试，又没讲谁考谁，对吧。众人仍是呆着。大牡丹的手没地方放了，嘴巴也没晓得要讲甚，只是拿眼睛看着老板他们。老板说，好吧，大家听金先的。金三指笑说，奇怪吧。拳头师说，奇怪。向大妈说，其实也没奇怪，金先要上课。金三指说，银行系统举办一场数钱比赛，每捆钱里都混入几张假币，谁数得快，假币找得准，谁获胜。各个银行抓紧挑选人训练，几乎都是在真币里插入假币让选手去摸，只有一个队是全用真币来练手感的。结果，最后获胜的是这个队。队长解释说，假币有多少种，逐一辨别多少困难。而真币只有一种，长时间摸真币就能获得一种正确的手感，不是这种手感的都是假币，这样比去辨别各种假币要省事得多。我借用这个事，改动一下，就是把正确的做法展示给你们看，这样你们的眼里看到的都是正确的，心里就会充满着正能量。大牡丹流着泪说，金先。老板说，高明。向大妈捅了捅拳头师说，怎没再讲那句世界上我最佩服两个人。拳头师说，是的，一个是老人家，一个是金先。

金三指从包里拿出一条围巾，将自己的眼睛蒙上，再在脑后打个结，说，现在，你们从药柜里将药材拿到我这里来，我用鼻子闻或用手摸，可以报出药名，这叫闻味识药。大牡丹说，我先来。转身从药柜里取出当归，菊花，佩兰三味药，放在盘子里。金三指接过手，还没拿到鼻子边，就一一报出药名。金三指说，这三味药味道浓烈，随便是谁都能闻出来。重来，拿些味道淡的来。一员工拿来黄芪，防风，白术，金三指放到鼻子下闻过后，又准确报出药名。金三指说，顺便考你们一考，这三味药可以组成甚。戴眼镜的员工说，玉屏风散。金三指说，正确。玉屏风散可以治甚。戴眼镜员工说，可以用于表虚不固，自汗，恶风，面色㿠白，或体虚易感风寒的人。金三指竖起一个大拇指说，厉害了，厉害了，你可以当店长。好，接着来。两盘子药材放在金三指面前，一盘是白色的小方块，一盘是白色粉末。金三指闻了一阵，说，几乎没味，我用手摸一摸，可以吧。大牡丹说，当然可以。金三指摸过后说，小方块是茯苓，粉末是滑石粉，对吧。员工说，师父厉害，全对了。众人鼓掌。大牡丹说，金先，可以结束了吧。

店里来了许多看热闹的人。

# 痒

金三指放开手指，说，多久了。病人说，一个多星期吧，没记得是哪一天。金三指说，你就是麻痹，刚开始有红点，有点小痒就要来了。忍了一个星期，痒极吧，浑身都是抓痕。病人说，以前也有过，小痒两三天，自己慢慢好了。哪里想到，这次严重了，痒得晚上没法睡，一夜抓痒到天亮，多少痛苦。金先，这是甚。金三指说，西医讲，叫皮肤过敏，中医讲，叫血热。你舌红苔黄，脉弦滑，是火热之邪进入血分所致。病人说，我办公室干干净净，没与人接触，天天洗澡，怎会得这病，一身红点。金三指说，你熬夜有吧，吃酒吃辣椒有吧。病人说，金先厉害，全有。金三指说，熬夜伤阴，阴是水分。过食辛辣之物则积热。一边是少水，一边又有热，相当是讲，发动机过热了，水少了，没法冷却，热邪就入血，问题就来了，要么口干，心烦，失眠多梦，要么流鼻血，牙龈出血。你只是出现皮疹。病人拍着大腿说，回去要打老婆三个大嘴巴。金三指说，甚。病人说，冤枉死了。我晚上常与朋友吃酒，回家晚了，老婆讲我头壳没干净，与别的女人搞歪风邪气，才惹来这身没干净的病。我讲只是吃酒，没女人，她讲与谁吃，怎的天天要吃。金先你讲，一个大男人，整晚闷在家里看电视，还算是男人吧。再讲了，一起吃酒的多少人，我哪里记得，是吧。女人就是多疑，你越没法讲清的，她就越往那方面去想。已经分床了，还要闹离婚的。这下好，金先可以给我清白的。金三指笑了说，嘴巴免打，带老婆来找我，一切全清楚的。以后，忌动怒，忌剧烈运动，食宜清淡，豆腐萝卜苦瓜都可以，马齿苋最好。病人笑而点头。金三指开了清热凉血的方子。大牡丹端来一盖杯热茶，放在金三指手边桌上。茶味从杯口缝中溢出，浓香弥漫。

大牡丹的药店挂上了县医院中医夜间分诊部的牌子。挂牌的前一天，大牡丹说，弄个仪式吧，隆重些，请局长来挂牌吧，金先的面子很重要。向大妈无话。老板说，金先那个脾气，算了吧。拳头师说，对，低调。干脆叫金先自己挂上。大牡丹说，多少寒酸吧。老板说，哄金先高兴就行。大牡丹说，金先的脾气你们最清楚，还好众人出主意，免得叫金先生气。

那晚，金三指到药店，换上白大褂，大牡丹与店员抬着牌子，在店门边挂了两次，也没将牌子挂上。大牡丹说，金先，来帮个忙吧。金三指应声而来。大牡丹说，女人就是没用，挂个牌子也难。金先您挂吧，我们两个扶着。金三指说，这有何难，钉子对准就是。说话间，双手托住牌子，往上一顶，挂好了。

大牡丹做了三十张纸牌，按顺序编号，用长脚票夹夹在一起，挂在药店入门处。这一套沿用金三指以前在小雪饭店坐诊的做法。病人进店，自己取一张，随处去坐，等待叫号。取了号的，通常会去打听，前面还有多少人。若是人多，可以坐着等，也可以去街上散个步，或者到斜对面小雪的饭店，吃一份时令药膳。纸牌都是下午挂出来的，到日头下山前，有时票夹里就没有牌子了。没取到纸牌的，只好等明晚再来。先生也是人，就是铁打的，也要休息。

金三指在大牡丹原来的办公室接诊。药店进门后右侧，扭头可以看见一条通道，走两三步就到了，方便病人出入。大牡丹的办公室移到别的房间去。大牡丹按医院的规范布置诊室，诊室外放两排长条靠背椅，候诊的病人可以坐坐。天热时，附近的三五个老太，常来坐着聊天。这里有空调，凉爽，有免费茶水，润喉解渴。聊甚，聊街边近段趣闻，聊小镇往日佳话。聊张家长李家短，聊儿女孝顺，聊白菜价格。要是有作家想深入生活，其实免去别处，在这里陪老太几个晚上就可以了，她们的嘴巴里全是生活。一只猫轻手轻脚走入药店，在老太们的脚边蹭来蹭去。一老太说，呀，你也晓得这里凉快。一老太跺跺脚说，去死，快去找老鼠抓。一老太说，现时的猫，哪里还抓老鼠，喝牛奶的都有。猫叫了一声，走入金三指诊室。一老太说，哎呀，它身上没爽，要去看金先噢。一老太起身跟着猫，说，我去看看，它晓没晓得与金先打招呼。老太进了诊室，见猫蜷在桌脚边打盹，金三指独自坐着看书，便说，金先，猫来找你了。金三指放下书说，甚。老太笑笑无话。金三指说，哪里没舒服。老太说，没晓得。金三指说，手给我。老太依言坐下伸手。金三指摸了一阵，说，血脉欠通，去跳一阵广场舞就好了。老太说，没跳时手痒脚痒，跳后全身酸痛，金先有药吧。金三指说有，便在处方笺上写了两个字。老太看也没看，直接拿到柜台。店员接过一看，扑哧一声笑了。老太说，笑甚，金先开龙肝还是凤胆。其他店员也靠过来，看了方子，纷纷掩嘴，说，差不多吧，您自己看。老太说，眼花了，没戴眼镜，你念吧。店员止住笑，说，仙丹。老太说，店里有货吧。店员又是大笑，一齐摇头。老太说，那是金先马虎了，店里没有的药，他怎就开了，原来他心里只记得那只猫吧，玩物丧志吧。与大牡丹讲，月底要记得扣他的奖金。店员都说，金先是义诊的，没有奖金。

麻秆考上了，分配到城关派出所。那天，所长把他叫到办公室，说，年轻人，要勇挑重担。所里要给你压担子，你表个态吧。麻秆说，重担可以挑，只是没经验。所长说，没经验免惊，边干边学。刚开始干这行，哪个有经验。经验从哪里来，从实践中来。只要肯学，肯用心，一切全没问题。麻秆说，我听所长的。所长掏出一包烟，说，要吧。麻秆摇头。所长点了烟，说，臭头定的案子你接过来办吧。麻秆说，嗯。所长说，我给你讲，这个案子有难度。臭头定有一定的反侦查能力，我们查看了所有出城的监控，都没有看到他的影子，也侦查了一阶段，一点线索也没有。按说，你是新同志，不该给你这个任务。但所里考虑到，一，你是本地人，熟悉环境。二，你与他是同学，熟悉他的行为习惯。三，你在交警时接触过这个案子。等下去档案室办个移交手续。要车要人要甚，你随时开口。哪天案子破了，我请你吃烧烤。麻秆说，我最爱吃羊肉串。所长说，你把臭头定铐来给我，别说羊肉串，就是烤全羊也没问题。当然啰，我给你讲，他身强力壮，又心狠手辣，你这细手细脚的，万一单独遇上了，不可莽撞，千万小心。麻秆笑笑无话。所长吸了一口烟说，咦，听人讲，你与拳头师很好，怎没跟他学两招。麻秆说，我那时在交警，天天要站街，累都累死了，哪里有时间去学。所长扔了烟说，偷懒吧。站街只是白天，晚上可以学吧。坦白交代。麻秆说，好吧，实话实说。拳头师是讲了几次，要教我功夫的，可是我那时贪凉，大热天的，一回到家，就空调加风扇，吹了几回，得了个怪病，双脚麻，自小腿逐渐向上，发展到大腿也麻，最后双脚像踩棉花似的，路都难走几步。金三指给我医，医了一段时间，腿才好的。腿好后，又忙着准备考试。所长说，原来。所长又说，你小子是个有故事的人。麻秆说，甚。所长说，这个小县城里有两个宝贝，这两个宝贝都与你有缘分。麻秆摸摸头壳说，甚宝贝，没晓得。所长说，一个是拳头师，他的功夫，我给你讲，我在他手下，没法走过三招。免讲是县城，就是到了省城，武林界哪个没晓得他的名头。一个是金三指。局长的病，省里重视吧，省里医院设备高级吧，省城有多少大医生手段高明吧，没有一个能医好。可是他几帖中药下去，解决问题。麻秆说，呀，县城多少事您全清楚的，连我与他们有来往您也晓得，多少奇怪的。所长呸了一声说，小儿科。人民警察是吃干饭的吧。这些都叫民情，没掌握一些民情，如何为人民服务。现时街头路尾都有监控，破起案来方便。我给你讲，我们年轻那个时候，哪里有监控，案件来了，要自己去找线索。线索在哪里。你头壳里早有一部电影，张家几口人，李家几个人有工作，兴趣爱好特点，统统在这部电影里，需要甚线索，电影里头去找。电影哪里来，平时多看多问多了解，一点一滴积累起来的。麻秆说，真没容易的。所长说，你给局长的车贴过单子吧。麻秆说，呀。所长说，你是我向上级要了几回才要来的，我就喜欢你这样的。我给你讲，新分配的同志，一般都要先到乡下派出所锻炼几年。城关派出所是个好地方哟，进这个门比坐公交车还挤。

麻秆翻了翻卷宗，并没有看到多少新内容。这个案子他在交警时接触过的，那晚还是他出的警。那晚十点多，臭头定飙车，撞死了一个人，叫大牡丹遇见了。大牡丹要报警，臭头定软硬兼施无效，抽出刀要砍大牡丹，刚好金三指路过。金三指用一个紫砂茶壶远远地甩过去，砸中臭头定的额头。昏暗中臭头定不知虚实，慌忙骑车跑了。这一跑就没了踪影，公安局发出通缉，几个月过去，仍无任何进展。

臭头定的家在水巷里，家里只有一个母亲，邻居都叫她黄婆。麻秆走进去的时候，黄婆正在打喷嚏，一个接着一个打。她用喷嚏与麻秆打招呼。麻秆与她聊了几句，问了几个问题，她也都是用喷嚏回答。麻秆没招，转身出门，边走边想，所长那个招数还是挺难学的。麻秆头壳里的电影没几个镜头，素材太少，根本难起作用，线索如何接，一时没有头绪。麻秆在巷子里走着，忽然前面噼啪一声，如闪电打雷，原来有人从楼上泼下一盆水。麻秆虽没有溅到水，却也吓了一跳，就喊道，谁泼的水，伸个头壳来。楼上先后伸出许多个头壳，一齐往巷子里看。麻秆浏览了一遍，只第三间空白，就说，第三间楼上的，人出来一个。讲了两遍，连头发也没见一根。麻秆又说，你不出来我上去了。这时，才伸出一个花白的头壳来。麻秆说，你家泼的水吧，怎没敢出声。花白头壳说，哎呀，警察哥，没好意思的，是我家小孩子没懂事。麻秆说，还好只是泼水，要是连脸盆也扔下来怎么办，砸到人要生事的。花白头壳说，我好好教育，保证没有第二次，好吧。麻秆说，我明天要来装监控，泼一次水罚五十元，出了事还要赔偿，看谁还泼。花白头壳缩回去。四周静悄悄的。

这条小巷，以前就经常有人往楼下泼水，引起多少纠纷，没少给派出所惹麻烦。水泼得多了，就有了个外号，叫水巷。麻秆讲要装监控，也只是随口讲讲而已，其实他做不了这个主。要真正解决这个问题，需要社区配合。想到这里，麻秆打了个激灵。臭头定的案子，也可以叫社区帮忙吧。于是折回，走向社区。

社区已经下班，办公室空空的，只里面一间有流水声。麻秆进去一看，向大妈在洗茶杯。麻秆说，我洗吧。向大妈说，免，快完了。有事吧。麻秆讲了臭头定的案子。向大妈说，黄婆老伴早死，身边只这个儿子，宠得过分了。臭头定自小就是个要吃饭不干活的货色，在街上浪荡久了，没有一个女孩子敢嫁给他，三十多岁了还单身。叫我讲，你头壳有时灵，有时没灵。麻秆说，甚。向大妈说，臭头定要是被你抓了，黄婆以后依靠谁。如果你是黄婆，头壳里头一个想到的是这个事吧。麻秆说，咳。

麻秆又跑了几个地方，问了几个人，还是一无所获。那天傍晚，路过水巷，隐约听到黄婆阿嚏阿嚏地打喷嚏，就推门进去。黄婆坐在矮凳上，哈着腰，认真地打着喷嚏，面前地上扔满了一团一团的纸。麻秆说，甚。黄婆指着鼻子说，痒。麻秆说，看了先生没。黄婆说，死了算，看甚。麻秆说，鼻子痒怎会死，只是痛苦。可以坐摩托车吧。黄婆说，最恨摩托车。麻秆说，哦，那我叫辆车来。黄婆说，我没钱。麻秆说，金三指义诊，免钱的。黄婆继续打喷嚏，一打一弯腰，眼泪鼻涕一起流。麻秆在一旁递纸。没多久，麻秆的同事开来一辆车。黄婆脸上捂着一块手绢，由麻秆扶着上了车。

大牡丹药店候诊的病人真多，两排长条椅都坐满了。那些老太自带了小板凳，坐在金三指诊室外聊天，看到麻秆扶着黄婆进诊室，一老太低声说，儿子跑了抓老母，多少奇怪。一老太说，老糊涂了，眼睛花得厉害了，没戴手铐，哪里是抓。要抓，也是抓到派出所，抓来找金先做甚。一老太说，那是做甚，警车载警察扶的。杀人犯的老母倒比我们人民群众更宝贝。一老太说，你又没生病。你生病看看，打个电话叫警察，看他来没来。一老太说，我儿子又没开车撞死人，我生病做甚。一老太说，积点口德吧，儿子是儿子，老母是老母。一老太说，黄婆连蚂蚁都没敢踩死的，谁晓得会养出这样的儿子。一老太说，都免讲了，我进去看看。一老太笑说，你就是好事，大事小事都爱管。看就看吧，出来要讲讲，莫藏在肚子里。

麻秆扶黄婆进去，金三指正在给病人开药方。麻秆说，金先。金三指抬头说，甚。黄婆及时地打了个喷嚏。金三指说，哦，先坐一坐，马上好了。等病人拿方走人，麻秆扶黄婆坐上去。金三指横指搭脉，说，哪里难受，详细讲讲。黄婆说，我养了两窝虫子在鼻子里，没停地爬。鼻涕清水样流，虫子反而往里钻，痒得要死，忍不住要阿嚏。阿嚏过后，虫子还是爬。金先我晓得，那是我儿子撞死的人，阴魂没散，化成虫子来索命的。金先我求您，您开的药莫杀死虫子，只是杀我，我要快点死，好替儿子抵命，可以吧。麻秆说，阿婆讲歪了，现时社会讲科学，哪里有人死能变成虫子的。再讲了，一人做事一人担，儿子犯错要儿子自己承担。黄婆听了大哭，说，我只是要替儿子抵命，真没法替了，你还要抓我儿子去枪毙吧。我还看病做甚，我还活着做甚。黄婆站起，要往外走。麻秆连忙按住，说，阿婆莫哭，谁讲要枪毙了，您听我讲，臭头定只是交通肇事逃逸，不是故意杀人，抓到了，只是判几年刑，免枪毙的。黄婆抹一把眼泪说，大家都讲一命抵一命，你讲免枪毙，骗人吧。麻秆说，法律规定的。金三指说，政府讲的话，哪里会骗人。来，坐好了，舌头伸出来看看。黄婆喜极，依言吐舌。金三指看了说，舌质淡红，苔白薄，加上脉缓，是肺脾气虚，肺虚受寒所致。鼻子塞吧。黄婆说，是。金三指说，晚上塞得更厉害吧。黄婆说，是。金三指说，咳嗽吧。黄婆说，没。金三指说，没爱吃饭吧。黄婆说，是。金三指执笔要开方，黄婆说，金先您有一事没问。金三指说，甚。黄婆说，我有糖尿病，天天要打胰岛素。金三指说，呀，有吃药吧。黄婆说，没，只打针。金三指说，原来。黄婆说，金先，虫子可以不杀吧。金三指顿了一顿，说，好，不杀，我把虫子化成鼻涕流走，可以吧。黄婆笑说，这般最好，金先慈悲，阿弥陀佛。

　　车开到水巷巷口，麻秆让同事先回，自己拎着药包，扶着黄婆回家。黄婆说，多少钱，下个月还你。麻秆说，免钱的，金先义诊。黄婆说，金先是活菩萨，你也是。政府真好。麻秆说，要是臭头定能够去派出所自首，可以减轻处理的。黄婆无话。两人进了门，麻秆讲了如何煎药，又讲了几句宽心的话，留下一张名片，说，阿婆有事就打我电话，看病买药，电灯短路，屋顶漏雨。黄婆道谢。麻秆转身要走，后衣摆被黄婆扯住。麻秆回头说，阿婆有事吧。黄婆放手，说，没。麻秆说，哦，那我回去了。麻秆出门，走了两步，听见黄婆叫他，便折回去。黄婆拉着麻秆的手说，那辆摩托车你们有用吧，我晓得摩托车在哪里。

　　金三指家里。小雪关窗拉窗帘，把一天星星留在窗外。小雪说，麻秆辛苦了，刚去派出所就接了臭头定的案子，天天东奔西走。金三指说，你怎晓得。小雪说，小胖讲的。想要找到臭头定，麻秆想得头壳都要破了，一顿饭都没吃几口。小胖还说，考进了派出所，刚高兴没几天，又要为他操心了。金三指脱衣上床，说，唉，麻秆这孩子就是敬业。小雪在枕边说，这个臭头定真是会藏，到底藏在哪里，多少奇怪。金三指说，蛇有蛇路，鼠有鼠窝，警察自有警察的招数。就讲病，没管它藏在哪里，我都能把它找出来。小雪说，睡吧。可怜了麻秆。金三指说声对了，忽地从床上爬起，抓起电话打了。金三指说，有一个事，可以当线索吧。麻秆说，甚。金三指说，黄婆讲了，她有糖尿病，天天要打胰岛素。你看，黄婆瘦瘦的，没吃降糖药，倒是要天天打胰岛素，我判断，那是1型糖尿病。麻秆说，几型我没晓得，可是与线索有关吧。金三指说，有关。1型糖尿病是可以遗传的，相当是讲，如果臭头定也患上了，他会办理特殊病种的报销手续。这个在医保那里一查就有。麻秆说，相当是讲，臭头定也要天天打胰岛素，对吧。金三指说，这个算是线索吧。麻秆说，是好电影。金三指说，甚。

　　麻秆受到所长的表扬。所长说，看到你推那辆摩托车进来，我比谁都高兴。麻秆说，甚。所长说，至少证明，我没看错人。案子接手才几天，你就找到作案工具，还获得一条很有价值的线索。厉害了年轻人。麻秆说，线索是金先提供的。所长说，免管是谁提供的，线索就是线索。有了这条线索，我们破案就有了方向。我给你讲，这条线索很有可能就是这个案子的转折点。麻秆说，可是，我们连臭头定的头发都没见到一根，怎么就转折点了。所长笑了，点了一根烟，说，坐下来，我们分析分析。麻秆给所长倒了一杯茶。所长喝一口，说，我给你讲，找到摩托车，意义很大。第一，它是作案工具。第二，摩托车留在本地，车站及各个路口的监控都没看到他，可以推断他是从小路跑的，这就是说臭头定无法跑远。一个人徒步可以跑多远吧。既然徒步，又是小路，他能去哪里，最大可能是乡下山间人少的地方。这样他藏身的地点就大大缩小了。麻秆说，可是县城四周都是大山，山头一座接一座，哪里去找。所长吐出一口烟说，免找，我们来个守株待兔。麻秆一拍大腿，说，您是讲。所长哈哈大笑，说，对了。

　　没费多少功夫，麻秆就查到了臭头定患有1型糖尿病，并且定期购买胰岛素的记录。除了县医院药房，县城只有三家药店有售胰岛素针剂。胰岛素针剂需要冷藏，销量又小，乡下小药店都没经营。麻秆查到，胰岛素是处方药，也就是讲，购买胰岛素需要医生的处方。麻秆马上走访县城三家药店，了解胰岛素的销售情况。三家药店的销售情况大同小异，客户基本固定，因为糖尿病患者都有到卫生局办理特殊病种，可以到医院药房购买胰岛素，按一定比例在医保报销。只有个别病人胰岛素使用量大，超过医保报销数额的，才自行购买。医院药房只有白天上班，且装有监控，臭头定肯定没敢去，他极有可能在晚上偷偷进城，到街上药店购买胰岛素。麻秆就与这三家药店约定，一旦有陌生人购买胰岛素，一定要尽量拖延时间，马上报告派出所。

刚下过几场雨，路上湿滑。蜂女小心地开着一辆三轮摩托车，在乡间田野的小路上艰难行进。后轮经常打滑，车把不时歪斜，车身左晃右晃，就像小船在波涛上颠来颠去。雨是停了，几大块乌云仍在山巅上挂着，何时落下来，难讲，要赶时间。车上载的是蜂箱，几十个箱子层层叠叠，垒起来像山那么高。车身轻体积大，最招风，一阵风吹来，车子要晃几晃，大点的风就能把车子刮翻。蜂女的身边坐着一条健壮的黄狗。黄狗的鼻子是黑的，蜂女就叫它黑鼻。黑鼻的眼睛紧张地搜寻着前面的路，嗓子里不时发出一两声低吼。

蜂女自小就有男孩子的野脾气，没爱读书，小学毕业就跟着父亲到山里养蜂。养了十年，嫁了人。老公身体弱，脾气软，几年没生育。蜂女也没爱做农活，她觉得一双脚是要走四面八方的，两只眼睛是要看五光十色的，怎能天天窝在那几亩田里，闷都闷死了。她回了一趟娘家，借了一些钱，购置了蜂箱等器具，连娘家的那条黄狗也叫过来，一个人带着黄狗去山里养蜂了。到了山里，回归了自然，也回到了她无拘无束的少女时代，这才是她熟悉的快乐的生活。有时会突然想起一首不知名的歌，只是没敢大声唱，因为蜂们惊吵。就连黄狗也晓得这个规矩，没敢在蜂箱边大声吠的。

闽南地区，一年能养三季蜂，春夏冬。春季的蜜源主要是龙眼花和荔枝花，夏季是山乌桕，冬季是野桂花和鸭脚木。养蜂要晓得找蜜源。找到一片花树，心里默默估约花期和面积，用小学的数学知识，就能算出这片花够蜂们忙活多长时间。选一个合适的地方摆放蜂箱。蜂箱离蜜源不能过远也不能过近，多远合适，有讲究。接下来，搭帐篷，挖土灶，找水源，做好这些，就可以喘一口气直至这片花蜜采完之前。

蜂女加了一把油门，摩托车没有往前走，反而歪到一边，原来右后轮滑到沟底。急忙再加油门，后轮只是空转打滑，越陷越深。蜂女下车一看，半个右后轮没在泥土里，心里暗暗叫苦。天色没早了，雨随时要下，四周人没一个，风呼呼地吹。正在懊恼之际，听到黑鼻两声低吼，顺着它的目光看去，前面走来一个流浪汉。流浪汉五大三粗，凌乱的头发遮去了半个脸，一大把胡子像杂草马虎地挂在下巴上。流浪汉走过来，用力吸了吸鼻子，蹲在右后轮前看了一阵，说，给我两个馒头。蜂女转身去包里拿来两个馒头，黑鼻伏下身子朝流浪汉低吼。流浪汉不管，接过馒头就往嘴里塞，边塞边走。蜂女望着他的背影，无奈地笑笑。蜂女说，黑鼻，咱去找个地方过夜，今天算是没法走了。黑鼻极不情愿地跟着蜂女，似乎是因为刚才那两个馒头。没走几步，就看到流浪汉肩上扛着一块大石头来。流浪汉把石头塞进轮子下，用脚踢了几下，跳上摩托车，说，推一把。蜂女弯腰推车，一阵轰鸣，车轮压过石头，上了路。蜂女心中大喜。流浪汉说，摩托车我开吧，女人怎会开摩托车。蜂女说，你要去哪里。流浪汉说，四海为家，哪里都可以。蜂女犹豫了一下，把黑鼻抱起来，坐在它原来的位置上。摩托车稳稳地走，少有打滑歪斜，蜂女心里佩服。天黑前，他们到了一片平缓的山坡。蜂女说，拐进去，就这。

　　流浪汉帮着卸车，摆放蜂箱，搭帐篷。黑鼻跟着蜂女跑前跑后，不时看流浪汉一眼，发出两声警告。流浪汉没有离开的意思，蜂女想他可能要吃了晚饭再走吧，就煮了一锅稠稠的米粥，抓一把咸萝卜干洗净了，说，你先吃吧，只有一个碗。流浪汉没有客气，一口气吃了两碗。蜂女抱着黑鼻，坐在矮凳上，看流浪汉呼哧呼哧地吃。黑鼻眼睛盯着流浪汉，喉底呼呼有声。流浪汉伸脖子看了锅一眼，所剩无几，才放下勺子和碗筷，说，你吃。蜂女无话，拿出一个缺了口的小盆子，打一勺粥给黑鼻，又去洗了碗筷。流浪汉说，要在这里多久，蜂女说，甚。流浪汉说，我是讲放蜂。蜂女吃了一口粥说，十天半个月吧。流浪汉说，下一处去哪里。蜂女说，沿着山势找，哪里花多去哪里。流浪汉说，平时有人来吧。蜂女说，少有。流浪汉说，没人来，蜂蜜怎么卖出去。蜂女说，我六七天去一次镇里，顺便加油，也买些日用品。流浪汉坐着伸了个懒腰，看样子还是没想离开。蜂女说，天晚了，兄弟。流浪汉说，是呀，天晚了，路难走。蜂女说，我只有一顶帐篷。流浪汉说，我哪里要帐篷，抱些干草来就可以应付。只是你那黄狗要拴好，莫等我睡了来咬我。蜂女嘻嘻笑了说，我的黑鼻，只咬坏人。流浪汉说，好人坏人它分得清吧，又没写在脸上。蜂女说，它又没识字，写脸上有用吧。告诉你，它的眼睛尖得很，耳朵灵得很，只差没晓得讲话。有天晚上，有人摸黑要偷蜜，它一口咬住那人的裤脚，直至那人丢下个铁罐，跪地求饶，它才松口。我是第二天起床后看到那个铁罐，才晓得我的黑鼻会护家。流浪汉说，哪天去县城，可以帮我买个东西吧。蜂女说，甚。

流浪汉害怕黄狗，他把窝安在蜂女的帐篷几十步外的一棵树下。半夜起来，撒完一泡尿，四周静悄悄，蟋蟀已睡觉。天上没月，只星星眨眼。帐篷像一座神秘的宫殿，里面有多少好风光吧。流浪汉蹑手蹑脚，一步三停，就像走太空步，慢慢靠近帐篷。小时候爬树偷桃子也是这般，两颗桃子又红又大，心里急手上却轻，没敢弄出声响。这时帐篷伸手可以摸到，心却用力地跳，气又大口地喘。突然，裤脚像是被树枝挂住了，他蹬蹬脚，感觉碰到一团软软的东西，回头一看，妈呀，哪里是树枝，是黄狗咬住了裤腿。叫吧没敢叫，进也不得退也不得，站久了腿还酸。黄狗喉底呼呼地响。流浪汉试着跪了下来，这一招真灵，黄狗松口了。他没敢站起来，四肢着地爬回那棵树下。

麻秆接到大牡丹药店电话，讲有人要来买胰岛素。麻秆心里一阵狂喜，说，高高大大的男人吧，三十多岁吧。店长说，哪里是，黑黑瘦瘦的，女的。麻秆说，哦，先卖吧。麻秆这几天忙得团团转，他的片区先是几个年轻人打架，他处理了两天，昨天又有一对婆媳吵架，吵来吵去，吵到派出所。婆婆讲她的钱丢了，是儿媳妇偷的。儿媳妇讲她的狗狗被婆婆杀了吃肉。都要求派出所破案。麻秆讲得喉咙要冒烟，事情还没得结束。偏偏黄婆身体又没爽，这两天经常打电话来，要看病要吃药，一个头壳都叫这些碎事给塞满了。接到大牡丹药店的电话，头壳一时高度兴奋，心里像一锅水突然沸腾，但店长一讲是女的，与臭头定的形象相差一万八千里，水突然就凉了。一热一凉，反差过大，头壳就没细想。

麻秆喉咙痒，要咳嗽，就跑去找金三指。金三指开完方子，问案子进展。麻秆摇摇头说，几天过去，刚有一个买胰岛素的，可惜是个女的，还黑黑瘦瘦的。金三指说，黑黑瘦瘦，农民吧，长时间在野外劳动的吧。这种人少有患糖尿病的。麻秆听了，一拍大腿说，我苦呀，臭头定没敢来买，可以叫个人来买嘛，叫男的叫女的都可以，这点我怎就没想到，该死了。麻秆又说，一支胰岛素可以用多久。金三指说，难说的。就像吃饭，有人一顿吃一碗，有人要吃两碗。通常一个月吧。

蜂女双手提起储蜜罐，从帐篷走出。头发被风吹着，散乱地遮住了眼，蜂女没停地甩头。流浪汉想，如果要下手，就等风吹起来的时候。这种风，山里随时都有。

每次流浪汉要走近储蜜罐，就先看一眼黑鼻，而令他吃惊的是，黑鼻也正拿眼盯着他，喉底又呼呼地响。他没晓得是哪里得罪了它，心想总有一天要把这狗头敲碎。从蜂女搬动储蜜罐的动作看，罐里的蜜大约有三分之一。过两天，蜂女还会再摇一次蜜。按这个速度算，一星期后，蜜罐就要满了。他想，在一星期里准备一根合手的木棍应该是没有问题的。

蜂女每次摇蜜，流浪汉都在远处忙碌着，该做甚做甚，只不时偷偷瞥一眼。而这时黑鼻正围着蜂女转，兴奋得尾巴直摇。流浪汉回到那棵树下，手伸进杂草中，摸了摸那根木棍。昨天蜂女叫他去帮着抬蜜罐，他估算蜜蜂有半罐多。昨晚上他也想了很多事，又做了几个梦，每个梦都是让人追着跑，一夜没睡好。早上起来，头壳昏昏，舌头痒痒。到了中午，舌头痒得更厉害，用手去抓，好了一刻，痒又再来，真想拿刀把舌头割了。本来计划，一是今天上午，如果蜂女和黑鼻外出，刚好，可以把蜂女的摩托车开走，那半罐多的蜂蜜可值不少钱。

胰岛素还能用一阵子,走一步算一步。车钥匙蜂女肯定带在身上,但他开摩托车还要钥匙吧。二是蜂女没外出,他要先用木棍把黑鼻收拾了,然后逼蜂女交出钥匙。如果蜂女不给,可以动手。如果动手,一切都不管了,反正已经死过一个。可是人算不如天算,舌头奇痒难忍,要先解决舌头的问题,计划得缓一缓。

流浪汉走进山里,随手摘些树叶放进嘴里嚼,可以缓解舌痒。有的树叶又苦又涩,有的臭气冲天,但也总比痒好受些。草草吃过晚饭,他从小路进城。小路难走,也远些,但这个时间点进城刚好,没早没晚。早了人多眼杂,晚了人少目标大。一切都是经过计算的。

到了金三指家楼下,抬头没看到灯光,估计金三指还没回家,他就在巷子里来回慢慢地走。这时的巷子昏昏暗暗,半天难有一人经过。偶尔有人来了,他就抬头看天,或以手捂嘴打喷嚏。等了一阵,巷口有一个矮矮的人影,他估计是了,便迎面走去。待与那人交汇时,他闻到一股中药味,便轻轻叫了一声金先。那人说,甚。他说,金先吧,这么晚了才下班。那人说,有事吧。他说,看病。那人顿了一顿,说,好吧,跟我走。

流浪汉跟金三指进了屋。金三指说,甚。流浪汉说,舌头痒极。金三指说,怎个痒法。流浪汉讲了。金三指摸脉说,伸舌看看。流浪汉依言吐舌。金三指看了说,舌红苔黄腻,大便干吧,小便赤短吧。流浪汉说,是,小便有时痛。金三指说,还有甚,都讲讲。流浪汉说,口干,没爱吃饭。金先,这是甚。金三指说,舌红苔黄,脉弦数,是心火上炎。流浪汉说,金先马虎吧,我身体好,心脏从来没有问题,可以跑马拉松的。就是心脏有毛病,也是心脏的事,怎么要舌头来受过。金三指说,你讲的是西医。中医讲,心开窍于舌,其华在面,这是中医的藏象学说，讲起来话长。简单讲，就是心的经脉与舌根相连，所以心有问题，可以由舌头反映出来。流浪汉甩了一下头说，好吧，先生话，没晓得听，三句合成一句讲，我这病好治吧。流浪汉甩头时，把垂在额前的头发拢到一边，金三指刚好抬眼，看到流浪汉额头上一条蚯蚓似的伤疤，心底一颤。难怪这个声音有点耳熟。金三指说，这个病落在别人手里，要医一两个月。流浪汉说，呀，我苦了，痒都痒死了，还要忍一两个月。金三指说，免苦，我以前看过一个古方，三帖药可以止痒，但是。流浪汉说，但是要很多钱是吧。金三指笑说，哪里是。一切事情都是这样的，一好没两好，就是讲，慢有慢的好处，快有快的不足。你要快的还是慢的。流浪汉说，免讲也是要快的。只是金先还没讲但是。金三指说，但是，三帖药只是先止痒。三帖药吃完，一定要再来看，再吃药，若没，好好的舌头会突然烂掉，到那时，就是请神仙也没法医了。流浪汉说，金先是讲要吃两次药吧，两次药没相同是吧。金三指说，是。流浪汉说，好办，金先开两张方子给我，注明哪个先吃哪个后吃，多少钱金先讲了算，没还口的。金三指说，三帖药吃完，各人反应没相同，要摸脉，要调整方子，怎能先开出来，哪里是钱的事。我看，你还是用慢的办法吧。流浪汉说，莫莫莫，用快的，听金先就是。金三指开了药方，说，治病要听先生的话。流浪汉连声答允，拿方走人。

金三指打电话给麻秆，说，睡了吧。麻秆说，没。金三指说，刚才有人到我家里看病，应该是臭头定。麻秆说，您又没认识臭头定，怎讲是他。金三指说，那晚臭头定骑摩托车撞死人，大牡丹与他理论，我刚好路过，记得他的声音。还有，他额头上有条伤疤，应该是我那把紫砂茶壶砸的。麻秆说，他走了吧，多久了。金三指说，刚走。麻秆说，那我马上去追。金三指说，莫。县城多少条巷子，你在明处他在暗处，怎追，要封城吧。没追到，反而打草惊蛇。麻秆说，那怎么办，白白叫他跑了。金三指说，他哪里能跑，我在药上用了个技巧，让他三天后还来找我。麻秆说，那就太好了，他应该会来吧。我叫几个同事藏在您家附近，来个守株待兔。金三指说，语文没读好，那叫瓮中捉鳖。

麻秆向所长汇报案情，并提出抓捕方案。所长基本同意麻秆的方案，仅作出几点补充，其中之一，是派一名新来的年轻警察，化装成金三指的助手，粘着金三指，以防万一。所长表扬了麻秆几句，麻秆说，我闻到羊肉的香味了。所长哈哈大笑。

一天两天平静地过去了。到了第三天，麻秆的心跳明显加速。预计臭头定会在第三天晚上到金三指家里开药的。麻秆虽非刑警出身，身手平平，但因他是主抓这个案子的，又态度坚决，所长还是批准他参加抓捕行动。吃过午饭，各路人马均已到位，提前分别埋伏在金三指的家里，巷子，大牡丹药店等，撒下一张大网，专等臭头定这只鳖往里钻。

麻秆将方案想了一遍又一遍，方案经过所长修改补充过，可以讲万无一失，但心依然跳得厉害，感觉手心脚心都出了汗，就像是小孩子放鞭炮，既兴奋又紧张。分工时，所长说，麻秆第一次参加抓捕行动，没经验，我带在身边。他与所长待在金三指儿子的房间里。都说等人最难熬，一点没错。麻秆过几分钟就看一次手表，所长笑说，你小子几分钟就没耐烦，我以前一次抓逃犯，在猪圈里与一头母猪睡了一晚，回来一身都是跳蚤。所长说着，抽出一根烟，在嘴里咬着。麻秆说，可以点吧，时间还早，金先都还没回家。所长说，没敢。没看见吧，墙上贴的是壁纸，这种壁纸吸味最厉害。臭头定的神经一定是高度紧张的，他一进门如果闻到烟味，一定返头就跑，因为金先一家人都没抽烟的。麻秆心里十分佩服，所长观察非常仔细。

麻秆坐不住，在房间里走步。所长找出一副中国象棋，说，免紧张，我们下一盘。两人用床当桌，摆上棋盘。麻秆一直走臭步，不是车入马口，就是马被炮打，烂得可笑。所长笑了说，你还是紧张。麻秆摸头笑笑。又走了几步，麻秆手机抖动，拿起来一看，是黄婆。黄婆说，我胸闷，经常要喘气。麻秆为难了，拿眼看所长。所长犹豫了一下，说，去吧，快去快回。

黄婆大事小事都给麻秆打电话，看病买药，换灯泡，交电费水费。有时打电话来说，没事，就是爱聊个天，麻秆有空就去。黄婆坐在门口，手里捏两个橘子，剥了皮，塞进麻秆嘴里，看着麻秆吃完，才说，没事，你回吧，工作很多的。麻秆希望这次黄婆也是手里捏两个橘子或是苹果，坐在门口，他吃完就可以回到岗位上去，他是第一次执行重要的任务，可没敢缺席的。对了，这次抓的是黄婆的儿子，心里顿时有些异样的感觉，讲不清的。

麻秆的脚步慢了下来。到了巷口，抬头没看到黄婆，门开着。还真有事吧。麻秆心里一沉，加快步子。进去一看，黄婆躺在床上，大口喘气。


金三指配个助手，一时还没习惯，看病时不时瞥助手一眼。助手也显得拘束，两只手规规矩矩放在桌上，拿一支笔转，看病是完全插不上话。到了下午，病人逐渐多了，队排到诊室走廊外。一个病人说，金先，高大上呀，配助手了。金三指笑笑无话。一个病人说，金先，人多了，我的病简单，只是眼痒，干脆叫助手看吧。金三指停手说，叫助手看也是可以的，只是医院有规定，助手不能开药方，最后还要到我这里来。你坐着稍等嘛，有差两分钟吧。助手脸红，站起来给金三指倒了一杯水。

有人插队。一个病人说，戴口罩的，去外面排队，没晓得规矩吧。戴口罩的说，与金先约好的。金三指一听，是那个流浪汉的声音，就说，可以进来。流浪汉戴一个大口罩进来。金三指说，坐着稍等，这个看完就看你。哦，舌头还痒吧。流浪汉说，好了。一个病人说，好了还看甚。流浪汉无话。金三指说，好了只是表面，病根在心里，要除。

流浪汉拿眼扫了诊室一遍，感觉助手多少奇怪。金三指问病情摸脉看舌苔，他只是马虎地看一眼，更多的是看排队的病人。排队的病人等一下都会到你面前，让你从头看到脚，用得着这样远远地看个没停吧。

金三指叫流浪汉坐上来，脱下口罩，吐出舌头。金三指看了几眼，说，舌没痒了吧，夜里还没好入睡吧。流浪汉说，是，翻来覆去睁眼到半夜。金三指对助手说，去拿两支棉签来。助手应声起身出门。金三指边摸脉边说，心跳得厉害，是心火未消，病根未除。流浪汉说，金先，您的心跳得更厉害吧。金三指说，甚。流浪汉站起来，掏出刀子架在金三指的脖子上。病人哪里见过这阵势，都一窝蜂倒退出去，惊呼，没好了，要杀人了！走廊上一时大乱。金三指说，你要看病，还是要杀人。流浪汉说，我原是要看病，可是您叫警察来抓我。金三指说，我坐着半天没动，哪里叫警察。流浪汉说，那个助手是警察。金三指说，医学院刚毕业的学生子，毛都没两根，哪里是警察。流浪汉说，我天天骑摩托车，走过多少路，见过的警察还少吧，警察我一眼就能认出。免讲了，带我出去，脖子没事。流浪汉推着金三指要走出诊室，刚好助手回来，堵在门口。助手说，放开金先。流浪汉说，棉签呢，怎没拿来。助手说，这个时候没需要棉签的，倒是需要手铐。流浪汉说，哈哈，我早就看出来了。让开，不然金先脖子要出事。

麻秆背着黄婆到金三指诊室外走廊，见一群人如退潮般涌来，口中喊要杀人，心里一惊，脚步加快，到诊室门口，看到臭头定拿刀架在金三指脖子上，与助手对峙，助手步步后退。背上的黄婆说，麻秆，拿刀子的是阿臭吧。麻秆说，是。黄婆喘着气大声说，我苦呀，阿臭，几个月没见过你，一见到却是拿刀子要杀人。臭头定说，麻秆，你的心肝叫狗吃了吧，抓我阿母做人质吧。有本事咱两个单挑。黄婆说，你的心肝才叫狗吃了。麻秆是背我来看病的。你刀子快放下，金先是好人，莫伤了。臭头定说，阿母，您快回去，这事我自己处理。黄婆喘气，哭着说，我天天念佛，怎会有一个要杀人的儿子。阿臭，你不是人。臭头定说，他们要抓我。黄婆说，你走了几个月，家里大事小事都是麻秆办的，背我看病，给我买药。这些事你做过一件吧，你还是人吧。臭头定说，阿母，我撞死一个人，叫他们抓了也是死，左死右也死，不如拼个鱼死网破。黄婆说，要拼，你先把我杀了。我死了，为你赎罪。臭头定说，阿母。黄婆说，麻秆自小就是孤儿，他把我当自己的老母孝敬。阿臭，你要是个人，就放下刀子，自己从这楼上跳下去。臭头定说，阿母。黄婆说，你不跳是吧，不跳我跳。麻秆，放我下来。麻秆说，阿臭，你撞死人只是交通肇事，是过失，要承担责任，但不是死罪。你要是伤了金先，那就是故意了，性质就严重了。臭头定说，你是讲，不要枪毙吧。麻秆说，谁讲要枪毙。臭头定说，杀人偿命，小孩都晓得。不要枪毙，你能替政府做主吧。你还是没长进，骗人都不会。麻秆说，你自己要死，我也没办法。法律规定的，哪里骗人。臭头定说，编吧，你自己在这里编吧，我要走了，让开。麻秆说，慢。手机有吧，搜索交通肇事逃逸罪。金三指说，我口袋里有。刀子拿稳了，手莫抖，我拿手机。臭头定手松了些。金三指掏出手机一阵操作，举高了给臭头定看。臭头定看了一下说，都是书读少了害的。麻秆说，还不松手。臭头定松了手，扔了刀子，说，麻秆，我阿母你再照顾几年，出来了我让你当马骑。助手拿手铐要铐，臭头定说，慢，转身走到麻秆跟前，伸出双手，说，小时候一起读书，我时常欺负你，我当警察你当坏人，叫你跪地上，打你屁股。哈哈，今天反过来了，我跪地上让你抓。臭头定说着跪了下去。

黄婆从麻秆身上滑下来，抱着臭头定哭。

麻秆接过助手递过来的手铐。金三指包来三帖中药，站在麻秆身边。

## 淡

向大妈已经是第三次到运钞车司机的家里，与运钞车司机的老婆聊天。第一次去，运钞车司机的老婆带着孩子，孩子调皮，房间里到处扔玩具，运钞车司机的老婆一边地上捡玩具，一边大声骂，追着要打孩子。向大妈接了一个电话，讲社区有人要找，就告辞了。上一次去，话就聊得多了些，运钞车司机的老婆诉苦，房子是租的，同学聚会从来没敢去，几年都没看过一场电影。孩子还粘手，脱不开身，没法找工做，单靠那个开运钞车的每月工资几个钱，日子只能维持维持。向大妈说，能够维持也是好的。现阶段要把身体照顾好，莫生气莫怨气，过两年孩子上了幼儿园，可以找一份工做，日子就滋润了。运钞车司机的老婆说，身体没好没坏，经常是口里淡，没爱吃饭。向大妈说，只是口里淡，应该没大毛病，晚上我带你去找金三指看看，几帖中药下去，毛病解决，心情舒畅。当晚，就带她到大牡丹药店。金三指看了舌象，摸了脉，讲是脾虚。向大妈说，年纪轻轻，怎就脾虚了。金三指说，你看她舌苔白滑，脉也缓，是脾阳虚，脾不统血，化源亏少，气血不足，机能减退。向大妈说，满嘴都是先生话，人民群众哪里听懂。金三指说，又爱问，又没晓得听，社区大妈就是嘴杂。向大妈说，啰唆了，开药吧。金三指依言。向大妈拿了药方，去柜台抓了三帖。运钞车司机的老婆手伸进口袋问多少钱，向大妈说，先回去煎药喝了，好了便罢，没好就来砸他的招牌。运钞车司机的老婆说，好没好另说，抓药总是要钱的。向大妈说，先把病治好了再说。向大妈这次去，远远地就看见运钞车司机的老婆站在门口，笑脸相迎。运钞车司机的老婆说，我刚放下电话您就到了，水都还没烧开。向大妈说，我刚才就在附近，抬脚就到了。病好了吧。运钞车司机的老婆说，好了好了，现时心里清爽，头壳轻松，一顿可以吃两碗。两人进屋，水开了，运钞车司机的老婆泡茶。向大妈说，孩子哪里去了。运钞车司机的老婆说，去邻居家找伴玩了，又说，金三指真是厉害，几年老毛病叫他几帖药治好了。向大妈喝了一口茶说，你那个病也叫病，简直小儿科。你没听讲吧，有个局长，年轻时洪水中救人，身子泡在水里一天，后来得了个怪病，时不时会突然手脚没力，吃饭时掉筷子，写字时掉笔杆子。省城多少大医院没医好，医来医去医了一二十年，越医越严重，最后也是金三指出手才医好的。这才叫真正的厉害吧。金三指金三指，随便叫的吧。运钞车司机的老婆说，哎呀呀呀，这般厉害应该登报纸吧。向大妈说，还好没登报纸。你看金三指忙的，白天医院上班，病人走廊排长队。要找他的诊室免问人，看哪里排长队就是。晚上药店做义诊，看病要先拿牌子，三十张牌子一下子就被人拿光了。要是登了报纸，外地多少病人要来，诊室要挤破，或者干脆就要调到省城去了，这不就苦了我们这些街坊邻居。运钞车司机的老婆说，倒也是，千万莫登报纸。向大妈说，一个医院有多少个先生，只他的诊室外排长队，别的诊室清静。运钞车司机的老婆说，是哦。向大妈说，这些先生回家了，老婆会讲，哎呀呀，你看人家金先多风光，看病要排队，你的诊室怎就没人。运钞车司机的老婆顿了一顿说，大妈您是讲我吧。我那时心里气，嘴上急，多讲了几句，没想到他会那样。向大妈说，俗话讲，人比人气死人。各人有各人的机缘，怎能比呀。运钞车司机的老婆说，吃了金三指的药，心里的气都消了，不比了不比了，再比，他也是个开运钞车的，还能开飞机吧。向大妈说，这就对了，他把车开得稳稳的，回了家抱孩子亲老婆，一家人和和美美，不是神仙是甚。

　　向大妈从运钞车司机的家里出来，阳光正好，空气中似有不知名的花香。远处路上，一后生推着一辆三轮车，车斗里坐着一个白发老太，逆光看去，白发闪亮。向大妈快走一阵，追上三轮车一看，原来是拳头师的徒弟载着张先的老母。向大妈打了个招呼，后生说，张先打电话来，讲他学校有事，整天没法回家。向大妈说，晓得了，拳头师叫你来载是吧。后生笑笑。张先老母说，我可以走的，后生硬是要载。向大妈说，载就载吧，后生没缺力气的。两个人老姐妹一般的，一路聊天到修车铺。

　　修车铺空地上，拳头师正在拆一个动力，几个后生围着看。张先老母进了修车铺，就丢下向大妈，独自各处去走，找来一堆脏衣服，扔进洗衣机洗了。向大妈扯一把拳头师的衣摆说，你敢雇佣老人来洗衣服，我要去人社局举报。拳头师举着一双黑手，抬头看了张先老母一眼说，老人把这里当作自己的家，没生分，洗碗洗菜洗衣服，她喜欢做，我们就顺着她的意。再讲了，劳动是阳，休息是阴，你忘了，金先讲过，阴阳要平衡。向大妈说，近金先才几天，也晓得讲阴阳了，没简单呀。拳头师扭头说，阿山子，去肉铺拎一块肉来，中午加菜，两天没吃肉，嘴里淡得像水。向大妈说，呀，要破费了。拳头师说，肉可以堵你的嘴吧。拳头师的腰间嘟嘟响，他朝徒弟努嘴侧腰，徒弟伸手掏出拳头师的手机，按下免提。那边老板说，晚上有事吧。拳头师说，晚上就是练拳，还有甚事。老板说，拳明晚再练可以吧。晚上我们三个聚聚，你我向大妈。我打向大妈。拳头说，向大妈在我这里，免打。讲事吧。老板说，金先讲，局长叫他拿出一个发展中医的方案，他讲他只晓得看病，哪里能搞方案，要我们帮忙。你们两个晚上来我家吃饭，我们边吃边聊。拳头说，有好酒吧，我最近嘴很淡。

　　下了半天雨，街上顿显冷清，到了晚上，雨欲停未停。都讲夜雨缠人，这话没假。雨丝细如面线，似有似无。这种天最恼人，打伞吧，一路走没见一滴雨，不打吧，没走几步就一头水珠。街上偶有几个行人，大多走进大牡丹药店。

　　金三指诊室外，两排长椅上，照例坐着几个老太，有的刚来，雨伞合好，放在脚边。今天好现象，壁上纸牌还有几张。外面进来一个人，径直走向诊室。一老太拦了，说，纸牌拿出来看看。那人说，甚。老太说，没晓得规矩吧，拿纸牌按号码排队。一老太腿脚快，去取了一张来，塞那人手里，说，拿好了，四处去走，要坐下来聊天也可以，等金先叫号。那人接了纸牌，摸头笑笑，坐下。

一老太讲了个笑话，几无人笑，老太生气了，说，没好笑是吧，没好笑我走了，你们讲好笑的。老太起身要走，旁边的人拉住，说，人老性没老，小孩子一般的。嘴在人家脸上，可以笑可以没笑，坐在这里，就是聊天。你回家去，讲给谁听，儿子没闲工夫听，老伴耳背没听见。坐下坐下。老太噘嘴坐下。一老太说，现在年轻人，哪里能听我们讲话，你一句话没讲完，他头壳早转一边去。一老太说，那还是好的，至少听了半句。我们家的，我刚要开口，他就转身。叫我一天到晚，只与阿猫阿狗讲话。一老太说，还是黄婆好，儿子被抓了，可以叫警察来聊天。一老太说，何止聊天，还给她买菜买药换灯泡。一老太说，你也可以叫呀。要叫吧，我有电话。老太说，我叫，让人家笑死吧。一老太说，你是讲麻秆吧，其实麻秆是报恩。小时候麻秆饿肚子，黄婆经常自己吃半碗，偷偷给麻秆吃半碗，直到后来镇政府食堂管了麻秆的饭。一老太说，抓了个儿子，又来了个儿子，黄婆没亏。一老太说，黄婆天天念佛，修来的福气吧。

领带牵一个女人的手进来。一老太说，纸牌看看。领带拿出纸牌。老太说，两个人，一张牌。再去拿一张，刚好还有。领带说，我没要看，是老婆要看，我带来的。这时看到几号了。老太说，你是几号。领带讲了一个数字，老太说，快了，再等两个就到你了。坐着等吧。领带携老婆坐下。

一老太说，没听讲吧，金先医好局长的病，名出到省里去了。一

老太说，局长的病是甚。老太说，没清楚，讲是手脚没力，时常要掉
筷子。一老太说，哎呀，我也是手脚没力，只差没掉筷子。一老太说，
那就赶快叫金先看看，以后没晓得哪天要掉筷子。一老太说，就是，
这时没看，以后金先调走了，要看就难了。一老太说，金先要调走，
谁讲的。一老太说，省里都有名，调走是早晚的事，还用讲吧。众老
太顿时紧张起来，赶快找出自身的毛病，有的讲手没法举高了，有的
讲脚突然没力气了。一个讲我腰没法直了，快扶我起来。都感觉过了
这个村，就没那个店。

领带听到里间金三指叫了一个号，就带老婆进去。

金三指抬头一看，笑了说，有事正要找你，你自己来了。领带说，
金先找我，打电话就是了。甚事。金三指说，免急，先讲你的。领带
抓老婆的手给金三指，说，整天没爱动，浑身无力。金三指搭脉看舌
苔，说，白天没爱吃饭，晚上没爱睡觉吧。领带老婆说，正是。嘴里
淡，吃甚都没味道。领带说，金先，要紧吧。金三指说，小事。领带
与老婆相对一笑。金三指开好方子，领带接了给老婆，说，你先去柜
台抓药，我与金先讲事。

金三指讲了一个事，领带说，这事找我正好。金三指抱拳说，那
就有劳了。领带说，金先客气了，我还没谢您呢。金三指手机响，是
麻秆打来的。麻秆说，金先您定个时间，我们所长要请您吃烤全羊。


蜂女在收拾蜂箱，不时瞥一眼进山的小路。黑鼻围着她转，兴奋
地摇着尾巴。这片花蜜已经被吃得差不多了，昨天就应该迁移了，她
多等了一天。装好了车，蜂女走到那棵树下，脚下的干草唦唦地响。
草窝边一个开了口的布包，一只旧衣袖子伸出袋口。蜂女伸手在包里

搅一圈，探到一个圆管，拿出来一看，是用了一半的胰岛素注射器，这个她认得。一件挂在树枝上的内衣随风飘，蜂女一把抓过来，塞进包里，转身要走，脚下踩到一个硬物，俯身一摸，从干草堆里抽出一根木棍。

摩托车已发动，黑鼻跳上来蹲在它原来的位置上。蜂女转身回望，小路空空。木棍插在蜂箱间，挂着那个布包，轻轻颤动。蜂女加了一把油门，车子慢慢走了。远处山色朦胧。在下一个路口可以碰到他吧。黑鼻似乎嗅到远处的花香，兴奋地叫起来。

第四章

# 表　里

## 表

闽南春天的雨，像情人的眼泪，下下停停，停停下下，没完没了。若是晚上下的，那就更缠人了，有俗语讲，晚雨连夜。街上人稀。一把细花伞穿过大街，满街都是高跟鞋笃笃笃的响声。细花伞停在大牡丹药店前，收拢了，显见打伞人是个女子，长发披肩，红色羽绒服及膝，伞尖滴水没停。羽绒服扭几下身子，拿眼一扫，开步便往金三指诊室走去，笃笃笃的响声把一店人的耳朵都揪了过来。响声到了门前，坐在诊室外长椅上的一个老太站起来，摊开双手，说，规矩懂吧。羽绒服说，甚。老太说，头一次来吧。去看看还有纸牌无，凭牌就诊。羽绒服说，哪里去看牌。老太抬手一指。笃笃笃声响至墙角，又响回来。老太瞟一眼纸牌说，三十号，福气了，最后一张叫你拿到了，晚一会儿就没了。羽绒服抖肩皱眉。老太说，坐着等，或四处去走，等叫号。三十号，有得等。羽绒服靠老太坐下，转转腰，掏出手机捏了一阵。

羽绒服说，老妈，气死了。

电话里老妈说，哎呀，又有谁欺负你了。

身旁老太眯着眼说，闺女，免气的，多大的病叫金先看了，全都会好的。

羽绒服说，臭规矩真多。

老妈说，那是药店，又不是咱家，规矩由人定。甚规矩害你生气了。

老太说，闺女闻到哪里臭了。店里的药，千种万样，难免有香有臭，闺女要是嫌臭，可以到外面去走走。

羽绒服说，要排队，要叫号，要坐着一旁等。

老妈说，那就等吧。你要是没耐烦，我去陪你等可以吧。

老太说，闺女，你那病生的不是一天两天吧，可能是有三天五天十天八天半个月吧。半个月都可以等，再等个半天就没耐烦了。

羽绒服说，我是三十号，叫我等，要等到半夜吧。老妈，你有没有关系，有认识金先的吧。

老妈说，等我找到关系，怕是你的病早看完了吧。

老太说，金先医德好，义诊的，免找关系，就是乞丐来了也给看的。

羽绒服按了手机，扭头对老太说，我与我老妈讲电话，你插嘴做甚，有完没完。老太睁眼说，只见你一个人对着墙壁讲话，哪里是讲电话。羽绒服捋起一边头发，露出耳朵上的耳机，说，看见吧，高科技的。老太说，呀呀，现时年轻人讲个电话，像以前搞地下，没叫人看到的。羽绒服说，哼。老太说，高科技也会生病的。老太又说，闺女，甚病呀。我看你细皮嫩肉，眉目清楚，比我年轻时美多了。羽绒服站起来，双手抱身，上身急急转几转，坐下说，与你讲话，我都忘了痒了。老太瘪嘴一笑，说，痒比痛好吧。羽绒服说，呸呸。老太说，痒姓乐，痛姓苦。不信吧。你给小孩挠痒痒，小孩就笑。都讲痛苦痛苦，痛常常是连着苦的。羽绒服说，这么讲，你就痒一回试试，我看你笑得出来。老太说，我老了，谁还会给我挠痒痒，找个人讲话都难。

羽绒服看了老太一眼，无话。老太说，年轻时没晓得珍惜，老了，一切都晚了。羽绒服站起来，说，到处都有说教的，扭头走开。笃，笃，笃，像打着拍子，不紧不慢，由强至弱，停在药店的门前。

法官讲，现时离婚不比往时，可以讲离就离，还要有一个调解期，要几个月后才能开庭。都这个样子了，还调解甚，法官真是绕。分居了一年多，七大姑八大姨轮番上阵，大道理小道理讲了几车皮，有用吧，能调解还要等到这个时候。两人都同意离，就你法官绕，要调解，要讲程序。没办法，你急他不急。网上讲七年之痒，没想到前些天身上还真的痒起来，先是手臂，挠几下就好了，没当回事，后来浑身都痒，还起了红点点。这些点点也大有漫延之势，越来越多，好在天冷，有衣服包裹，外人没看见。可是任由其发展，痒是一回事，这些红点点要是有一天长到脸上，怎能见人。没挠时痒，挠了更痒，恨不得把皮揭了。看了西医，涂了药膏，好两天，你以为真的好了，它却又来。再涂药膏，再好两天，又还来，反反复复。刚才那老太讲痒姓乐，差点被气死，站着说话不腰疼的那种。老妈看着心疼，说，怎给忘了，可以去看金三指呀，街上都讲他专门治别人没治好的病的。

羽绒服站在药店门口看街，看满天细雨。

一辆女式电动车驶近药店。阿娇，看甚呢。

羽绒服循声扭头，女式电动车已驶远，只剩一个背影。声音倒是耳熟，一时没记起是谁。正想着，突然感觉后衣摆被人扯了一下，回头一看，是刚才那个老太。老太说，外头冷，你还站了这么久。到你了。

高跟鞋踩出一阵急促的小鼓声，自店门进入金三指的诊室。金三指收了羽绒服的纸牌，号了脉，说，表证。

麻秆在水巷遇到了老同学阿根。

水巷很有些年头了。两边楼房虽矮，只两层，木式结构，整齐划一，巷子却宽，可以跑马车，据说原先是打算作街道用的。现时没了马车，脚踏车摩托车电动车可以随便跑。叫水巷是图吉利。你想，房子都是木头做的，一间一间连成一大片，最怕甚，最怕火，所以用水来压火。现时四面墙壁的木板已变成了古铜色，楼梯楼板老得快掉牙了，脚踩上去，咯咯地响。只看外观，水巷的房子古色古香，别有一番风味。若是住人，那就差强人意了，头一条，隔音差。隔壁邻居，各自坐在自家的床上，就可以聊天，免打电话的。晚上睡觉，楼上的翻个身，楼下的都能听见。经济条件好的人家，都到外面建了新房，搬了出去。旧房子空着可惜了，可以出租，楼上租给外地打工者居住，楼下租给别人办公司。水巷名声在外，适合办公司。一些年轻人既要创业，手头又不宽裕，租在这里，刚好。租金低，名头又响。慢慢地，水巷变成了商业街。

麻秆晚饭后无事，双脚一迈，自然散步到水巷。前些时候，他在巷子里安装了几个监控，楼上泼水的事就没再发生过，整体治安也大为好转，小偷小摸基本绝迹。行人放心了，商家也安心了，社区更是省心了，都夸麻秆做得好，为民办了实事。麻秆心里当然高兴，几个监控，花的是小钱，却解决了一大堆问题。

前面一间店铺门大开，灯亮着，麻秆走过去，看到阿根独自一人坐在沙发上喝酒。茶几上竖着一个酒瓶，散落着一些熟花生。麻秆进店，阿根头也没抬，说，下班了，有事明天再来。麻秆把屁股扔在沙发上，捏起一颗花生，剥了。阿根抬眼一看，说，呀，是你。麻秆说，喝多了吧，脸红眼也红。阿根无话，抓起酒瓶往嘴里插，麻秆连忙按住，拔下。阿根说，喝酒犯法吧，太平洋警察吧。麻秆说，晚饭都没吃，只是喝酒，不要命了。阿根说，你怎么晓得我没吃饭。我吃饭要向派出所报告吧。麻秆说，我看一眼屋里心里全清楚，碗在哪里，筷子在哪里，连快餐盒都没一个，哪里去吃饭。阿根说，呀，你这警察当得起色了，可以当福尔摩斯吧。来，陪我喝一口。麻秆说，我晚上要值班，没敢喝。心里有事吧。阿根垂头，无话。麻秆说，干脆，锁了门，陪我值班去。咱好久没聊天了。

麻秆拉扯着阿根出了水巷，在街上顺便买了一个盒饭。

阿根家住农村，父母都是老实巴交的农民，两把锄头用尽全力往地里刨，也刨不出多少花样，家里穷。阿根到镇上读中学时，与麻秆同班。麻秆是孤儿，阿根是农村来的穷小子，两人自然走近。阿根的祖宗十八代都是本分的农民，到了阿根这一代，基因突变，头壳活络，会读书，会玩各种花样的游戏。阿根考上大学，麻秆落第。填志愿时，阿根选择建筑专业。麻秆说，要是我考上了，一定要读警校，不然就是军校。阿根说，我晓得了，你是被人欺负怕了，要弄一身虎皮穿穿，威风。麻秆说，你怎就选了建筑，讲讲。阿根说，同学这么多年，我都没敢让你去我家，讲起来惭愧。我最怕下雨。麻秆说，屋漏吧。阿根说，一下雨，屋里四处漏水，坛坛罐罐没够用，嘀嘀嗒嗒像倒豆子。外面雨停了，屋里豆子还要倒半天。所以，我以后要当个建筑工程师，建广厦千万间。当然，先给我老爸老妈建一座，不能让老人一辈子都要倒豆子。麻秆说，也帮我建一间吧，一间就好，我还住在向大妈的房子里呢。阿根说，我要建那么多的房子，有差你那一间吧。你免讲我也晓得。阿根大学毕业后，求职四处碰壁，别讲工程师了，就连个国企的工人都没当上，最后只得找一家房产中介公司混饭吃，也算是专业相近吧。这也是没办法的事，理想很丰满，现实很骨感。

虽讲是混饭吃，阿根干活依然十分卖力。他本就头壳活络，又有建筑业的专业知识，工作时用心观察，入职才几个月，各种套路玩起来没输老员工的。到了年底，业绩遥遥领先，全公司第一，业务提成，绩效奖金水涨船高。

闽南有个习俗，私人公司到了农历十二月十六日这一天晚上，要吃尾牙宴，就是全公司员工围在一起吃顿饭，这顿饭吃后，基本就放假了。老板通常在饭后给员工发红包。大多数员工的红包都是薄薄的一个，这年阿根的红包是一个大公文包，外面贴着一张红纸。老板借着酒劲，哈哈大笑说，大家多少奇怪吧，从来红包没有用公文包装的，我今年就是要装一个。晓得里面多少钱吧，没晓得没关系，可以上来打开看看。众人坐着没动，纷纷引颈，双脚双手痒得蠢蠢欲动，却都只将这股动力传输到两只眼睛里，让每只眼睛都伸出一只手，试图将那只公文包抓回自己的怀里。老板又笑说，没关系，我希望明年这个时候，我可以给大家每人发一个这样的公文包。一时哗然，鼓掌，干杯，跺脚，嚎叫，有人大哭，有人大笑。酒精的味道渗透进每一声喝彩中。

两年后，阿根按揭了一套二手房，把父母接来住，从此免惊下雨天屋里倒豆子的事了。

公司里，阿根有一间自己的办公室，靠壁一面立着一组大书柜，里面都是房产中介之类的工具书，合同，文件。书柜前放办公桌和电脑，而沙发和茶桌占了最大的面积。那天来了一中一少两位靓女，阿根顿时眼前一亮。让座请茶，客套寒暄，阿根渐渐感到眼睛没听自己使唤，老要向那个少的跑去。中年靓女四十出头，白净文静，脸如倒梨，笑意盈盈，两嘴边尚留一对浅浅的酒窝，年轻时必是美女一枚。少的叫她阿姑，讲话嘴尖舌利，间或翘起双唇，细眉微皱，娇美无限。她们要办理房产置换，原来的房子住了一段时间，感觉无趣，要换个环境。中年靓女的房子在城东，属闹市区，学校，医院，商业区样样齐全，是抢手货，只差没电梯。她要换到城西。城西是城乡接合部，近几年才开发的，有电梯，幽静。阿根自然使出浑身解数，全力服务，阿姨长阿姨短的，嘴巴像涂了蜜似的，讲出来的话甜得发腻。阿根找出城西几套房子让阿姨挑，阿姨感觉这套也合适，那套也满意，可是她的侄女却横挑鼻子竖挑眼，这套也有问题，那套也有缺陷。这样一来，当阿姑的反倒没了主意，说，先生，真是抱歉，我家阿娇自小就爱挑毛病，您别介意。阿根笑说，小妹讲的没错呀，很专业的。房子是大事，当然要认真。阿姨有小妹这样的人当参谋，肯定不会吃亏。那个叫阿娇的说，阿姑，我们去别家公司看看吧。阿根说，也好，阿姨您先到别处找找，我这里也帮您再联系联系，我们两处找，更快。阿姨您留个电话可以吧。

虽只一项业务，如果做成了，却有两笔佣金收入，一笔是卖出，一笔是买入，阿根自然要瞪大眼睛，赶快去找合适的房源。可是那个叫阿娇的女生，变成一张透明的玻璃纸，贴在阿根的眼镜上，阿根一睁开眼睛，全是她的影子。饭吃不下，觉睡不着。好在有她阿姑的电话，阿根时不时就打，用涂了蜜的嘴巴讲话，把阿姑的心都哄软了。阿根在心里不知不觉地叫她阿姑了。后来，阿姑就把房产置换的事交给阿娇处理，这一下正中阿根的下怀，像是犯困时有人给他一个枕头。

隔三岔五，阿根就带阿娇到城西看房。慢慢地，不只是看房，也看电影，逛公园。

阿根对阿娇讲话,嘴巴没单单涂蜜,肯定又涂了麦芽糖,甜就不用讲了,还黏人。夏天去看电影,电影院里的冷气是足够的,阿根裤后兜里还插着一把纸扇子,时不时地抽出来给阿娇扇几下。有时阿娇会讲,停手吧,旁人看见了。阿根说,旁人都在看电影,你也好好看,莫分心。春天去公园玩,走累了,坐在湖边长凳上休息,阿根要扶起阿娇的一条腿,脱下鞋子,搁在自己大腿上,双手十指一阵轻揉慢捏。阿娇笑说,免捏了,把我当七老八十的老太婆吧,没走几步路,就要保养。阿根说,哪里是为你捏的,我是为自己捏的。阿娇说,甚。阿根说,你的脚要是伤了坏了,路没法走了,不是要我背着吧。现在做保养,投资少收益高。阿娇生气了,说,原来你把我当房子看,讲投入产出的那一套。阿根笑笑无话。阿娇有时怪阿根手重,痛死了,有时怪阿根手轻,痒死了。阿根逆来顺受,笑嘻嘻地依言修正手法。阿娇翘起嘴说,你真就没有脾气吧,我讲痛你也接受,我讲痒你也接受。阿根还是笑嘻嘻地说,我的脾气可以对你发吧。阿娇说,那你的脾气可以对谁发。阿根说,谁都不可以发。阿娇说,脾气没发出来,窝在心里难受吧。阿根说,我把脾气化作动力了。

阿娇的家境好,老妈是小学校长,老爸是教育局的领导。她大学读的是会计专业,毕业后就在县里的一家国企当会计。阿娇是独生女,在家里就是饭来张口、衣来伸手的那种,所以她对阿根的殷勤感到顺理成章,就像在自己家里一样。

他的作息安排就像他的账目一样,有条不紊,他的穿戴打扮也像他编的报表那样,整整齐齐,分毫没差。他一年四季脖子上都要系一条领带。天冷时自不用讲,大热天的也系,穿白色短袖衬衣,配一条浅色领带。渐渐地，同事们都叫他领带。老婆笑说，要是油瓶与领带同时掉地上，我猜你一定先捡领带。他说，穿衣要妥妥帖帖，做人要干干净净，做事要清清楚楚。形象很重要，一个人穿得松松垮垮，别人就会感觉他记的账肯定糊里糊涂。那天早上，老婆说，你整天算账，算了半辈子的账，算得自己也糊涂了吧。领带说，哪里糊涂，多少公司要请我去哟。老婆说，所以讲你糊涂了，家里就有一笔账你没晓得算。领带说，甚。老婆说，想想。领带说，没时间了，要去上班，你讲就完了嘛。老婆说，全世界男人都一样，好像天生就是要干大事的样子，好像没了你地球就没法转了的，家里的事想都懒得想，油瓶倒了先去捡领带。领带说，你总是这样，一句话讲一半，留一半给人猜。我走了。老婆拉住他的手说，房子。领带回头说，房子好好的，才住几年。老婆说，讲你糊涂你还生气。你儿子几岁了。领带说，一会儿房子，一会儿儿子，你到底要讲哪一句。老婆说，木头刻的头壳，还给人算账呢。儿子明年要读小学了吧，哪里的小学好，城东吧。领带说，我们的户口早迁过来了，你是要我去找关系吧。现时的关系能轮到我们这种人去找吧，比登天还难。老婆指着他的头壳说，呸。领带摸摸自己的头壳，愣了。

领带一早居住在水巷，那是祖上遗留下来的房产。前几年，政府开始开发城西，房地产商捷足先登，在城西建了几个楼盘，同时广告满天飞，把城西开发吹得天花乱坠，讲政府以后有规划，新的医院，新的小学中学都将建在城西，没多久就要建动车站，建大型商业区，就连县政府都要迁过来，城西的发展前途无量，成为黄金宝地似乎是铁板钉钉的事。一时间，人心思迁。身边有点积蓄的，都到城西订一套房子，没有多少存款的，也要到亲戚朋友那里借些钱，先把首付凑足了，再到银行办按揭。领带咬着牙，也到城西订了一套，并且以最快的速度把一家人的户口也迁过去。

领带会算账，但他所算的账都来自一个个真实的数字，对于今后形势发展的估计，他感到无能为力，这是一种不同的思维方式，不是他这种当会计的人能够搞定的。城西本是城乡接合部，地理位置差，交通条件差。几年过去，房地产商讲的新医院连个影子也没有，小学倒是有建一所，却是农村小学，县政府办公楼和动车站可能连图纸都还没有画好，一句话，冷冷清清的。既然冷冷清清，就没必要再建商业区吧。人们发觉被骗了，却都只是暗暗骂自己头壳是木头刻的，人家房地产商的购房合同上并没有写要配套学校和医院。广告归广告嘛，广告上讲的能信，母猪就有四脚的裤子穿了，对吧。

讲了半天，领带才明白，老婆的意思是要把城西的房子卖掉，到城东去买一套二手房，把户口再迁回城东去，这样儿子就不用在城西的农村小学读书。领带暂时松了一口气，他最怕找关系。领带和老婆都有一把年纪了，儿子是全家唯一的希望，俗话讲，万丈高楼平地起，基础很重要。小学就是基础，小学没读好，中学能读好吧。中学没读好，能考进好的大学吧。没读好的大学，能找到一个好的工作吧，难道还让儿子像你那样一辈子在这个小县城做会计吧。老婆的推理很严密，丝毫没输领带报表里的钩稽关系。都讲女人感性，老婆却时常是理性的。领带只好说，好吧，过两天再研究这个事。老婆说，还要过两天，马上。你晓得现在有多少人要迁回城东吧。

派出所值班室里。盒饭放在办公桌上。麻秆说，吃吧，趁热。阿根说，还是你命好，免惊风来雨去，有业绩无业绩，日子一到就有工资领。麻秆说，这山看那山高吧，当时你买房子时，我羡慕得要死。到现在，我还住在小胖的娘家呢。阿根说，小胖多好呀，温温顺顺，不吵不闹，娶到这样的老婆是天大的福气，一家人和和美美的。都讲和气生财，就是不生财，至少心情也舒畅。你看我，有老婆与没老婆一个样，错了，是比没老婆更惨。没老婆我马上可以找一个，可是。麻秆说，老婆总是别人家的好，这是全世界的共识。想当时你多么风光，全镇最漂亮的女生让你抢到手了，人家还有工作，是国企的，你还是个自谋职业者。阿根呸了一口，说，那时年轻。早知今日，何必当初。麻秆说，吃吧，吃吧。再不吃，我扔了喂狗。

夜晚，大牡丹药店，金三指诊室里。阿娇说，怎么还没好。金三指说，甚。阿娇说，金先您忘了，三天前您给我看的，开了三付药。金三指说，没好意思，一天接诊过多少人，哪里能记得。讲讲吧。阿娇说，我那时浑身痒极，皮肤起红点，一抓一道血痕，觉都没法睡，您摸了脉，讲是表证。我吃了药，痒是好多了，至少免抓了，可是不时还有小痒，没好利索，晚上还是没法入睡，翻来覆去头壳里像是装了一团乱麻。对了，金先，表证是甚，是轻症吧。金三指说，哦，原来。手给我。金三指扣脉，说，表证是外感时邪，邪气入侵人体所引起的。阿娇说，我穿了一身厚衣服，外面还有羽绒服，没透风没透雨的，邪气还能入侵，这个邪气多少厉害吧。金先，怎么办。金三指放了手说，你有心事吧。阿娇说，怎讲。金三指说，你心神不宁，心烦意乱，换句话讲，就是情绪极差，偶感邪气，才引起皮肤出现问题的。治这个病，药物是一方面，调理内心情绪更重要。阿娇说，一街人都讲金先是神医，唉。金三指说，哪里神医，都是街上人讲着玩的，莫当真。你这个病，宜三分治，七分养。阿娇说，原来神医也只能治三分，七分要靠我自己。金三指说，呵呵，心病要用心药医。阿娇说，金先会算命吧，怎知我有心事。金三指说，你心里藏着一个事，而且是大事。这个结没有解开，就是吃仙丹也难以奏效。阿娇说，呀，呀，没想到金先是算命的高手。金三指说，我三指一搭，多少事心里全清楚，哪里是算命。你脉象弦涩，是肝气郁结，久而化火。我问你，除了入睡困难，平时没爱吃饭吧，大便异常吧，月经不调吧。阿娇双手竖起大拇指，说，服了，真是服了。金三指笑笑。阿娇又说，金先您能将我的病讲得清清楚楚的，可是却没法治好，多少奇怪吧。金三指说，死灰复燃这句话听讲过吧。我用药物可以把你的火扑灭，可是你心里还残留着灰烬，这些灰烬没有清除，随时会复燃。所以讲，灰烬是根源，而这个根源，就藏在你的心里。相当是讲，心结要解开，解开了，病自然就好了。阿娇说，要解开也容易，我正准备快刀斩乱麻呢。金三指说，没那么容易吧，你肝气郁结已久，如同三尺之冰，非一日之寒哟，哪能一下子就解开的。再讲了，以快刀斩乱麻，剩下的是一堆碎麻。若是用解的办法，慢慢地将麻理顺了，那得到的将是一团好麻。阿娇垂下眼帘说，没法理了，这麻都乱了一年多了，能理早理了。

大牡丹进来说，金先，给您换一杯热茶吧。金三指说，好呀，外面还有病人吧。大牡丹说，没了。天冷，人少。片刻，大牡丹端茶进来，看了阿娇一眼，说，美女，要一杯吧，暖和暖和。阿娇说，谢谢，免了。大牡丹咧了一下嘴，躬身退出。

金三指嘬一口茶，说，还真是大事哟，讲讲可以吧。阿娇说，唉。金三指说，事藏在心里，越藏越多，越多越难受。好比一座水库，储的水过多，堤岸压力就大，时间长了，难免溃堤，所以要放水，减轻压力。你将心里的事讲出来，就好比水库放水。阿娇说，放水有用吧，我这个事要上法庭的，我已经请了律师的。金三指说，甚，一定要上法庭才能解决。阿娇说，我要离婚。金三指说，哦。阿娇说，我与老公分居一年多了，他居然一次都没来看我，最可恨的是最近几个月，连一个电话也没有。金先您讲，他是要翻天吧，不离可以吧。金三指略一迟疑，说，他没打你可以打吧，打个电话多少事，眨个眼吧。阿娇翘起嘴角说，我打，掉价，丢不起人。金三指说，所以，就要快刀斩乱麻。阿娇说，是，快刀斩乱麻。金三指说，斩了就是一堆碎麻，多少可惜的。阿娇说，碎麻就碎麻，反正都已经乱，乱了的麻就是废麻。金三指说，你会开车吧。阿娇说，会呀。金三指说，车坏了，是修修继续用，还是扔了。阿娇无话。金三指说，当初怎就分居了。阿娇说，讲起来话长。我老公以前追我，用我老妈的话讲，就像是拜佛，与我讲事，常要下跪。比如他请我看电影，我讲没时间，单位有一笔账还没处理好，晚上要加班，他就要跪下求我，讲明晚陪我去单位加班。邀我去公园玩，我讲没兴趣，他也会跪下求我，讲我去了就是为公园增添春色。他的嘴里总能讲出许多好听的词。结婚后，老公承包了所有的家务，洗碗洗衣服拖地板样样干，还边干边唱歌。有了孩子后，老公讲要为孩子打下良好的经济基础，他要去创业，要办公司。可是他本来就是个穷小子，哪里有多少家底可以办公司，我将娘家的钱也拿来给他。没想到，公司还没起色，他的老板样倒先起色了。金三指说，怎个老板样。阿娇说，回家迟了，经常是半夜，还一身酒气。你骂他几句，他居然敢还口。要在以前，我免开口的，只是一瞪眼，他都要下跪的。办了个破公司，他就敢与我顶嘴了，耍起老板样了。金三指笑说，哎呀，这位老公同志没有戒骄戒躁，保持革命本色，是该严肃批评哦。阿娇说，还有更严重的。金三指说，甚。阿娇说，他外面有人了。金三指说，呀，这是大是大非的事哟，有证据吧。阿娇说，让我捉奸在床的。金三指瞪大一双眼，无话。阿娇说，金先，这还是表证吧，怕是病入膏肓吧。金三指说，这样，我再开几味药，帮助你把心中的气消一消，好吧。阿娇说，先消痒吧。这个婚没离，心里的气哪里能消。金三指说，气消了，痒才会消。金三指开了药方，说，其实，消气还有多少方法，谁讲一定要离婚。阿娇说，多少方法金先讲讲看。金三指说，比方讲，我叫几个人来，把你老公抓来打一顿，叫他当面承认错误，痛改前非，以后天天要拜佛，可以吧。阿娇扑哧一笑，说，还有吧。金三指说，比方讲，我叫几个人，去把他的公司砸了，把他的生意搅了，叫他当不成老板，他还能耍老板样吧。阿娇笑容凝固。金三指说，再比方，干脆把他打死了，这样就省得离婚，对吧。阿娇眼皮猛地一跳。金三指将药方给阿娇，说，方法很多的。阿娇拿着药方，转身走出去。金三指伸个懒腰，舒了一口气。

看看时钟，十点没到。以往这时，常常还有几个病人在等。难得今晚人少。金三指将桌面收拾一下，准备回家。阿娇又进来了。金三指抬头说，甚。阿娇说，金先您是神医。金三指说，呀呀，你药还没入口，药效倒先有了，叫我神医了。阿娇说，不是。我是想，金先您也给我老公开一服药吧。金三指愣了。阿娇说，他至今还没承认错误的。那天晚上他让我抓到了，你晓得他怎样吧。金三指说，晓得，拜佛，一定要拜到头破血流。阿娇说，错了，非但没拜佛，还一眼也没看我，还跷起二郎腿，抽烟，哼，死猪没惊开水烫的。金先您讲，我会被气死吧。金三指说，怎是这样。阿娇说，他的心里住着一个魔鬼，被鬼迷了心窍了。金先您开一服药，把他心里的魔鬼驱赶走。金三指说，然后。阿娇说，叫他给我道歉，承认错误。金三指说，然后。阿娇说，然后就离婚。金三指说，你还是要那一堆碎麻。阿娇说，没管甚麻，先叫他给我认错，不然我心里的那口气永远也没法消。金三指说，好吧，你把他带来吧。阿娇说，他都不接我的电话。金三指说，把他的电话给我。

## 里

一有时间，阿根就载着阿娇到城西看房。通往城西的公路宽且直，路上没有多少车辆，两边风景还不错。一路上，可以唱歌，可以讲笑话。阿根把车只开到四十码，匀出一些精力来享受这甜蜜时光。有时阿根故意讲一两个有色的段子，把阿娇笑得花枝乱颤。阿娇笑后，总会骂一声流氓，阿根的肚子里顿时像喝了两大口蜜似的。阿娇说，你的工作真叫人羡慕。阿根说，甚。阿娇说，可以一边工作，一边谈恋爱，公私兼顾。阿根说，经常是这山看那山高的，你是体制内的，多少人羡慕。阿娇说，羡慕个鬼，一天到晚都是数字，一个个硬邦邦的，死板板的，没趣味，烦死了。阿根说，晚上我请客吧，吃甚，你点。阿娇说，没胃口。这两天阿姑膝盖又疼了，天天爬六楼，一天四五趟。你倒是赶紧给阿姑找一套有电梯的吧。阿根说，我也想明天就能找到呀。没事，在找到之前，我天天背阿姑上下楼，可以吧。阿娇说，呸，你把阿姑当老太婆了，叫你背着多少难看吧。有这份心，不如多动动头壳去找房。阿根说，放心，我五加二白加黑。

应该讲阿根的运气还是好的。在他心急为阿姑找房的时候，有人就送来一套。那人脖子上打着一条领带，上门来了。这个时节，全城罕见有打领带的。坐下一讲，一泡茶还没喝完，阿根就感到这事八九不离十，阿姑的房子问题可以解决了。约好了时间，阿根就带着阿娇和阿姑到城西领带家看房子。一进门，双方见面，阿娇就大叫起来，说，哎呀，领带大哥，原来是你。领带说，是呀，真是巧了，世界真小。阿娇，是你要房子吧，要结婚吧。阿娇说，哪里要结婚，是阿姑要的。阿姑说，原来你们认识，太好了，这话就好讲了。领带说，好讲，好讲，我与阿娇是同事。众人坐定，吃了一会儿茶，领带带阿姑在屋子里走走，阿根跟着。阿姑推开一扇大窗，但见视野开阔，阳光明亮，不禁连声称赞。阿根偷偷扯了扯阿姑的后衣摆。当着对方的面，讲对方的好话，这是做买卖的大忌。俗话讲，有嫌才有买，要买东西，得先把东西嫌弃一番，等下才好压价。阿姑哪里晓得这个道道。阿姑说，只可惜我的房子没有电梯，叫你们辛苦了。领带老婆说，没事没事，正好锻炼身体。整天坐在办公室里，肚子都坐大了。

事情办得出乎意料的顺利。阿根与领带加了微信，两人以后成了朋友。

阿根推开饭盒，抽一张纸巾擦了嘴，拿烟要点火。麻秆说，全世界多少人吃不饱穿不暖晓得吧，你一盒饭只吃一半。阿根吸一口烟说，麻秆现在高大上了，胸怀祖国放眼世界的。你要管全世界吧。麻秆说，玩笑归玩笑，可是一盒饭你给我剩半盒，浪费吧。阿根说，哪里有胃口。我不像你要管全世界，我自己都顾不了。麻秆扭头对坐在电脑边的警察说，小张，你去休息吧，这里我看着，有事叫你。小张警察起身说，好吧，我去宿舍趄一会儿。

值班室比较简陋，一张桌子上放一台电脑一部电话，两条长沙发中间有一方矮茶几，可以烧水泡茶。阿根说，烟灰缸在哪里。麻秆说，没有。以为是你办公室吧。阿根说，警察都不食人间烟火吧，连个烟灰缸也没有。麻秆抽出一张纸巾，弄湿了摊开，放在阿根面前，说，将就吧。我们口袋里只有那几个死工资，哪像你们当老板的，可以五毒俱全。阿根说，我也算老板吧。当个破老板，惹出多少麻烦，值得吧。

阿姑的房子换成以后没多久，阿根就与阿娇结婚了。阿根的父母对这桩婚事自然十分满意。阿娇人长得美不讲，又是独生女，父母都是干部，家底殷实，这样的家庭在这个小县城里不敢讲数一数二，可是也属于一流行列。阿根娶了阿娇，等于是把一座富矿搬到自己的家里来。阿根老妈到市场买菜回来，在小区里遇到一群老太。老太们凑过来道喜，说，你家阿根本事呀，抱一只金鸡母回家了。闽南话，金鸡母就是金子做的母鸡。阿根老妈听了，把一张脸笑成一朵细瓣的菊花。又有老太说，苦干不如巧干，我三个儿子只晓得出苦力，加起来不如阿根一个。阿根老妈脸上的菊花渐渐凝固，呵呵两声，急走几步回家。这种话听多了，阿根老妈心里多少有了别扭。这话自然没有传到两个年轻人耳朵里，他们还是过着自己的生活，两人继续如胶似漆，阿根该拜佛也还是继续拜佛。一开始，阿根老妈见了，只是笑，说，现在的年轻人真是不懂了，娶个媳妇来只是当佛公拜的。后来看得多了，心里渐渐有了滋味，背地里对阿根说，都讲男人的膝盖骨硬，你的膝盖是面团做的吧，怎么三天一小跪，五天一大拜的，让人看见笑死吧。阿根说，阿娇生在那样的家庭，自小娇生惯养，嫁到我们这样的穷人家里来，我怕她住不惯，故意哄她高兴的。阿根老妈说，有这样哄的吧。阿根说，阿母，您落伍了，这是游戏，您以为是真的拜呀。阿根老妈说，游戏游戏，游戏过头了，以后有你苦吃的。

阿娇怀孕了，阿根拜佛就更勤了，甚事都没让阿娇做，连阿娇穿的衣裤都是他亲自洗的。阿娇下班回家，阿根一手接过她的包，一手挽着她到沙发上坐下，给她开电视，给她选好台，调好音量，一转身到厨房端来一碗肉汤。阿娇边喝汤边看电视。待她汤喝得差不多了，阿根又端来一碗饭一碗菜。菜是阿根调配好的，有鱼有肉有蛋有蔬菜，分量比例严格执行书上的规定。阿根再到厨房盛饭时，老妈的食指点到阿根的额头上，小声说，你儿子以后要当皇帝吧。阿根笑笑说，您怎知是男的。阿根老妈无话。

天气渐渐转冷，阿娇的肚子也渐渐大起来，阿根的服务就更加讲究质量，更加到位。吃了晚饭，阿娇半躺在沙发上看电视，阿根端来一盆热水，叫阿娇泡脚。这是阿根不知从哪本书上看到的，讲是晚上泡脚可以促进血液循环，有利于胎儿的生长发育。阿娇肚子大了以后，各种运动减少，身体的代谢机能会下降，内分泌就有可能出现问题。泡脚让血液流动加快，多少抵消孕妇少动所带来的健康风险。阿娇讲脚酸，阿根就跪在她身边给她捏脚。阿根说，你的小腿好像肿了些。阿娇说，你才晓得呀。坐在一旁的阿根老妈看了一眼说，我那时肿得更厉害，你老爸死人一个，都没给我捏过一次脚。现在的人享福了。阿娇看了阿根一眼，把脚从脸盆里拔出来。阿根连忙拿一条旧毛巾给阿娇擦去脚板上的水，又弯腰捧起脸盆，咚咚咚地小跑到洗手间去。阿根老妈说，阿根，小心了，莫将腰闪了。你身子单薄，腿细腰软的。阿娇听出话里的滋味，顺手拿起遥控器，把电视的音量调得大大的。阿根老妈坐不住了，起身出门。门很响地砰了一声。阿娇说，你老妈生气了，讲话含沙射影。阿根说，人老了，又没文化，讲话就别扭，你计较甚。阿娇说，隔壁三婶婆也老也没文化，人家整天笑嘻嘻的，哪里像她一张脸是模子做的，一天到晚硬邦邦。阿根说，老妈这两天肯定是打牌输了，心情正糟糕，过两天就好了。你千万莫生气，你一生气就是两个人生气，晓得吧。阿娇翘起嘴说，又不是我自己要生气的。阿根连忙一阵好哄，哄到阿娇的嘴角放下来才放心。阿根借口要抽烟，衔一根烟出门去找老妈。他晓得老妈肯定又坐在小区里那棵老榕树下的长条石凳上。天冷了，石凳很凉吧。唉。

　　到了春天，阿娇生了，正如老妈所讲的，是儿子。阿根比中了大奖还高兴，可也忙得一塌糊涂，就是那句话，忙并快乐着。从产房接回家的那天起，阿根就严格按照书上的规定，多久喂一次奶，多久换一次尿布。头几天，母乳不足，要辅以奶粉。阿根定好了量，泡了奶粉，倒转奶瓶，滴一滴在手背上，感觉温度适宜，才抱起儿子喂奶。晚上孩子哭了，阿根一个激灵翻身起床，眼睛尚未完全睁开，一边口中呜呜有声，一边伸手摸到儿子尿布，检查尿布干湿。阿娇也要起床，阿根阻止了，说，你累，免了。我先应付，实在不行，你再来。隔壁老妈也亮了灯，说，是饿了吧。阿根说，按定量喂的，怎会饿。那边老妈说，人又不是机器，可以靠定量解决。那时候你晚上哭了，只有乳头都能堵住你的嘴。阿娇听了，起身解衣。果然，孩子吸两口，哭声渐消。阿根说，还是老妈厉害。阿娇翘起嘴，无话。

　　孩子的出生给家里带来了喜气，只是阿根老妈与阿娇的关系并无多少改善，热战没有，冷战难免，以瞪眼对冷脸。好在有阿根在中间撑着，起到润滑剂的作用，做到一面抹壁双面都光。

孩子一岁一岁长大，要读幼儿园。阿根带去报名，花了好几千。晚上，孩子睡下，阿娇侧身陪睡。阿根说，以后，孩子要读各种培训班补习班，要花很多钱。阿娇说，该花就花吧，都讲不能让孩子输在起跑线上的。阿根说，所以，我有个想法，要与你商量。阿娇说，甚。阿根说，我要辞职，自己创业。阿娇说，你有把握吧。你现在好歹有个工作，收入还可以的。阿根说，把握有六七成，另外三成靠运气。阿娇说，六七成哪里来的，讲讲吧。阿根说，我在公司干了很多年，业绩一直领先，靠甚，一是经验二是人脉。经验和人脉都在我头壳里，我走到哪里就带到哪里，趁着年轻，可以干一回。歌里有唱到的，三分天注定，七分靠打拼，对吧。阿娇说，你都想干了，还商量甚。阿根说，要经领导批准呀。阿娇翘起嘴说，哼，你就会讲好听话。阿根连忙跪下，双掌合十，说，没单单讲的，还会做的。阿娇扑哧一声笑了，说，又来这一套。阿根起身说，刚好，领带大哥在水巷有房子要出租，楼上楼下共两层，前天刚来找过我。我去看过了，挺合适的，稍加布置就能用。阿娇说，明天带我去看看。阿根说，当然的当然的。现在水巷开了一些店铺，热闹了。

别看阿根这几年风光，可出手也大方。他的那帮手下，晚上无聊时要聚餐，或是刚好哪个生日要开派对，或是哪个谈恋爱取得突破性进展要庆祝一下，总要叫上他。他到场了，别人就不能买单，他总是把那句话挂在嘴边，讲，不把村长当干部是吧，我在这里有你们买单的份吧。谁去买单就是没把我当哥看。逢年过节，要给阿娇爸妈送一份拿得出手的礼，要让两位老人皮笑肉也笑，没敢让人看寒酸的。每次阿娇与阿根老妈冷战过后，阿根总要抽空给老妈买一条厚围巾，或者一双鞋子，或者一件上衣，至少也是一两包老妈爱吃的糕点。所以，阿根身边并无多少积蓄，付了领带一年的房租后，已所剩无几。阿娇是通情达理的，从娘家拿来一本存折，扔给阿根。阿根笑得两个嘴角都裂到耳根边。

阿根重新招了一批年轻人，准备轰轰烈烈地大干一场。他原来的那帮手下，一齐表示要跳槽过来跟他干，但都被阿根劝回。阿根说，你们全都过来，公司的墙就会塌一半。老板不骂我，业内的人也会把我骂个半死。这几年老板待我不薄，我可以挖老板的墙脚吧。兄弟们这份情，我永远记住。这样吧，一年半载后，我那边运转正常了，你们要来的，可以一个一个来，勿要一起来。众兄弟唏嘘。

阿根自己当老板时，才晓得当老板有多难。以前在别人的公司里，他只要做好自己的业务就行了，天塌下来有老板顶着。现在不同了。首先一条，培训员工。员工都是新招进来的，没有相关的业务知识，更没有工作经验，犹如刚入伍的新兵，如何能上战场。要培训，要手把手地教。要是原来手下的那帮兄弟一齐跳槽过来，他就可以省下大量的精力，可是阿根不是那样的人。次一条，所有的业务都要阿根一人去开拓，他目前没有帮手。新招来的员工，就是给他拎包，他都嫌手生。那天他带一个员工去谈业务，主客双方都还站着客套，那员工却已在一旁先坐下了。不懂礼仪，没大没小。公司是要为顾客服务的，顾客就是上帝，哪里有上帝还站着，你自己就先坐下的道理。还有一条，最最重要的，就是与有关部门搞好关系。搞这一行的，与房管，银行，税务等等关系密切，这些部门也是阿根的上帝，阿根的日常业务经常要用到。关系怎么搞，吃饭喝酒是基础项目，吃喝最容易培养感情。现在的人都精得很，你遇到事情要请他们吃饭，他们都会讲好听话，说你这点小事哪里要吃饭，明天到办公室来，只要手续齐全，符合政策，绝对给你办。堂而皇之吧，手续齐全又符合政策，还用得着找关系吧。所以感情的培养要在平时，就像种庄稼，先得施好肥，到了时候，才会有好的收成。阿根不得不匀出一大部分的精力来应对这事。

有次阿根外出办事，提前回来，一进门看到，整个办公室的员工都在低头玩手机。他们一看到阿根，慌忙一只手藏手机，一只手抓桌上的电脑鼠标，嘀嗒嘀嗒声顿时乱成一片。有人没小心碰倒了水杯，半个桌面都淹了水。那人红着脸用自己的袖口去擦桌子。阿根一团火在胸中烧起来，直往上冲，到了喉头，才硬生生地压住了。他顿了一顿，没事一般地走到自己的桌边坐下。有人给他端来一杯水，他喝一口说声谢谢。他清楚，这个新组合的团队，没有工作经验，公司也没有形成自己的企业文化，员工的自律能力较差，就像一辆新车，要有个磨合期，上路还不能开得太快。磨合是需要时间的，急不得，欲速则不达。他每天都第一个到公司，最后一个离开，还经常到公司加班加点，搞策划，做方案，理思路，寻找突破口。

麻秆起身，推开窗子，一股冷风吹进来。麻秆说，还好没有消防队的路过，不然会以为派出所着火了。阿根说，甚。麻秆说，你抽了多少烟，一屋子的浓雾。你自己看看，桌上一大堆的烟头。阿根闭眼，摇头。麻秆说，记得以前的事吧，你要去读大学，多么风光呀，我羡慕得要死。阿根摇头，苦笑。麻秆说，那时，你选择建筑专业，讲以后要盖很多很多房子，我求你也顺便帮我盖一间。阿根说，唉，那时年少不经事，不晓得世事有多难，你提这个做甚。呀，你是笑话我吧。

麻秆说，笑话没笑话的，你看着办吧。虽然没有建房子，可是你帮人找房子。建房子与找房子，在我看来，其实也是一回事。可是你现在遇到一点事就大口喝酒闷头抽烟，要把自己灌醉，要叫头壳麻木，你是要回避现实吧。阿根说，你没晓得我是怎样过日子的吧。麻秆说，没晓得。我只晓得我没房子，结婚了还住在老婆的娘家，像个上门女婿。阿根说，我要离婚了。麻秆说，离个屁。鼻屎点大的事。你自己讲你办公司的钱是哪里来的。离婚。阿根说，又不是我要离的，她都上法院了。麻秆说，法院判了吧。阿根说，还没，还在调解期。麻秆说，没判就对了嘛。都冷静冷静，不一定要走到那一步的。阿根说，麻秆，我真的很累，要散就散吧，散了就解脱了。既要演生，也要演旦，天天这样，年年这样，累了，没心思演下去了。

桌上电话响，麻秆接了，边听边记。麻秆放下电话对阿根说，你自己泡茶吧，事情来了，我和小张出一趟警，回来咱继续聊。

阿根回家晚了，经常是在路灯亮得无精打采的时候，以前他总是踏着夕阳归的。阿根记不起从什么时候起，客厅里的电视就没人看了，有时连灯都没开。阿娇与孩子在房间里玩，老妈不见人影，家里冷冷清清的，孩子带着乳腔的讲话声十分清脆。阿根说，老妈去哪里了。阿娇说，你怎没问我吃了没有。阿根笑说，我问孩子吃了没有还差不多，你一个大活人的，都这个时候了，没吃饿极吧。阿娇说，你妈不是大活人吧，你怎就问了。阿根说，你又生气了吧。阿娇推孩子一把，说，找你爸玩去。阿娇甩给阿根一个后背，自己掏出手机按起来。阿根陪孩子玩，孩子讲要飞机，阿根就拿一张纸折了一架飞机，孩子高兴了，咯咯地笑，不时将飞机扔向阿娇，阿娇并不理睬。阿根就猜到，阿娇肯定又与老妈闹别扭了。以前两人打嘴战，像两块木板，要互相摩擦，阿根像一片软垫，在中间垫着，摩擦力大大下降，战火就没法烧大，规模都在可控的范围内。这段时间，阿根早出晚归，婆媳两人的嘴战不知不觉就升级了，就像一对啮合的齿轮，缺少了机油的润滑，难免发出叽叽卡卡的声响。其实都是小事，都是一两句话没讲究引起的。平时双方心里都有点小火星，火星喷到头壳，头壳就多了点温度，少了点理性，话到喉头就直冲出口，话里就有了点火药味。那晚阿娇端一碗饭喂孩子，孩子边吃边玩，嘴里含一口饭跑去玩布娃娃。阿娇说，快吃，不吃我就倒掉喂鸡。孩子说，喂鸡好呀，我省得吃。阿娇火了，说，敢这样讲，我拿衣架打手手。孩子说，这饭没好吃。阿娇说，没好吃也得吃，饭又不是我做的。孩子眼里噙着泪水，跑到他奶奶跟前说，奶奶，你煮的饭没好吃，害我要被妈妈打手手了。阿根老妈说，嫌我煮的饭难吃，那你自己煮去呀，你晓得煮饭吧。孩子说，不用煮饭，我们可以去吃麦当劳，可好吃了。阿根老妈说，去呀去呀，你以后天天去吃麦当劳，省得我煮饭。我这个免费的保姆也就当到头了。阿娇听了，转身把手里的那碗饭啪地倒进泔水桶里，一把拉过孩子的手，说，走，我们现在就去吃麦当劳。当晚，两人自然都找阿根说事，阿根又得施展他那手泥水工的绝活，一面抹墙双面光。又有一次，阿娇感冒了，浑身酸痛，口干舌燥，躺在床上没吃饭。孩子见了，跑去跟他奶奶讲。阿根老妈说，谁没个头疼脑热的，躺一下就好了，又不是癌症，死不了。我年轻时，发着高烧都还能干活。床上的阿娇听了，喉头一紧，两滴眼泪滑出眼眶，抓起手机打给阿根，说，快给我回来。阿根说，甚，我正在做一个方案，只欠一个尾巴了，快了。阿娇说，你那个尾巴要用金子做吧，要做一个晚上。等你做好了，我也快了。阿根说，你快甚。阿娇说，我生了癌症，快要死了。讲完挂了电话，泪水就失去了控制。阿根慌了，扔下尾巴赶快回家。阿娇一见到阿根便号啕大哭，叫喊着要阿根马上带她到医院做全身检查，看看癌症到底长在哪里。阿根费了一番周折，才弄清事情的原委，自然免不了一阵好哄，又是端水，又是拿纸巾替阿娇擦眼泪鼻涕。折腾到深夜，阿娇的情绪才慢慢平息。阿根终于可以松一口气了，可是头壳里那个尾巴却又跳了出来，像一根搅屎棍，搅得阿根头壳里乱七八糟的，阿根感觉全身马上要散架似的。阿娇和孩子都睡着了，阿根累极了，却一点睡意也没有，只是觉得十分难受，可是哪里难受又讲不清的，他走到阳台，趴在栏杆上，大口大口地喘气，虽然睁着眼，却好像什么也没有看见，眼前只是灰蒙蒙的一片。

阿根病倒了，一颗心在胸膛里怦怦地跳，好像随时要从喉咙里跳出来，全身无力，不时冒虚汗，在床上躺了两天。这两天，婆媳俩倒是安静了，可是阿根的手机却响个没停，先是客户要那个方案，催得很急，超期要付违约金的。公司刚刚起步，创品牌树形象很重要，免讲违约金，就是一句差评，对公司今后的发展都会产生很大的负面影响。再一个是公司员工的电话。阿根不在公司，他们就群龙无首，遇到事情没晓得如何处理，这个打来问这个事，那个打来问那个事。阿根没办法，硬撑着起了床，打的到公司。

从此，阿根怕回家。下班后，不管有事没事，尽量待在公司里。以前，他精力充沛，对婆媳两人的嘴战能轻松周旋，圆满化解，游刃有余，但现在一想到这事他就头痛，就烦躁，继而心慌意乱，整个人要虚脱了的一样。他自己也感到奇怪，时间不长，变化很大，这是病吧。可是阿娇却不管你是病不是病，你一次两次回家晚了可以理解，天天都这么晚才回家，什么意思，不要我们母子俩了吧，没把我们母子当一回事了吧，或者，或者是外面有人了吧。这可是底线问题。阿娇就一次次往公司跑，要是阿根不在公司，她就马上打电话问。阿根告诉她在酒店陪领导喝酒，她就立刻打到那个酒店，现场核实。还好，阿根真的在酒店，更好的是，领导基本上都是男的。

可是，有一次，领导是女的。

麻秆和小张警察回来了，身后还跟着一男一女两个中年人。麻秆拉来两把椅子，请两人坐下。那男的一身酒气，眼睛看着天花板，屁股把椅子压得吱吱乱叫。那女的眼眶红红的，将椅子小心挪到麻秆身边才坐下来。

麻秆说，谁先讲。

男的说，男左女右，当然是我先讲。他伸手在口袋里掏了一阵，说，烟忘在桌上了。警察哥，有烟吧。

阿根抖出两支烟，递一支给那男的。男的接过去，说，火。阿根又给了打火机。男的打火点烟，顺手将打火机放进自己的口袋。阿根说，我只有一个打火机哦。男的一愣，掏出打火机扔给阿根。

麻秆说，可以讲了吧。

男的吐出一口烟，说，所长在吧，叫他来。

麻秆说，所长不在，我们值班。你讲吧，不讲我请你老婆讲了。

男的手指着那女的，说，就为点破事，你打电话叫警察，好意思吧。

麻秆说，你打人了没有。

男的说，自己的老婆，就两巴掌，可以叫打人吧。

女的将脸侧转给麻秆看。阿根看到，那脸红红肿肿的。

小张警察说，呀呀，打人还有理了。自己的老婆就可以随便打吧。

男的说，嘴上都没毛，你晓得老婆是做甚的吧。告诉你，一切反动派都是纸老虎，你不打，它就不倒。

麻秆说，小张，你去办个手续，先带他到医院醒醒酒。顺便，也带他老婆去验个伤。

小张警察依言起身。

男的说，哎呀警察哥，醒酒就不用了吧，你问一句，我答一句，清清楚楚的，哪里有差错，醒个屁酒。你要带她去验伤，我同意，可我丑话讲在前面，费用她自己出，与我没有半毛钱关系哦。

麻秆说，验伤还要你同意，呸。我也丑话讲在前面，她如果有个脑震荡，或者哪里有个轻伤，我可以拘留你，信吧。

男的跳起来说，你要关我吧，凭甚。

麻秆说，法律。

男的站起来，歪着身子，大声说，哪条法律写的打两巴掌就要关人，拿来看看。我不但打了，还睡了的，怎么样。我自己的老婆你管得着吧。叫你们所长来。

麻秆说，你先去沙发那边清醒清醒，我不与你讲了。去。

男的颠两步，挪到长沙发边，一屁股跌坐下去。阿根靠边挪了挪，腾出大半个位置。

麻秆叹了一口气，对女的说，讲吧。

女的说，他从来都没顾家的，他的工资都拿去喝酒，不然就是打牌输光了。

麻秆说，呀，还赌博呀，讲讲，与谁赌，什么时候。

男的从沙发上跳起来，说，你敢乱讲，我打死你。等会警察要罚款，全部要你赔的。

麻秆扭头对男的说，乖乖坐着，不要叫我拿手铐。

阿根给男的一支烟，说，抽一口，歇一会儿。

女的提肩缩脖，看着麻秆。麻秆说，免惊，继续。那家里的开支都是你负责的吧。女的说，我在一家私人工厂打工，一个月挣两千多，哪里够整个家的开销。水费电费，房租物业费，柴米油盐，看病买药。麻秆说，噢，是够难的。有孩子吧，孩子做甚工作。女的说，有个女儿。我结婚晚，女儿才十七岁，读高中。麻秆说，还有一个女儿在读书。两千多哪里够用，怎么办。女的说，他爱喝酒，以前一天喝三顿，整天脸红脖子粗，上班时出了一次事故，叫工厂给开除了，后来去给人看大门。我日子过不下去，找到社区，向大妈很热心，三番五次跑到我家里，可是，他喝了酒，对向大妈大呼小叫，每次都喷了向大妈一脸唾沫星子，没大没小的。向大妈没计较，耐心做工作，后来跑到他厂里与他老板商量，才把他的工资扣一千五给我补贴家用。从那时起，他每回喝了酒总要生个事来打我。我只能跑，等他睡了才偷偷回家。

一阵鼾声打断了女的讲话。循声看去，那个男的闭目张嘴，斜靠在阿根身上睡着了，鼾声像正在爬坡的拖拉机，一声高过一声。阿根笑笑摇头。麻秆起身，与阿根联手，把男的放平在沙发上，又拿一条毛毯来，盖在他身上。

麻秆回到桌边，说，他睡着了，你大胆讲吧。女的擦一把泪说，讲出来让你笑死了。后来他讲每月一千五太多了，他个人用不了那么多，要与我 AA 制。我想，AA 制就 AA 制吧，总比没有好，就没敢再去麻烦向大妈。阿根说，猪狗不如。麻秆说，AA 制。女的说，就是水电费房租物业费一人出一半。女儿读书的费用，他出学费，我出吃穿。可是，他经常要欠费，让我三讨五催的。大年三十。女的哭出声来。麻秆抽纸巾给女的擦脸，说，莫哭莫哭，大年三十怎么了。女的说，那晚，我多做了几个菜，想让女儿好好吃一顿，补补身体。我那女儿，营养不良，面黄肌瘦，像根竹竿。我们正要动筷子，他突然回来了。麻秆说，我打断一下，他平时不是与你住在一起吧。女的说，住是住在一起，可那段时间他好久没回家。他裤后袋插着一瓶酒来了，一句好话没讲，坐下就吃，专挑好的，没管我们娘俩。我和女儿在一旁看他大口喝酒，大块吃肉。吃饱喝足了，就大耍酒疯，当女儿的面把我打一顿。末了，把桌上的剩菜打包拎走了，也没管女儿吃了没。阿根用力按灭了烟头，说，畜生。麻秆说，今晚打得重吧，你身上哪里难受吧。女的说，打惯了，皮肉粗糙了，没事。麻秆说，没事就好。我明天与社区和妇联沟通一下，尽快商量出一个方案。这样吧，今晚我把他留在这里睡，你放心回家吧，让小张开车送送你。女的说，路灯又亮，路又不远，我可以走回家。谢谢警察。女的起身，朝沙发看一眼，她老公鼾声依旧，肚子一起一伏，身上的毛毯滑落一截在地上。女的走过去，俯下身子，捏起地上的毛毯，重新盖好，又给麻秆和小张警察鞠了一躬，才转身出门。

阿根说，看到了吧，还给他盖被子的。我要是有这样的老婆，死了也值。麻秆说，你那老婆哪里差了，只是娇气一点，那种家庭出身的，难免。可是你看看，你当时那么穷，她还愿意嫁给你，这不是爱是甚。你办公司缺钱，她从娘家拿钱来给你，这不是信任是甚。可是你却。唉。你要反省反省的，不然就与这个躺着的差不多。阿根点一支烟说，我自己也讲不清的，那晚真是鬼使神差。

那晚阿娇推开酒店那个房间的门，看到阿根与几个人在喝酒，阿根特别对一个女人点头哈腰，极尽媚态，心中一团火轰的一声，一下子烧到头壳上来。原来你不只对我一人拜佛。阿娇正要发作，阿根眼尖，一眼就看到她，急忙走过来，拉着阿娇的手，说，过来过来，我给你介绍介绍，这是。这时的阿娇头壳里都让火塞满了，熊熊燃烧的烈火把双耳也堵住了，哪里能够听清阿根讲的是甚，只看见他嘴唇在动，脸上堆满讨好人的笑，这种笑刚刚对另一个女人使用过的，阿娇就感到恶心万分。这团火不但堵住她的耳朵，也堵住她的嘴，使她讲不出话来。火只有一个去处，就是手。众人只听见阿根脸上发出啪的一响，清脆明亮无杂音。人们一下子呆了，四周顿时静了下来，静得仿佛能够听见那声啪在屋子里四处回响。不知过了多久，那女领导站起来，笑说，都讲阿根待人热情，看来一点没假的，你看，把老婆也请来助兴，给大家表演了一出哑剧，精彩精彩。好了，大家酒也喝了，节目也看了，该散场了。女领导讲完，抽身出门。大家嘴里呵呵两声，相继离去。房间里只剩下阿娇和阿根两人。阿娇这时才感到手掌麻麻痛痛的，那团火瞬间消失得无影无踪，心里反倒生出一丝凉意。阿根说，你把我的生意全搅没了，就独自走了，把阿娇一人留在房里。

从酒店出来，阿根没回家，去了公司办公室。此时的水巷静悄悄的，偶尔有一两声男人骂老婆的话从陈旧的木板缝隙里飘散出来，虚虚缈缈的。阿根掏出钥匙开了门，一脚踏进去，灯也没开，用小腿肚子寻到沙发，整个人就丢了下去。阿根心情糟到极点。私人公司，老板的形象很重要，直接关系到公司生意的好坏。形象是甚，硬件是名车和名牌服装，软件是信誉和口碑。口碑容易吧，毁掉容易重树难。阿根的公司刚刚有了起色，他个人的形象在业界也初具雏形，业内人士都夸他是后起之秀。可是阿娇那一巴掌把这一切都打得支离破碎。一个物件打碎了怎么办，应该补吧，可是补过的东西可以完好如初吧。乱了，阿根头壳里全乱了。手伸进柜子里，摸到一个瓶子，拔出来一

看，是酒。阿根咬开瓶盖，一仰头，咕咚咕咚几口下去。本来阿根今
晚酒喝得并不多，请人喝酒重在一个请字，要让对方喝得尽兴，喝得
称心如意，要处处维护对方的酒兴，拿捏好分寸，这需要技巧。而要
运用这种技巧，前提是自己不能喝麻了。有时甚至要在自己没有喝麻
的时候装成麻了，前言不搭后语了，对方见了就放心，心里话就敢讲
出来。这是酒文化，讲深也深，讲浅也浅。

好像有人在唱歌。阿根又灌了两口，歌声听得隐隐约约。这瓶酒
不会是过期了的吧，怎么淡得像水。抽出一支烟点上，好像有人在敲
阿根的头壳，伸手横抓，空无一物。猛吸两口烟，凝神一听，呀哈，
是楼上的高跟鞋。楼上的高跟鞋来了一个多月吧，那天是领带带她来
的。阿根只租了楼下的店面，楼上适宜作卧室。领带笑说，阿根，我
给你带一个美女邻居来，按理你应该给我加点店租。阿根说，加店租
可以，只要理由充分。领带说，夏天公交车里开空调，票价要涨一点
对吧。你有美女做邻居，是我给你美化了环境，改善了你的办公条件，
这个理由充分吧。阿根说，这个理由绝对充分，应该加。领带笑笑，
朝阿根伸平了手掌。阿根说，我也可以向你收一笔名牌效应费的。领
带缩回手，说，甚。阿根说，听讲过吧，某某少年曾在某房子里读过
书，成名后这房子的价值就像火箭飞上了天。我的公司早晚要成为全
国名企的，到那时自然会迁走，你可以在墙上挂一个牌子，写上某某
公司从这里起步。要租你房子的人，可以从街头排队到街尾。所以，
收你一点名牌效应费不过分吧。领带说，这么讲，扯平了吧。阿根说，
我晚上请你喝酒。

高跟鞋在娱乐城上班，昼伏夜出，阿根很难遇到一回。今晚奇怪，
高跟鞋回来早了。阿根只想一个人清静清静，可是楼上的高跟鞋响出

了花样，一下一下都敲在阿根的头壳上，震得阿根耳朵嗡嗡直响。倒霉时喝凉水也塞牙，全世界没有一处可以让阿根清静的。阿根一手拎着酒瓶，一手拧开边门，上了楼梯，对着那扇关着的门喊，美女，脚痒吧。门里静了一静，说，是哪位。阿根说，楼下的，你邻居。让我清静一下可以吧。门里说，原来是楼下的帅哥呀。世界这么精彩，大家都喜欢热闹的，怎么只你要清静。阿根生气说，无聊。门里说，嘻嘻，无聊可以进来跟我聊呀。阿根说，要是脚痒，你可以去街上跑两圈，莫老是在我头壳上敲。门里说，街上跑两圈，要把我累死吧。你自己怎不去，这时街上没人，可以清静的。阿根说，欠修理了。你敢开门吧，我进去就要把你的脚剁下来，看你还能敲。门里说，今晚警察来了，客人都吓跑了，我们几个姐妹都没事做了。好呀，你进来聊聊吧，我不收费的。门吱的一声开了，一阵香风扑面而来。阿根扔了酒瓶，甩甩头，眨眨眼，进屋一把将高跟鞋按坐在床上，抓起她一条腿，捋下脚上的鞋子，扔一边去。再抓另一条腿时，高跟鞋说，哎呀，轻点，你要杀人吧。阿根说，杀了就便宜你了。我要把你双脚都剁下来喂狗，叫你永远不能穿高跟鞋。高跟鞋说，巴不得哟，现在生意难做，我可以天天躺你床上，叫你给我端饭端水一辈子。这话阿根感觉耳熟。阿根不是经常给躺在床上的阿娇端饭端水吧。再一看，这女人似笑非笑，两嘴角微微上翘，一脸很享受的样子，这分明就是阿娇吧。阿根骂了一声，扑了过去。高跟鞋侧身躲开，咯咯地笑。阿根再扑，高跟鞋再躲，两人在床上玩相扑。楼板嘎吱嘎吱地响，地板上多了一件衣物，又多了一件衣物。

　　再讲阿娇回到家里，气已全消。孩子与阿根老妈已经睡下。阿娇等了一阵，没有等到阿根，心里空落落的。那一巴掌打得实在意外，阿娇也没想到会是这样。她原本是想讲几句漂亮一点的讽刺话给那女人，问她怎没与自己的老公喝酒，要用别人的老公，可是阿根刚好嬉皮笑脸凑上来，那这一巴掌自然就给了阿根。要是当时那女人走过来，那这一巴掌肯定属于女人那张胖脸了。想到这，阿娇自己笑了一下。

阿娇来到阿根公司门前，见门大开着，钥匙还插在锁孔里，屋里暗暗的，进门一看，没看到阿根的人影，只听见头上楼板有节奏地响，夹杂着女人的呻吟声。阿娇心底一惊，摸索着出了边门上了楼梯。响声越来越近。还未登上二楼，斜眼可见半截开着的门里灯亮着，床沿边四只脚板凑在一起做运动，阿娇的心就沉到脚底，血却全部冲到头壳上，让她晕晕的看不清东西。阿娇没清楚自己是怎么走进屋子里的，也没清楚自己到底在床前站了多久，是阿根身体下的那个女人忽然看到阿娇，尖叫了一声，阿娇才回过神来，掏出手机，拍了几张照片。

阿娇头壳里有个剧本，接下去的剧情应该这样演，就是阿根回过头来看到阿娇，吓得魂不附体，哪里还顾得穿衣服，立马翻身下床，扑通一声跪在她脚下，头如捣蒜地拜起佛来。到那时，阿娇会来个华丽的转身，迈着方步，头也不回，把阿根像牵狗一样带回家。然而，阿根显然拿错了剧本，他看都没看阿娇一眼，慢慢地穿衣，还拉了拉衣角，理了理头发，站起来坐到一边的沙发上，跷起二郎腿，还拿出烟点上了。阿娇再次懵了。这还是阿根吧，这还是那个三天一小跪五天一大拜的阿根吧。


阿根说，是酒。那晚喝麻了。麻秆说，酒，可以怪酒吧。检讨没有触及灵魂。阿根说，那晚头壳就够乱的，到公司后又喝了几口，刚好楼上的高跟鞋敲得我六神无主，我就上去了。让阿娇看见后，我感觉一切都完了，反而心里平静了。麻秆说，都讲酒不醉人人自醉的，早就晓得酒会乱了人性，你还是要喝。你不喝，酒能醉你吧。阿根说，这段时间没有胃口，没爱吃饭，只是想酒。麻秆说，这可能是病吧，看过医生没。阿根摇头。麻秆看了一下时间，说，这个刚好，我带你去看金三指吧。阿根摇头说，算了算了，哪里有心思。麻秆说，是病就要治。别忘了，我还指望你给我盖座房子哟。

麻秆打完电话，把小张警察叫过来，指着沙发上那个男的，交代了一番，就把阿根拉到院子里，上了车。

到了大牡丹药店，迎面碰上正要回家的金三指。麻秆说，金先，加个班可以吧。三人一起走进诊室。

金三指摸完脉说，这是里证。

# 表里出入

阿根说，金先讲术语吧。麻秆说，是呀，里证是甚，要紧吧。金三指笑说，要上课吧。叫我讲，学点中医，对警察有好处。麻秆说，对对对，上次就是您帮我找到臭头定的。上课上课。金三指说，还有，各行各业，与中医都有关系，就是讲，其原理是一致的。麻秆说，金先先讲里证吧，扯长了影响您休息。金三指说，你怕请我吃夜宵吧。

阿根说，夜宵小事，我请定了。先号一个房间。阿根要打电话，麻秆说，免免，对面就是小雪饭店。金先，夜宵解决了，讲里证吧。金三指说，原来麻秆不能开玩笑的，我随便一讲你就当真。里证是相对表证而言的。表证是甚，是邪气入侵人体引起的，比如感冒初期，咳嗽流涕，病位在皮毛肌腠，病轻易治。若是邪气由表入里，伤到脏腑，比如六淫七情等致病因素，把脏腑，血脉或骨髓伤了，这就叫里证。简单讲，里证的病位在里。麻秆说，是相当是讲，阿根的病麻烦了吧。金三指看着阿根说，你叫阿根吧，原本要打你电话。阿根点头。麻秆说，金先认识吧。金三指说，半表半里，噢，错了，是认识了一半，只闻其名，不识庐山真面目。三人笑笑。

金三指说，肚子胀，没想吃饭，有吧。阿根点头。金三指说，唉声叹气，烦躁不安，闷闷不乐，心里藏事，对吧。阿根说，请金先指点。金三指说，我又不是算命先生，哪里能指点。我只讲病。麻秆说，病要紧吧。金三指说，要紧。肝气郁结，气郁困脾，脾气就不升。脾气要上升，脾主运化，你脾气虚弱，没法上升，肯定就没有胃口，吃不下饭。人是铁饭是钢，脾胃是气血化生之源，没有吃饭，气血自然就不足，反过来又影响肝气的条达，造成恶性循环。麻秆说，呀呀，这就叫病入膏肓吧。金三指说，上纲上线。还没那么严重。当然，若是不及时调理，早晚就会到了那一步的，那就会很难办的。麻秆说，那还等甚，赶紧办吧。金三指说，要先答应我一个条件。阿根说，甚。金三指说，先把酒戒了。阿根说，有难度，争取吧。金三指说，那就尽量少喝。还有一个，要把心结解开。阿根低头说，唉。金三指说，你这个病，是长期的不良情绪造成肝气不舒，所以讲，心结是病的源头。源头问题一定要解决，如果单靠吃药，那是事倍功半。麻秆说，心结要完全解开没那么容易的，一边吃药一边解心结，可以吧。金三指说，麻秆讲对了，应该双管齐下，两条腿走路。麻秆说，那就走吧，金先负责一条腿，我来帮助另一条腿。对了，金先，两条腿走路，病可以由里走到表吧。金三指说，可以呀，中医有个词，叫表里出入，就是讲病在表的可以入里，病在里的也可以出表。因为人体的脏腑经络，表里是相通的。当邪气压倒正气时，病就由表入里，当正气压倒邪气时，病可以由里出表。

金三指开了药方，三人出了诊室。麻秆手拿药方，急跑两步，给了店里正在打哈欠的小妹。

天冷，路灯依旧很亮，街上没几个人，大都双手插裤袋里，低头快走。

抬头可见小雪饭店，店里已无客人，小雪在一团水雾里收拾锅台。阿根说，就是这里吧，过于简单吧。麻秆说，简单才是美的。走。麻秆拉着金三指的手进店，说，婶子，没敢打烊的。小雪从水雾里探出头来，说，原来是麻秆，好久没见了，又是案子忙的吧。快坐快坐。要吃饱还是要点心，肚子饿吧。

三人坐定，麻秆讲了几句刚才出警的事，药店小妹送来三包药。金三指招呼小妹坐下一起吃，小妹讲家里还有事，先走了。金三指对阿根说，这三帖药先吃看看，三天后再来找我。麻秆说，不能一次就搞定吧，还要再来。金三指笑说，麻秆就是极左极右，刚才还讲病入膏肓，这时又要我一次搞定。麻秆笑说，哎呀，没好意思的，为同学求医心切吧。金三指说，其实也没奇怪的，多少病人都想吃一次药病就好了。前些天晚上，一位美女来看病，讲她全身痒极，晚上没法睡，恨不得拿针来刺。最难受的是夜里，上床不盖被子吧冷极，一盖被子坏了，身上似有无数蚂蚁在游行，那是透心的痒。她当时讲死的心都有了。我看着也觉得可怜的，那么美的一个姑娘。麻秆说，没好意思，打断一下，那个姑娘怎个美法。金三指说，三十左右吧。我是读医的，又不是画家，可以画给你看，哪里能讲清怎个美法。麻秆说，有特征无。金三指说，哈哈，一定要讲特征，那就是我今生所见过的女子，没有一个能与她媲美的。噢，对了，她讲话时会常常翘起嘴角。怎么，有案子关联吧。麻秆说，没有没有，遇到美女就爱多问几句，人之常情嘛。金三指说，也是。人家姑娘规规矩矩的，不像有案子的人。阿根说，没有案子就罢了，金先上课，麻秆不要一直插话。金先，那个姑娘怎样了。金三指正要说话，那边小雪先说了，来了来了。三人扭头，看到小雪端一个盘子拾步走来，盘子上三个碗都飘出热气。小雪在三人面前各放一个碗，碗沿倒扣着一把汤匙。原来是汤圆。金三指说，天冷，这丸子要趁热。要五香粉吧，要辣子酱吧。小雪说，肚子饿吧，我煮面条吧。麻秆说，免了免了，喝汤吃丸子讲话，正好。阿根说，金先，那姑娘。金三指说，哎呀，见到吃的就忘了那姑娘了。那姑娘当时精神都快崩溃了，你想想，一个人夜夜不能睡，她能撑多久。真是可怜的。咦，别停手呀，丸子凉了就变硬了。阿根一手按住金三指的碗说，您可以先消她的痒吧。金三指放下手中的汤匙，说，阿根厉害的，要是学中医，将来肯定比我更出色。阿根说，甚。金三指说，你的思路与我一样，先止痒。阿根说，止了没。金三指说，她吃了我的药后讲，痒是止住了。阿根放开碗边的手说，后来怎样了。金三指说，后来就与麻秆一样了。昨天她来问我，讲金先，人人都讲你是神医，我吃了你的药，身上是没痒了，可是还是睡不着。你看你看，病要一步一步治，哪能一下子就全好了的。俗话讲，病来如山倒，病去如抽丝嘛。当时我与姑娘讲，换个方子，再吃几天，睡觉应该没有问题。阿根说，今天的丸子太好吃了。麻秆抬头对小雪说，婶子，丸子还有吧，打一包叫阿根带回家去。小雪说，好咧。又自言自语道，丸子要两个人一起吃才有味道。

　　两天后的一个晚上，麻秆没上夜班，跑到大牡丹药店，看到候诊的病人把两排长椅都坐满了，几个老太在诊室门外维持秩序，帮人取号验号，俨然是门卫保安，心想自己也帮不上忙，便转身去了小雪饭店。饭店顾客零散。小胖在擦桌子，看到麻秆，说，开车来还是走路。麻秆说，走路。小胖走过来，捏一把麻秆的手臂，说，怎没穿毛衣。麻秆说，走路的，一下子身体就热了。小胖说，坐久了冷了怎么办。孩子似的。麻秆摸头笑笑，走入后厨。小雪在后厨配菜，抬眼说，你那个朋友怎样了，心情好点没，金先与我讲过的。麻秆说，吃了金先的药，好多了，酒没喝，饭可以吃了。小雪说，那个盘子帮我拿过来，放这里。麻秆依言。小雪边干边说，现在的年轻人，真是没晓得怎想的，动不动就要离婚。我们那辈人，几十年也没见过一个离婚的。麻秆说现在社会，突然打住了。是现在社会发展了，还是讲现在社会观念不同了，好像都不妥，顿时没话。小雪说，老早经济差，结个婚没容易，现在经济好了，结婚免担心钱的事了，这样就没晓得珍惜了，像小孩子过家家，讲散就散了。麻秆说，钱应该不是主要的，只是原因之一吧。小雪说，没管之一之二的，珍惜才是最重要的。我们那时，谈个恋爱，马路上没敢并排走，要一前一后离得远，没输搞地下。现在你看大街上，男男女女，牵手抱肩的，稀罕吧。我们那时，嘴上都没轻易讲爱的，只是把对方放在自己心里。虽然也有凑合的，感情不一定有多深，可是晓得互相体量，一辈子也就凑合过来了。现在的年轻人，爱都是挂在嘴上的，动不动就讲爱你吻你，好像是爱得死去活来，可是只要吵一次架，或者是一个看法没相同，坏了，要离婚。叫我看，他们是把自己的错误都怪在婚姻上，以为这些错误是婚姻带来的。其实，如果自己的错误没认清，就是再结一次婚，没多久还是要离的。你讲是吧。麻秆一拍大腿，说，深刻深刻，后悔没带阿根来上课。小雪直起腰，空拳捶背，笑出声来，说，我一个做点心的，能深刻到哪里去，讲的都是实话。这时，小胖急急进来，手臂挂一件毛衣，说，快把外衣脱了。麻秆笑笑解扣。小雪说，啧啧，疼人都疼到心里去了。小胖急了，把毛衣扔给麻秆，说，自己穿。

麻秆听到金三指在店门口问小胖说，麻秆在里面吧。小胖说，金先真伟大，千里眼还是顺风耳，早就晓得麻秆在里面。金三指笑说，你与那些病人一样，都讲我能掐会算。我与麻秆约好的。麻秆当即走到前店，说，金先辛苦了，上完日班上夜班。金三指哈哈。两人坐定，金三指说，我看有戏。麻秆说，好呀，金先讲讲。金三指说，前天晚上的情况，你应该也看出一些的，不然你这个警察就不及格。麻秆说，对阿根我心里有底，同学多年，他自小穷苦出身，本质是好的。只是，被阿娇撞破了事后，他那种破罐子破摔的态度，我又没想通。因为既然是破摔，就没了重归于好的念头了吧。金三指说，等下再讲破摔，先讲前天晚上。我故意将阿娇的病情夸大，你故意插话，你看他在一旁就急。心里没有阿娇，他急甚。待我讲了阿娇止痒了，他才放心，讲丸子好吃。你注意到没，他的眼睛。他一开始来到诊室的时候，眼神是迷茫的，我看出他心里多少痛苦。在聊阿娇病情的时候，我故意讲讲停停，他眼睛睁大了许多，可以看出他眼睛里伸出一双手，硬要把我的嘴掰开。他听到阿娇止住了痒的时候，眼皮就软了下去，两个眼角拉长了一些，眼神也随之柔和起来。都讲眼睛是心灵的窗户，一点没假的。麻秆说，佩服佩服，金先观察力一流的。常常听金先讲课，破案肯定有好处。金三指说，中医看病，望闻问切，望排在第一位。一个病人坐在你面前，你看一眼心里就明白了几分，是表证是里证就有了初步的判断。再问几句，摸一下脉，是虚证是实证，基本清楚。望嘛，是长期工作养成的习惯，无他。至于你讲的阿根事发后的破摔行为，从医学上看，类似于急性应激障碍。算了，这样讲吧。小雪，小雪。小雪跑过来，说，甚。金三指说，你扎头发的橡皮筋扯下来给我。小雪边解边说，你看病要用我的橡皮筋吧，好笑。金三指接过橡皮筋，对麻秆说，一拉就长，一放就短，对吧。你拉多长，它往回缩的力就有多大，对吧。可是，你拉得过长了，它就断了，对吧。它一旦断了，回缩的力就完全没有了，对吧。麻秆说，清楚了，阿根的破摔，是他认为事情已经发展到他没法控制的地步，相当是讲已经超出了他心理的承受能力，头壳一时麻木，没晓得怎样处理，就产生了放任的态度，对吧。金三指哈哈大笑，麻秆和小胖也笑。

　　金三指说，阿根的破摔是一过性的，也就是讲，是暂时性的，他过后一定会后悔，他一定没想要离婚。麻秆说，离婚是阿娇提出来的。阿娇最大的缺点，就是娇气，心高气傲，人如其名。这么娇气的一个人，看到自己的老公与别的女人上床，这口气能咽得下去吧，都告到法院了，叫她撤回来，难办吧。金三指说，她讲阿根不接她的电话，我让她把阿根的号码给我，她给了。你想想，如果她已经心灰意冷，怎会在乎阿根接不接电话，又怎会给我阿根的号码。可见她心里还有念想，她提离婚只是用快刀斩乱麻，驱赶长时间分居的痛苦。我感觉这事可以办，所以我当时才让你帮我查查阿根的情况，没想到阿根是

你同学，世界真小。小胖帮小雪扎头发。小雪说，能办最好，要想个
法子，办得更漂亮一些。金三指说，这事应该从阿娇入手，我来办。


　　星期天，院长办公室。茶几上，三杯茶冒着热气。院长坐在主位
泡茶，对面沙发上坐着金三指和领带。领带拿着一沓打印的表格，向
院长汇报关于开展中医培训的财务预算方案。弘扬中国传统文化，大
力发展中医，这个倡议这几年很火，具体落实到这个小县城，就是要
把金三指的医术传承下去。这是个系统工程，开展培训只是这个工程
的第一步，目的是让金三指发现人才，找到合适的学术传承人。培训
由金三指主抓。培训的规模和方式，参训人员，时间的长短以及培训
地点，所需器具等等，金三指已拟出方案，但兵马未动，粮草先行，
经费应该有保障。院长说，经费要多少，不敢信口开河的，要有项目，
有明细，院里要写成报告，送到卫生局。你晓得的，局长是医生出身，
内行。金三指哪里晓得财务上的事，院长说你请个专业的嘛，这事马
虎不得。金三指自然就想到领带。领带利用休息时间，花了半个月，
才把预算方案做出来。院长听了汇报很满意，说，行行出状元，金先
你看病厉害，可是一场培训要花多少银两你就没清楚了吧，更何况还
有那么多事要做，虽讲是预算，可是也要有依据，要靠谱。你看人家
就是专业的，每个项目清楚又明白，大大小小上百种，辛苦了，没容
易的，喝茶喝茶。
　　院长接了个电话后，指着报表的一栏说，我有事先出去一下，这
个方案我看基本可以，就是这两个项目需要再细化一下，你们就在这
里做吧，我回来再讨论讨论。茶自己泡，柜子里还有一包，昨天刚送
来的，我还没拆。院长匆匆出门，金三指松了一口气，说，这两个项

目问题不大，十分钟解决，我们先喝茶，放松一下。领带说，还是老一套吧，你来确定内容，我上网查资料，再来做估算。

　　没多久，两人做好了项目细化预算，坐着喝茶聊天等院长。金三指说，阿娇是你手下吧。领带说，金先认识阿娇吧。金三指说，来看病认识的。这几天她有上班吧，精神状况好吧。领带说，有上班，精神还好，没异常。金先怎的关心她了。金三指说，这个以后讲。你先讲讲她的为人好吧。领带说，呀，为人，怎讲呀。年纪轻轻的，好人是肯定的，业务能力也强，但是娇气，好强。金三指手机响，领带闭嘴。金三指拿起来一看，说，白天不能讲人，晚上不能讲鬼。阿娇打来的。金三指对手机说，我上午没上门诊，你要来可以，我这时在院长办公室，晓得吧，二楼第一间。好，我等你。金三指放下手机，领带说，我要回避吧。金三指说，她与老公闹矛盾的事你听讲过吧。领带说，一年多了，公司上上下下都清楚的。金先要做思想工作吧。金三指说，那还回避甚，等下帮我做思想工作。领带说，这是我的弱项。金三指说，也是我的弱项，你帮腔就是。领带笑笑，拿抹布擦了一遍茶几，烧一壶水。

　　几缕阳光穿窗而入，照在杯子上，闪着亮光。

　　阿娇进门，笑说，金先升官了，我差点走错门。咦，领带大哥也在。领带说，坐下喝茶吧，升官金先没稀罕。金三指说，恩将仇报，我给你看病，你却咒我。阿娇说，甚。金三指说，我看病几十年，晓得当官吧。那紧箍咒要是戴我头壳上，要损寿吧。喝了茶，将手给我。

　　金三指坐到院长办公桌后，顺手将桌上几本凌乱的书籍推到一边去。阿娇放下茶杯，挪一把椅子，坐在金三指对面，绾起袖口给金三指。领带边收拾茶几边说，金先，阿娇不是外人，不管多严重都要照直讲，我好回公司报告领导，准备准备。阿娇说，免准备了，收了这份心吧，不如先请我吃一顿。金三指号了一阵脉，说，脉象平和了许多，吐舌看看，噢，可以睡了，只是有时易醒，对吧。阿娇说，金先您全都清楚了，还问我做甚。领带说，这叫核对。我们做报表要核对吧，一样道理。阿娇说，呀，领带大哥要改行，要做金先的学生吧。金先要收学生吧，干脆把我也收了。金三指说，好呀，我就先上课吧。领带连声赞同，阿娇拍手。金三指说，我先讲阴阳。

两人移坐沙发。

我们的祖先要观察世界认识世界，为方便起见，将世间的万事万物先一分为二，就是阴和阳。阿娇吐舌了，呵呵，你是讲世界这么大，怎么可能只有两个阴阳对吧。我举个例吧。在时间上可以分阴阳，过去的属阴，现在和未来属阳。在空间上，下面的属阴，上面的属阳。在方位上，向阳的一面属阳，背阳的一面属阴。物体也可以分，硬的属阳，软的属阴。热的属阳，冷的属阴。动物就更好理解了，雄的属阳，雌的属阴。男人属阳，女人属阴。就是一个人，还可以再分，没管男人女人，正面属阴，背面属阳。这是外表，里面可以再分阴阳。比如身体里就同时存在阴气和阳气。中医讲，阴阳要平衡，身体才健康。若是有病，肯定是阴阳没平衡，要么阴虚了，要么阳虚了。阴虚阳虚是甚，好吧，举例，就讲这个烧水壶吧。把烧水壶当身体，壶里装水，壶底烧火。水是阴，火是阳。水足够多，火足够大，水就被烧开了，壶嘴就冲出一股热气，这气就是生命的动力。如果水少了，烧一会儿水就干了，水干了还有气吧。如果火小了，半天水都没烧开，水没烧开也就没有气。水少了叫阴虚，火小了叫阳虚。没管阴虚阳虚，人都会生病。所以讲阴阳要平衡。我这样讲你们听明白了没。

领带说，晓得了，就像我们会计的借贷记账法，借与贷好比阴与阳，有借必有贷，借贷必相等。

金三指喝一口茶说，中医哪里来，是我们的祖先在生产实践中总结出来的，所以中医的原理与各行各业的原理是相通的。就讲一个家庭吧，老公老婆两人，阴阳要平衡，家庭才和睦。一方气盛，就会伤到另一方，这样难免矛盾。

阿娇说，金先批评我吧。

金三指说，我只讲中医原理。喝茶吧。

领带说，阿娇，可以一借多贷，可以一贷多借，也可以多借多贷，但没管怎样，最后借贷一定要相等，这笔账才叫记对了。

日影移到窗脚。

阿娇说，我有错吧。我就是恨他那晚的做派，没有认错已经可恶，还不理睬我，一眼也没看我，更加过分吧，这口气可以咽吧。真没晓得他是向谁借来的肥胆。

金三指说，要弄清楚吧。

阿娇说，要弄清楚。我吃不下睡不着的。

金三指说，这是一团乱麻，要弄清楚就得好好理。

阿娇说，还能理吧。

金三指说，当然能，只要把刀扔一边，乱麻可以理。

天上少云，阳光正好。

第五章

# 阴　阳

## 阴

邬总拖一个红色拉杆箱，随着人流，在站台上寻找9号地标。箱子里是几件应季的衣服，一些化妆品，一台笔记本电脑，一双银灰色高跟鞋。电脑出门时总要带着，可以及时处理一些事务。高跟鞋是上月刚买的，花了一万多元，意大利贵族品牌。邬总早已过了穿高跟鞋的年龄，这时她脚上穿的是一双轻便的旅游鞋，透气，有弹性。站台很长，一眼望不到头。一阵高跟鞋声急促地传来，眨眼间已从眼前飘过。邬总抬起头，只见到高跟鞋的背影，飘荡的白色连衣裙，瘦长的小腿，红色的高跟鞋。邬总莞尔，天气还未真热，姑娘就急急地穿起了裙子，真像自己年轻时的样子。

邬总登上开往闽南的动车。车厢里人不多，有一些位子空着。邬总站在座位前，扶着拉杆箱，扭头寻找服务生。一个中年男子侧过身来，伸手笑笑。邬总笑笑，后退半步，那男子一手提起邬总的箱子，一手托住箱底，身子一仰，箱子轻轻放入头上的行李架里。邬总道谢。男子笑笑，坐到前排去。

位子很舒服，旁边无人，这样的环境会催眠。邬总害怕坐久了，难免打瞌睡。睡觉时，有人会流口水，有人会打呼噜，有人会讲梦话，有人会磨牙，或许还有些稀奇古怪的事，但这些都与邬总没有沾边。邬总的那个毛病，比这些要难堪多了。应该找个事做。邬总脱下鞋子，双脚踩在座位上，扶正箱子，拉开拉链，笔记本电脑就在那双高跟鞋下面，稍一用力就抽了出来。

车厢前部有孩子咯咯地笑。邬总没有抬头，双眼只看屏幕。公司里有些事还需要她处理，本想到了宾馆再看看，可这时闲着也是闲着。孩子咯咯咯地在车厢里跑着，是邬总的屏幕把他吸引过来。孩子黏在邬总身边看了一会儿，说，大姨，您的电脑可以打游戏吧。邬总移过眼，看到孩子六七岁，圆脸大眼，显得可爱，便说，我也没晓得，大姨从没打过的。孩子说，大姨找找看嘛，不能打游戏的电脑还有意思吧。邬总笑说，好好，我找我找。孩子说，大姨会打吧。邬总说，哪里会打，大姨小时候没有电脑游戏哦。孩子坐到邬总的大腿上，说，没关系，等下我教您。邬总找了一阵，没找到游戏，孩子十分失望，说，大姨您应该换一台电脑。邬总笑出声来，说，是呀，早晓得会遇到你，我就带一台有游戏的电脑。

前排那个中年男子扭过头来，笑着对孩子招手说，小帅哥，过来过来，我变个魔术给你看。孩子欢呼一声，从邬总腿上滑下来，跑过去。男子从口袋里掏出一副扑克牌，啪啪啪几下，两只手飞快地洗牌。邬总合上电脑，看男子表演。男子五十上下，长脸，络腮胡，脸常笑，眼睛会说话。几十张牌像串了线一般，一会儿从他左手飞到右手，一会儿从他右手飞到左手，哗啦哗啦地响，一张也没掉地上，孩子看得眼睛都直了。男子停手，孩子拿过扑克牌要玩，男子说，你手小，没法玩这个。换一种，我们来玩猜牌。邬总看得入神。当年，她的孩子比眼前这个小一点点。

邬总做姑娘的时候，是闽南乡下一家卫生院的编外护士，活泼外向，个子小，大家都叫她小邬。小邬能说会道，又善于察言观色，院里一帮姐妹自然都围在她身边，遇事叫她出主意。那年院里新来两个大学生，一个高挑一个矮，个高的谈吐幽默，出口成章，个矮的言词拘束，实话实说。可惜两个都是中医。那时中医不值钱，病人喜欢看西医，几粒药一杯水，一仰头就把事办了，严重点的拉下裤子打一针，问题解决，多方便。中药要回家煎半天，那个味呛得四乡五邻都晓得你生病了。那时乡下文化生活单调，太阳下山后，除了卫生院，四周都是黑漆漆的田野，隐约可以听到三两声狗吠，或是半句大人骂小孩的粗话，把稀疏的蛙鸣隔成片段。一高一矮的青年中医，业务清淡，一有空就跑到护士站，讲要中西医结合。护士读的是西医，量血压测体温打针换药，零零碎碎，姐妹们手把手地教，把两个中医像鸭子一样赶上架。结合了一段时间，姐妹们纷纷看出端倪，这个中西医结合内容复杂，没单单是业务的结合。表面看来，教学双方都无大的变化，一方严肃教，一方认真学，但是各人心里开始活动，眼睛视线开始有变化。小邬对高个子有感觉，虽讲他与心中的白马王子还有一定的差距，但转想自己是个编外的，能找到这样的老公并不委屈。于是试探了几次，结果人家的视线常常滑过她的脸庞，落在她身边的那个小妹身上。那个小妹是正式的，她老爸还是县里的领导。小邬盘算了一番，明白了。事事都要透过现象看本质。本质是现实的，爱情只是现象。既然如此，那就促成小妹吧。所以她经常给小妹顶班，帮小妹腾出约会的时间。现在只剩下那个矮的了，没得挑了，再不下手，怕是连矮的也会被人抢走的。矮的迂腐，心思都放在故纸堆里，讲起中医头头是道，一讲其他几句就懵圈。与这样的人一起吃饭，生活肯定是稳定，仕途肯定是无望，自己的编外身份可能要白头到老。她也相信世界上比他更好的还有很多，可是都离她太远了，她的四周都是田野，白马王子要穿过这片田野没容易吧。俗话讲，挑来挑去，挑到一个卖龙眼的。算了，下手。

矮的姓金，其貌不扬，人家都叫他金先。他喜欢给人家摸脉。同事间坐着闲聊，聊着聊着，他三个手指就会扣到人家的手腕上，讲一些弦呀滑呀涩呀之类的，完全把同事当病人。原以为对付他会简单得多，没想到却大费周折。他的心思都在故纸堆里。暗示他没晓得，挑逗也没起作用。小邬的性格就是这样，越是难啃的骨头，越是要不肯松口，就是要咬一下试试。别人没主意，小邬会没主意吧。因此，拉锯战了，万里长征了。小妹与高个子结婚了许多年，小邬才把金先拿下。姐妹们围过来祝贺，说，原来中西医是这样结合的。

婚姻对金先的工作和生活并没有多少改变，他依然热衷于对古籍的钻研，遇到人还是喜欢伸手搭脉。家务基本都丢给小邬。每天小邬整理房间都会碎碎念，说，小孩子都会晓得玩具要收拾好，你看过的书，东一本西一册，餐桌上有，沙发上有，阳台上有，床头也有。金先无话，摸头笑笑。小邬对这个婚姻本来没有多少期待，一切都在意料之中，与她原来想的一样，爱情只是一种现象，现实生活中的油盐酱醋才是本质。可是生活也会有意外。一天，一个姑娘摔伤了膝盖，到卫生院上药，护士长叫小邬处理。小邬蹲着给那姑娘涂药，看到姑娘脚上穿着一双高跟鞋，十分特别。涂完药，姑娘站起，小邬蹲在地上仰视，姑娘顿时显得高大，感觉脖子以下全是腿。原来高跟鞋有这么大的功效。这双高跟鞋就像一把痒痒挠，挠得小邬心里像有一万条虫子在爬。好不容易挨到星期天，小邬上了一趟县城，花了半个月工资，买了一双回来。晚上试穿给金先看，挺胸翘臀走几步，自己感觉没输仙女，以为会把这个书呆子的眼睛看得掉到地上。小邬说，没见过这样的老婆吧，养眼吧。哪里料到金先嗤了一声，说，要离开地球吧，寂寞嫦娥舒广袖哦，高处不胜寒哦。小邬的腰顿时塌下来，说，没品位。金先说，走起路来，一屋子都是你的声音。小邬说，我散步时才穿。金先说，散步就更不能穿了。小邬说，甚。金先引经据典，讲高跟鞋种种坏处，伤筋腱呀，伤肌肉呀，伤神经呀，引起骨盆前倾呀，影响气血运行呀。小邬没等金先讲完，就把高跟鞋脱了，扔到墙角去，说，你是怕老婆变美了。金先说，美也是老婆，丑也是老婆。老婆又不是花瓶，用来看的。小邬说，那你讲老婆是甚。金先想了想说，老婆应该是杯子，装水可以喝。桌上有一个带把的白瓷杯，是金先平时喝茶用的。小邬一把抓起杯子，转身把里面的半杯残茶泼出去。金先张嘴无话。小邬说，没品位。

车厢里有人讲到站了到站了，邬总才回过神来，她庆幸自己在这几个小时里没有打瞌睡。前排那个络腮胡男子与小孩的游戏不知何时结束了，小孩不见人影。络腮胡双手握拳用力上举，背后看去像是要投降，嘴里发出一个模糊的长声，像是弥补动车停车时未曾响起的汽笛。络腮胡回过身来，笑笑，看着行李架上邬总的箱子。邬总笑笑。络腮胡走过来，把邬总的箱子拿下来，抽出拉杆，交给邬总，点点头走了。

出了车厢，邬总拿眼寻找络腮胡的背影。下车的人太多，一个一个背影重重叠叠。前面路分两条，牌子上写，一条去公交站，一条去的士站。邬总看到，络腮胡去了公交站，她驻了一下足，朝的士站走去。

清晨，五月的阳光斜照进金三指的阳台，投射出一番美丽的光影。阳台岸上，放着一排整齐的盆栽，有紫苏，有薄荷，有石斛，有麦冬，有金银花，有迷迭香，有石菖蒲，有玉竹，有桔梗等等，这些都是金三指的宝贝。别人的阳台种花种草，他的阳台种草药。草药也是花草，看起来没输别的家花。石斛开起花来就很漂亮，一朵朵，硬币大，黄色长瓣，花蕊中的那一抹红色，像是哪个调皮的小孩无意中用朱笔画过的。紫苏有浓香，薄荷有清香，迷迭香的香气令人难忘。小雪的婆婆在给芦荟移盆，双手都是泥。芦荟长大了，要换一个更大的盆，就像小孩子那样，个子一点点长大，环境就要一个一个换，从幼儿园，到小学，到中学，到大学。

小雪在厨房里忙碌。豆浆机呼呼地转，蒸锅上冒出一大片热雾，鸡蛋在锅里咕嘟咕嘟地叫。摆好杯子和碗筷，小雪解下围兜，去金三指儿子的房间探个头，看到那孩子正在刷牙。孩子已经是个小大人了，读了高中。这是小雪每天早上要做的事，她一般是十点左右才去饭店开门的。

金三指今天起得比平时早，洗漱完毕后，坐在电脑前整理资料。准备了几个月的中医培训班今天就要开学了，学员本县的居多，也有一部分是外县市的。上课的内容都录在 U 盘里，他又挑了几本书，放进包里。现在讲课方便多了，想当时老师给他们上课，通常要抱一大堆书到讲台上。金三指听到小雪在厨房叫他，应声走出去。小雪已打好几杯豆浆，各人碗里放着馒头和剥好的鸡蛋。金三指端起一杯豆浆，感觉温度适中，走到阳台，对小雪的婆婆说，洗手吧，忙了一早上了，饿吧。小雪的婆婆说，剩下一点点，我干脆弄完了再吃。你们先吃，吃了去工作，我只是看家，没赶时间的。金三指说，那就先喝一口，润润喉。小雪的婆婆摊开一双泥手，伸出脖子，张开嘴接住金三指递过来的豆浆，滋地喝了一口，说，好了好了，先放一边吧。今天的豆浆好喝。金三指笑说，您天天都讲今天的豆浆好喝。

金三指的儿子灌下一杯豆浆，吞下一个馒头，咬一口鸡蛋，跑到阳台，小声说，奶奶帮我吃了吧，我要赶紧上学了。小雪的婆婆说，又是怕迟到吧，早起五分钟就好了。今天帮你，明天不帮了。金三指儿子笑笑，将半个鸡蛋塞进老人嘴里，转身跑到房间去拿书包。

小雪拧干了毛巾，到阳台给婆婆擦脸。婆婆说，你自己去吃吧，管我做甚。小雪说，您又替孩子吃鸡蛋了吧。婆婆说，没。小雪说，还讲没，嘴边都有蛋黄屑的。婆婆咧嘴一笑。小雪说，晓得您疼爱孩子，可是还是严一点好。小雪俯下身子，拿毛巾擦去婆婆衣襟上的泥土。

对面楼房顶层露台上站着一个人，拿着一个玩具望远镜在看。


麻秆是两天前接到黄婆的电话的。黄婆说，我那个坏蛋儿子又来麻烦我了。麻秆说，甚。黄婆说，我真的一点也没想他的，是我前世欠了他的债吧，坏蛋儿子夜里常常跑进我的梦里，把我吵醒了，叫我一夜没法睡。麻秆你要笑话我吧。麻秆说，我晓得了。黄婆说，你有闲吧，星期天可以请假吧。麻秆清楚了，黄婆想去监狱看臭头定，就说，我尽量争取吧。黄婆念了声阿弥陀佛。麻秆向所长汇报了此事，请了假，又抽空办了探监的相关手续，买好了动车票。今天一早来到水巷，要带黄婆去动车站。

现在的水巷商铺林立，有小吃店，有烟酒店，也有写字楼办公的。最近开了几家经营水暖洁具的，各种水龙头，花洒，洗菜盆，抽水马桶，琳琅满目。老板肯定是看中了水巷这个水字，要来借个好彩头。去黄婆家要经过阿根的公司。麻秆看到，阿娇将摩托车停在公司门边，手拎一个袋子正要进门。麻秆说，阿娇，要来侦察吧。阿娇收脚回头，说，呀，原来是警察哥。你来了我就不用侦察了，把任务交给你算了。麻秆说，我今天还有别的任务，你自己侦察吧。阿娇说，革命靠自觉，哪里要侦察。他早饭没吃就出来了。咦，星期天的，你还有任务，多少辛苦的。麻秆将黄婆的事讲了，阿娇竖起大拇指，说，真心为人民警察点赞。又说，黄婆真是奇怪，自己想看儿子，反倒讲是儿子来麻烦她，真有意思的。麻秆说，黄婆老了，想儿子可以理解。阿娇说，是呀，其实奇怪的不止黄婆一人，我早上也看到一个奇怪的。麻秆说，甚。阿娇说，一大早的，就有一个大男人，站在高楼顶上，拿一个望远镜看半天。麻秆说，看甚呀。阿娇说，我又不是他，哪里晓得他看甚。麻秆说，你讲那个男人在哪里看望远镜的。阿娇说，就在金先家对面的那幢大楼。麻秆说，那人的样子你看清楚了吧。阿娇说，你当我是千里眼吧，那么远，能看清男人女人已经不错。叫我讲呀，你也是奇怪的。麻秆说，甚。阿娇说，你们警察心里肯定都装着一个问号，看到一个陌生人，就首先想想他是不是坏人。哎呀，饭要凉了，你自己去看吧。麻秆一看时间还早，就骑了阿娇的摩托车去。到了金三指的楼下，抬头望去，高楼顶上，空无一人。楼里人家，有的在做早餐，多少油烟从窗户散出，有的还没起床，窗子闭着。麻秆看了一会儿，没有结果，原路返回。

麻秆带黄婆坐上了动车。黄婆一辈子也难得坐过几回车，更不用讲动车了，一路上看到的东西她都感到新奇，就没停地问麻秆，这是甚，那是甚。麻秆一一解答。但麻秆心里却牵挂着阿娇讲的那个事。男人拿望远镜看甚呀，是偷窥吧，看女人洗澡吧。这种事网上有报道，本地还没发生过，不像。哪有女人一大早洗澡的。是小偷吧，是踩点吧，先看看各家情况，有无贵重物品，屋里人数多少，寻找薄弱环节，再找机会下手。麻秆又做了几个假设，感觉还是小偷的概率大些。黄婆说，麻秆嫌弃我了。麻秆说，哪里会，我想事。黄婆说，甚。麻秆说，工作上的事，讲了您也没晓得。黄婆说，我吃过的盐比你吃过的米还多哟。麻秆无奈，把事讲了。黄婆说，监狱对面有高楼吧，我带个望远镜住到楼上去，可以天天看儿子。

麻秆笑了。监狱的对面怎么会有高楼。闽南话讲，老人家孩子性，讲到点子上去了。

转了一次车，到了监狱。黄婆四处看看，显得失望。

麻秆扶着黄婆，由狱警领着，到了接见室。臭头定早就在那里候着，一见到他们，忽地跪了下去。黄婆紧走几步，蹲在地上，隔着栅栏，拉着臭头定的手，哭了起来。麻秆感到鼻头酸酸，转身走出接见室。走廊是笔直的，墙壁是白净的，这样的环境最适宜净化内心。阿娇讲得好，警察心里装着一个问号。正是有这个问号，眼睛才会发亮，才能捕捉到蛛丝马迹。其实这是个职业习惯，金三指心里肯定装满了脉象舌象，阴阳表里虚实，叫他看一眼便晓得你身体里有多少毛病。领带和阿娇的心里，装的都是数字吧，遇到工作，那些数字就自己跳出来。麻秆的思绪信马由缰。那个男人拿望远镜看甚呀。

听到有人叫他，麻秆返回接见室。臭头定对麻秆讲了一番感谢的话，麻秆安慰了几句，无非好好改造，重新做人之类。接见的时间快到了，麻秆带黄婆准备离开。黄婆说，好好待着，晚上好好睡觉，莫再跑到我梦里来，害我半夜没法睡的。臭头定眼眶红红。麻秆扶黄婆走几步，听到身后臭头定说，麻秆。麻秆止步回首，说，甚。臭头定说，再求你一个事，可以吧。麻秆说，讲讲看。臭头定说，我欠蜂女的太多。我走投无路时她收留了我，给我饭吃，我反而要偷她的蜂蜜，还想杀她。麻秆说，唉。臭头定说，那天风大，她的头发叫风吹乱了，遮住了眼睛，她双手提着蜜罐，左右甩头。那时我看到了机会。麻秆睁大了眼睛。臭头定低下头壳，说，所以我求你帮我做一件事，你一定要答应我。麻秆说，婆婆妈妈。臭头定说，到百货商店帮我买个紫色的发箍送给她。麻秆说，发箍是甚。臭头定说，套在头壳上的那种，免惊风吹乱了头发的。你到店里问问就晓得了。钱你先垫着，我出去后还你。麻秆说，我去哪里找她，大海捞针吧。臭头定跺脚说，我那么会藏都叫你找到了，她还用找吧，就在县城边的那片山里放蜂，开一辆后三轮摩托车。还警察。麻秆说，呀哈，欠你了。臭头定说，顺便告诉她，起风的时候最危险，要先看看身边有人没。麻秆郑重地点点头。

　　邬总住进县城最大的酒店，这是临时改变的主意。下了动车上了出租车时，日已近黄昏，一想到晚上睡觉的事，邬总心里就不由地生出一丝寒意。她原来工作过的那个乡下，那时只有一家小旅馆，条件简陋可以想象，虽讲过了这么多年，各地经济都在发展，但乡下毕竟是乡下，能发展到哪里去吧。她对司机说，去县城，找家最大的宾馆。她对自己的这个改变感到满意。乡下小旅馆能否住得惯先不讲，要是遇到熟人，人家问你来做甚，你怎么讲，毕竟当年自己是不辞而别的。所以，先在县城住两天，打探些消息，做到心中有底，比直接到乡下要稳妥得多，就像搞推销，下手之前要先把医院里的各种情况都摸清楚，据此制定下一步的方向、路线和方式，贸然进攻是兵家之大忌。

邬总在酒店吃过晚饭，到街上转转。变化很大，除了街道的走向，其他的都与邬总头壳里的印象不一样。一阵风扑面而来，清清凉凉，邬总感到熟悉又亲切。县城邬总以前来过几次，离她以前工作过的那个乡镇只有二十多公里，刚才那阵风，可能就是从那个乡镇吹来的。先去百货公司看看吧，她的第一双高跟鞋就是在那里买的。走了一阵，没找到百货公司。就地形看，应该在这附近，可是转了两圈，还是没看到。问一个上了年纪的人，那人笑说，百货公司，民国猫年的事了，早就拆了，原来在那。循着他手指的方向看去，是一座娱乐城，灯光璀璨，霓虹灯闪烁。邬总笑笑。这百货公司与她那双高跟鞋一样，都被时间淹没了。想起那双高跟鞋，邬总心里感受复杂。应该讲，那双高跟鞋改变了她人生的走向。那天因高跟鞋与金先闹不愉快后，小邬就多了一个心思。小邬本来读的是卫校护理专业，中专级的，这个底子太薄，经不起摔。要想出人头地，必须取得一张过硬的文凭，否则就得永远做一个杯子。杯子是甚，杯子就是装水的，就是永远让金先拿在手里的。乡镇卫生院的护士，钱不多，时间很多。小邬借来许多医学院的课本，开始读，她要参加成人自学考试。小邬就是这样的人，眼中一旦有了目标，心里就有了动力，干起事就没有停手的。她没日没夜地读，怀孕时读，生完儿子的第三天就又拿起书读，读了专科读本科。金先看到小邬在读医书倒是十分高兴，说以后我们一个中医一个西医，可以再次来个中西医结合，明天会更好。小邬把头扭一边去，没理没睬的。金先以为小邬读书进入了状态，哪里晓得她的心思呀。小邬命运的转折点是收到她的同学从深圳寄来的一封信。同学讲她在深圳当医药代表，收入颇丰。同学讲，凭你的口才你的能力，干一年就可以在深圳买房。小邬顿时像吃了仙丹一样，全身都是力量，脚底像装了弹簧，在走廊里跳了两趟，恨不得马上插上翅膀，一下就飞到深圳去。可是当她看到儿子的时候，身上的力量泄去了大半。儿子已经会跑会跳了，爸爸妈妈叫得甜，可以放下不管吧。金先只晓得钻进故纸堆里，一顿饭都没法煮利索的，哪里能照顾好孩子。可是这是个难得的机遇，医药代表这个行业日后大有作为。先去两年，赚了钱再回来把孩子带出去，可以吧。小邬一夜没睡，第二天早早起了床，煮好早餐，想了想，泡一壶茶，倒入金先那个杯子，盖好，写一张纸条，压在杯子下，走了。

左侧一条横巷，灯火密集，人影清疏。邬总听到一双高跟鞋走进去，便抬腿跟了过去。邬总认得，这条巷子叫水巷，它基本保持原貌，巷子两旁的木板楼房，旧而不衰。高跟鞋走进一间店面，邬总侧头一看，门边牌子上写的是房屋中介公司，邬总有了兴趣。中介公司与医药代表，行业不同，但性质是相同的，一个是把房屋介绍给客人，一个是把药品或医疗器材介绍给医院。邬总轻轻进门，看到一个年轻人在电脑前忙碌，高跟鞋坐在他身边，剥一颗龙眼塞进他嘴里，剥一颗自己吃。年轻人很专注，两眼看在屏幕上，头也没回。高跟鞋伸手接住他吐出的龙眼核，换手再塞进一颗新剥好的。两人都没讲话，只有鼠标声嘀嗒。邬总脚踏猫步，慢慢退出，感觉自己的眼里好像有沙子，眨几下眼，一条水巷在她面前模糊起来。

小邬到了深圳后才晓得，世界上没有天堂，要讲有，那也是用血汗盖起来的。干这一行，收入好没错，可是过程很伤自尊。她穿着从家里带来的那双高跟鞋，跑医院各个诊室，跑领导办公室，有时装孙子，有时装婊子，高跟鞋把脚磨出了血，她都没感觉异样，到了宿舍，脱下鞋子时，脚才火辣辣地疼起来。辛苦吧，辛苦。后悔吧，她的头

壳里没有后悔这个词。她的心里有一条底线，就是装，没管孙子还是
婊子，都只是装。为了装得更彻底，她干脆把自己的名也改了，只保
留原姓。她连杯子都没愿意做的，哪里会去做孙子婊子。一年两年过
去，钱是赚得比别人多，别人买套房她买别墅，但她也比别人付出更
多。医药代表这支大军迅速发展壮大，形势一片大好。在商界摸爬滚
打了两年，她练出了一套非凡的本领，不仅具有十分灵敏的嗅觉，对
局势走向的判断也非常准确。世界上的许多事，经常是物极必反，大
好形势里常常孕育着危机。她感觉医药代表这支队伍发展过快，就像
开车，一味地踩油门一味地加速，终归有危险，所以她开始着手转型，
不再局限于单纯的药品推销，而是将目光瞄向更为广阔的医药市场。
她的称谓也跟着转型，由小邬转为邬总。她成立了一家医药调配物流
公司，承包了几家药企的产品销售。在她的运作下，公司运转有声有
色，名头越来越响，代理的厂家也越来越多。她开始举办各种医学学
术研讨会和医学论文评奖交流会，接触的都是医学界的大腕，推销的
事自有手下一帮人在做。许多以前做医药代表的同行，纷纷改投到她
的门下。这样一来，她的公司既有学术的支撑，又有丰富的人才储备，
声望比那些药企还高，简直如日中天。台子搭好了，戏也唱得正热闹，
邬总可以坐在办公室里当导演。秘书会冲一杯咖啡或沏一杯茶来。喝
咖啡用白瓷杯，喝茶用紫砂杯。杯子在手中无聊地转着圈，她有时会
突然想起金先喝茶的那个杯子。但这个念头只是一闪而过，因为她太
忙了，舍不得用太多时间去想。她感觉自己就像坐在流水线前作业的
工人，这个事刚做完，那个事就又接着来了，停不得手。刚才看到那
对恩爱的小两口时，邬总的心像被针刺了一下，一些麻木的神经重新
被激醒了。她在水巷里站了一会儿，待巷子清朗起来，她才慢慢走回

酒店。她晓得，鱼和熊掌不可兼得。

　　麻秆从监狱回来后，那个拿望远镜看的男人变成他肚子里的问号，问号不断地放大，撑得他的肚子吃不下饭。想与所长交流交流，可所长到局里开会。他跑到那幢楼去问物业管理员，管理员又去问门岗，门岗说一天那么多人进出，没印象。管理员说，还有一个办法。麻秆说，看监控。管理员说，果然是警察，我讲前半句你就晓得后半句。麻秆呵呵。两人到监控室。电梯有四部，一部一部查。四部电梯查完，只有一个从地下室坐到最高一层，那人络腮胡，手里拿着一个包。管理员说，原来他从地下车库上的电梯，难怪门岗没印象。麻秆说，这个是业主吧。管理员说，绝对不是，从没见过的。麻秆掏出手机，把监控定格，拍了几张。麻秆说，这事先不要声张，闹得人心惶惶不好。管理员说，这个自然，一切听警察安排。

　　日头很大。麻秆在大楼外站了一会儿，到社区找向大妈。向大妈正与人聊天，见到麻秆，丢下话题，抽身出来。麻秆拉着向大妈的手，走到一个僻静处，把事讲了。向大妈看了一眼麻秆手机里的照片，摇头。麻秆说，连您都不认识，那就可能是外地来的。我再到别处问几个看看。麻秆刚出了社区，听见向大妈叫他，便折回去。向大妈说，我再看一眼吧，好像有点眼熟。麻秆打开手机里的照片，两个手指头一分，图像放大。向大妈将手机移远点看了一会儿，说，十有八九是张大民。可是那时他没有胡子，这照片上的人，半个脸都是胡子，难怪一时没认出来。这胡子是哪里来的呀。麻秆说，那您怎么认出是张大民。向大妈说，这双眼睛，特别是眼角的那颗痣。麻秆说，胡子简单了，他是怕叫人认出来，故意化的妆吧。张大民是谁。向大妈说，张大民是小雪原来的老公。小雪命苦呀，麻烦了。麻秆说，哎呀，原来。过去的事我没大清楚的，您讲讲吧。向大妈说，张大民爱赌博，有一次输惨了，家具都叫人载走，他就去把那人打个半死，打到住院，政府要抓他，他手脚真快，跑得没见人影。你当时还在读书，没晓得这事吧。这么多年过去，没有一点消息，大家都以为他早死了，没想到今天跑到你的手机里来了。麻秆说，要真是他，肯定是大麻烦。从他站的那个位置看下去，正好能看到金三指的阳台。他是要看小雪吧。向大妈说，他肯定已经了解清楚，小雪与金三指住在一起。要是这样，金三指也有麻烦了。麻秆说，金三指这几天都在讲课，那里人多，暂时没要紧，现在要紧的是小雪。向大妈跺脚说，那你赶快去呀。麻秆说，我再快也没有拳头师快，他离小雪饭店近。向大妈讲声怎没想到，拿手机打了，说，拳头师，交给你一个任务，马上去小雪店里。当然紧急，你手都不要洗，越快越好。我晚几分钟就到。麻秆说，好，我马上回所里汇报。

麻秆回到派出所，只小张警察一人值班，所长开会还没回来。麻秆打了所长的电话，打了两次所长没接。正在跺脚，所长回拨过来，说，没晓得我在开会吧，在会场接电话形象不好吧，要吃批评吧，还一直打。麻秆将事简单讲了，所长说，原来。我争取尽早回去，你先想办法，一定要先保证小雪和金三指的安全。金三指当然也有危险，考虑事情要周密一点，不要简单化。这是第一。第二，张大民是有案底的，当年他打伤人的案子还没结，这次不能再叫他跑了。

大酒店会场里，座无虚席。主席台上，坐着局长和一干领导。金三指也在其中。

局长说，我讲了半个小时了吧，大家都听腻了吧，我看到有人在玩手机。确实，我讲得有点多，成了不受欢迎的人。（台下冒出低浑的噪音，有模糊的笑声）现在，我们腾空讲台，隆重地请金先为大家授课。

众领导下台。掌声响起。

金三指坐到讲台去，说，客气话就不讲了。今天是第一堂课，讲甚呢。我临时改变主意，不按课件讲了，第一堂课嘛，我们轻松一点，这样吧，我们来讲讲阴阳，好吧。你看，我们这里就有阴阳。男人是甚。台下无声。金三指说，阳。那女人是甚。台下齐声说，阴。金三指说，对了，阴。那我就先讲女人，讲阴，可以吧。台下掌声雷动。

# 阳

邬总在县城大酒店睡了一觉，第二天一早醒来，感觉呼吸顺畅，心中一喜，动一动右手食指，能动，又动其他四指，也能动。再动左手，五个手指都能动。邬总大喜，双手从被单里抽出来，向上举，顺利完成。邬总放心了，慢慢坐起来，把屁股挪到床沿，双脚双手轻轻活动了一会儿，站起来，走到窗前，拉开窗帘，一片阳光扑面而来。邬总眯着眼笑了。

刷了牙洗了脸，一看表才六点半，扭头要叫秘书，邬总才想起这次她是一个人出来的，没让秘书跟着，因为她要处理的是自家的事。

邬总自己去烧水，准备泡茶。以往每次出差，邬总都要带着秘书，两人睡一个房间。邬总生了一种罕见的病，通常是睡一觉醒来时，胸口就像有一块石头压着，呼吸不畅，全身没有一点力气，手没法动，脚没法动，话没法讲，反正是全身没有一处能动的，只有头脑能动，但头脑同样没法指挥四肢和躯干，好像是整个中枢神经都被切断了似的。若是身边有人，帮她翻个身子，症状马上缓解，四肢和躯干力气恢复，整个人就活过来。若是没人，只能干着急，越急就越是动不了，没办法，只能耐心地等，等到胸口那块石头变小，呼吸逐渐均匀，手脚才慢慢有了力气。邬总自己就是读医的，这个病叫睡眠瘫痪症，俗称鬼压床，目前没有特效药可以根治，医疗手段只局限于对症。邬总也去看过几位专家，效果平平。

坐在窗边喝了一会儿茶，看阳光从床沿退到茶几上，听到走廊有脚步声，有年轻人的谈笑声，邬总才放下茶杯，换了衣服，下楼吃早餐。

餐厅里早已坐了许多人，大都是青年，有的还带着书和笔记本。邬总打了一杯牛奶一杯豆浆，放在盘子上，又夹了两个小馒头，一个鸡蛋，挑一张没人的桌子坐下。两个姑娘谈笑而来，对邬总点点头，就将手里的保温杯、包、书放在桌上，转身去端菜。邬总斜头看到，放在最上面的一本，书名叫中医基础理论。中医现在不值钱了，还有年轻人选择中医，多少奇怪的。不过从另一个角度看，这里虽讲是县城，可毕竟还属乡下，这里的医院，肯定没法像大城市那样，拥有许多先进的医疗器材，西医的发展就要受到制约，所以中医还吃得开。邬总对自己的推理感到满意。两个姑娘端着盘子回来了，一个盘子里有青菜有红薯有甜玉米，外加一小碗米粥。一个盘子里全是青菜，外加一个鸡蛋。一个说，你要减肥吧，吃的都是菜。另一个说，青菜健

康。你怎么挑的，红薯玉米稀粥，全是碳水化合物，吃进肚子，化成
葡萄糖，糖没用完，转为脂肪。一个说，你那是西医的理论，现在来
读中医了，要用中医的观点来看问题。另一个说，碳水化合物吃多了，
就会转化成脂肪，放之四海而皆准的，有错吧。中医又是怎么讲的。
一个说，中医里没有讲碳水化合物的，中医讲人肥胖是因为脾虚，脾
主运化，脾虚运化不灵才导致肥胖的。另一个说，人家西医清楚明白，
从碳水化合物到葡萄糖到脂肪，处处严密，环环相扣。中医讲脾讲运
化，雾里看花，多少是绕的。一个说，西医总是将问题推给客观，讲
你吃甚吃甚才导致肥胖，人人都这样吃，怎就你肥别人没肥。不然就
是细菌呀病毒呀感染到了，人才生的病。中医善于自省，身体有毛病
了先自己反省，先从自身考虑，找出产生问题的根源，是自身哪一处
虚了，或是阴阳没平衡了。另一个说，你是讲，我们的祖先比西方人
聪明吧。一个说，不是要比谁聪明，这是两种思维方式。我敢讲，我
们中国人是善良的，出问题自己解决，我们穷就发展生产。你看有的
国家，经济或政治出了问题，就讲是别的国家侵犯了他的利益，就发
动战争，将国内的矛盾转化出去。另一个说，呀，我感觉你以后要当
院长的。邬总听两人对话，暗暗惊讶。姑娘讲的中医理论是对是错没
晓得，但她把中医提高到哲学的高度来看，小小年纪，已属难得。忽
然想起自己的儿子，要是以后找到这样的姑娘当老婆。邬总咧嘴半笑，
一小块馒头屑从唇间滑落，慌忙横手遮住。两个姑娘边吃边讲，面带
笑容，唇枪舌剑，互不相让。邬总见缝插针，说，姑娘是论文答辩，
还是要读研究生。一个姑娘说，哪里是，我们是来进修中医的。另一
个说，阿姨，您看，这屋子人基本都是我们的同学。邬总抬头看了一
下，说，是呀，人真多。讲课的是省里的专家吧，大学教授吧。一个

说，不是专家教授，是本地的先生。另一个说，可是，先生是厉害的，西医没看好的病都叫他看好的。邬总说，呀，这么厉害，可以讲讲吧。一个说，其实，我们也是听讲的。我们局长得了一种怪病，经常会全身突然无力，拿筷子掉筷子，拿笔掉笔。局长本来就是西医，也去省城看过许多专家，无效，最后，是他看好的，您讲厉害吧。邬总说，只看好一个就讲厉害，片面吧。要是真厉害，怎没调到省里去。一个说，尺有所短，寸有所长，省里一定比乡下厉害吧。另一个说，就是。是金子在哪里都会闪光。邬总说，我以前也是读医的，西医没治好的病，叫中医看好的，我没敢相信。一个说，阿姨，您要是有时间，可以去课堂上听一听嘛，他讲得真好。另一个说，哎呀，时间快到了，我们快点去吧。阿姨再见。

邬总回到房间，拿出那双意大利贵族品牌的高跟鞋，放在桌上观赏。想起刚才那两个姑娘的话，感到好笑。乡下人没见过世面，就是爱起哄，西医没看好的病叫中医看好了，天方夜谭。乡下人哪里晓得现在的西医有多厉害，那些机器，能够把身体像切片一样，切成一毫米的薄片，一片一片地看，人在机器面前简直就是透明的，细胞细菌病毒，一个个全部可以看清楚。中医能看到甚，一双昏花的老眼，顶多加一副老花镜，或者近视镜，也就勉强看到一粒沙子，一根头发吧。帕金森，渐冻症，怎没听讲过中医看好的。一想到中医，邬总心里就别扭。那个老学究，没晓得他现在混得怎样了，遇到人还喜欢摸脉吧。在那个乡镇卫生院，院长是没指望的，早叫高个子抢了，他嘛，最多最多，也就当个科室主任吧。他这种人，不是当官的料。他独身吧，再婚吧。第一种情况，若是独身最好，可以省去许多麻烦，把职辞了，铺盖一卷，不，连铺盖都不用卷，只要带上儿子，可以走人，到深圳去。那个时候，这个老学究肯定会扭扭捏捏，讲故土难离呀，讲专业不敢丢下呀等等的，理由一大堆，其实是面子下不来。行，这个早就料到了。水往低处流，人往高处走，是这个理吧，当年小邬要是没有离开故土，能有今天的成就吧。至于讲看病，没问题的，给你盖一座中医院，让你当院长，可以吧，你爱怎么折腾就怎么折腾。再不济，找家大医院给你弄个诊室，天天有脉让你摸，总可以吧。重点是要把儿子给我带到深圳。邬总自从生了那个病，就一直想把儿子接到身边去，她害怕有一天会突然就醒不来。第二种情况，若是再婚，要费些周折，但也在考虑范围之内，就是给那女人钱，叫他们好合好散，各走各的路。这个世界上还有钱没法解决的事吧，就看钱多少了。算了，不想它，上街走走吧。邬总的目光又落在那双高跟鞋上。穿，还是不穿。犹豫了一会儿，觉得还是不穿。现在只是逛街，街上尘土肯定多，要是弄脏了，这小地方有这款鞋子卖吧。等到那个时候再穿。邬总记得，那时她在纸条上写的那一句，如果我哪天回来，一定穿一双高跟鞋。

拳头师黑着一双手，一路小跑，到了小雪饭店。饭点未到，店里没客。小胖抬头说，哎呀，拳头师，要菜吧，打个电话来，我给你送去，哪里要你亲自跑一趟，看你一头大汗的。拳头师说，小雪在吧。小胖说，在里面。拳头师说，一个人吧。小胖说，当然一个人。你今天怎么了，多少奇怪的。拳头师笑说，我先洗手吧。叫向大妈给骗了。小胖吃吃地笑。拳头师洗了手出来，接过小胖递来的毛巾，说，向大妈来了没。小胖摇头。小雪在里间说，小胖，与谁讲话，拳头师吧。拳头师说，小雪，忙甚呀。小雪在里间说，我在做一个药膳，金先配的药，等下一起试试哦。拳头师说，向大妈有打电话给你吧。小雪说，没呀。要订菜吧，叫小胖记着就行。拳头师说，向大妈要请客的，叫我先来把位子占了。小雪说，位子还用占吧，永远给你留着。小胖，泡茶吧，我这个做完就出去。拳头师说，你忙你忙。

小胖从柜台下端出茶盘，摆好茶壶茶杯，烧水。拳头师说，前几天遇见麻秆，他又黑又瘦的，是有案子吧，辛苦吧。小胖说，唉，天天都忙，不是接警就是值班。算了，免讲了，好像全世界只有他一个警察。水开了，冲入茶壶，顿时茶香四溢。小胖倒一杯给拳头师，倒一杯放在一边。拳头师看着那杯茶说，甚。小胖说，给小雪婶子的。拳头师说，你，我，小雪，我们都是茶叶，麻秆是开水。小胖说，怎讲。拳头师说，都讲茶香茶香，水冲进去才香吧。水要足够热，茶才能起香，冷水可以泡茶吧。麻秆是警察，他忙了，我们的茶喝起来才香。小胖说，呀呀，拳头师跟谁学的讲话，聊天聊出新水平了，夸起人来没显山没露水的。拳头师说，我哪里会聊天，我只会打打拳，直来直去。对了，麻秆讲要来跟我学几招，一直就是没来。小胖笑说，他哪里是这块料，风大一点都能把他吹倒。拳头师说，我就是担心，他细手细脚的，遇到坏人要吃亏。上次抓臭头定，臭头定没敢动手，那是运气。运气能天天有吧，要是遇到一个要动手的。

向大妈走进饭店，对拳头师说，我叫你来聊天吧。小雪在哪里。小胖说，在里面。向大妈先喝茶吧，刚好这杯给您。拳头师说，你只叫我快点来，又没讲来做甚，我就坐着喝茶等你，哪里错了。向大妈笑了一下，说，是我急了。没事就好。拳头师说，甚事。向大妈对小胖说，你去忙吧，我与拳头师聊聊。小胖依言起身。

向大妈压低声音，把事讲了。拳头师说，社区工作做久了，就是婆婆妈妈。他来了怕甚。向大妈嘘了一声，指着里间说，小声点。拳头师低声说，我还怕他不来呢，他要是敢来，新账旧账一起算。向大妈说，讲你头壳简单，你又要生气。小雪在明处，他在暗处。他天亮来，还是半夜来，你晓得吧。等他下了黑手，你才去算账就迟了。拳头师摸头瞪眼。向大妈说，头壳简单吧，有勇无谋吧。拳头师说，那你倒是讲个没简单的，我喜欢直来直去。向大妈说，第一，这事先瞒着小雪，免得她心慌。第二，在警察来接手之前，你负责保护小雪，要寸步不离。拳头师说，停一下。保护小雪没问题，可是寸步不离就难了。她要上街买菜吧，她要出门送菜吧，一个大男人拴在她屁股后，难看吧，明天一街人都讲我的笑话吧。向大妈说，这个有考虑，买菜送菜叫小胖去，你只是与她在这屋子里待着。第三，你要记住，你不是警察，万一动手，你要讲分寸，千万莫把人打残废了，给自己惹麻烦。拳头师说，咦，你叫我与他玩过家家吧。

小雪在里间说，小胖，过来帮我一把。小胖应声而去。片刻，两人扶着一个蒸笼，裹着一阵热烟来了。到了桌边，小雪不停地用嘴吹气，说，轻点轻点，放好了。小雪抓两块湿巾垫手，捧起笼里的砂锅，开盖，但见一只整鸡静卧锅底，汤清肉淡黄。向大妈与拳头师吸吸鼻头，相对一看，没话。小雪说，人参鸡汤。金先讲，这个季节要补阳气，人参鸡汤可以补而不腻。隔水蒸的，味在汤中不外溢。拳头师说，原来。小胖拿来几只碗，汤匙和一把汤勺。小雪双手执筷子，扒开鸡腹，夹出一整条人参，可见里面还有茯苓枸杞等中药。撕肉，分汤，一人一碗。向大妈举匙伸嘴一嗋，说，我做了几十年鸡汤，没做过这么好喝的，闻着没味，入嘴起香，咽下去肚子里全清楚的，高明高明。怎么做的，回家也给老伴做一回。拳头师说，小雪莫讲，知识产权晓得吧。众人笑笑。小雪说，就欠一个老板了，还有麻秆。我打电话吧。

向大妈说，老板这个季节肯定是忙的，留一点吧，晚上叫他来。拳头师说，麻秆那一份，叫小胖代替了。

麻秆到户籍警那里调出数年前的身份证资料，找到张大民的照片，与自己手机里的那几张一对比，可以确定是同一个人。手机里的照片是从监控录像中翻拍的，清晰度没法与电脑上的相比，但可以看出面部的轮廓是一致的，特别是眼角那颗痣，大小形状位置高度吻合。差就差在一张没有络腮胡子，一张有。麻秆把照片拷进手机，叫了小张警察，一起开车去县城大酒店。

两人找到客户部经理，说明来意。经理说，这个容易，我电脑里就可以查到。先喝茶吧，免急的。麻秆说，那就先看电脑吧，茶等下喝。经理叫手下泡茶，与麻秆坐到电脑前，调出住宿登记。麻秆一看，头大了，整整几十页。小张警察说，可以用关键字搜索吧，省得一行一行找，浪费时间。经理一拍大腿，说，还是年轻人头壳好用。来，你来弄。小张警察接过鼠标，键入张大民三字，点搜索，眨眼间，屏幕跳出一行字，没有找到相关信息。麻秆说，这样操作对吧。小张警察说，绝对正确。我验证给你看，我搜索一个名单上有的，就这个吧，邬英，点进去，你看，出来了。屏幕字幕显示，找到一条相关信息，邬英。麻秆说，好吧，这项就先告一段落。我们接着查下一项。经理说，还有下一项。麻秆说，他也有可能用假的身份证嘛。你们总台办住宿登记的共有几个人。经理说，三人。麻秆说，都在吧。经理说，两个这时在，一个是上晚班的，现在轮休。麻秆说，那我们现在先去总台，你打电话把那个轮休的也叫过来。经理带麻秆他们出门，骂了手下一句，说，一杯茶泡半天。

到了总台，麻秆将手机里的两张照片打开给两个年轻姑娘辨认。一个说，哇，这两个人原来是同一个人呀。另一个说，长胡子的这张更帅。经理说，你们以为是在介绍对象吧，警察在找人，严肃一点。两个姑娘顿时闭嘴肃立，眼睛看地。麻秆说，想一想，这个人来这里登记过没。两人先后摇头。麻秆说，再看几眼，看仔细了，把他记在心里，以后再看到他，马上报告。两人点头。那个休息的服务员来了，看了照片，同样讲没有见过。麻秆准备告辞，听到一阵悦耳的高跟鞋声响过来，扭头一看，是个五十上下的女子，肩上挂一个 LV 包，打扮精致，黑发披肩，发间束着一条浅黄色的丝带。女子目不斜视，直奔总台而来。两个姑娘见了，马上换上笑容，争相讲邬总好。邬总说，去县医院怎么走，远吧。一个姑娘说，要走一阵子。我给您打辆车吧。邬总讲声好吧，低头翻包。麻秆说，正好同路，我送您过去可以吧。邬总问姑娘说，这是。姑娘说，邬总放心，这两位是警察。经理说，我们地方小，人热情，用警车为邬总保驾护航，高规格的。邬总笑了笑说，那就太感谢了。

出了酒店，大路上人多，车走得慢。麻秆说，警车粗糙，邬总坐得习惯吧。邬总说，头一回坐警车，感觉高大上。麻秆说，邬总去医院办公务吧，找朋友吧。邬总说，去医院看病可以吧，你怎没讲。麻秆说，邬总脸色红润，神采奕奕，身体健康，哪里有病。邬总哈哈大笑，说，这里的警察会看相吧，佩服佩服。小张警察说，我们组长哪里会看相，组长的朋友才会，病人坐在他面前，他看一眼心里就晓得五六分，再一摸脉，你身上多少病他全清楚的。邬总笑得更大声了，说，这地方真是藏龙卧虎了，可以拍电视的。

到了县医院大门，邬总下车。麻秆他们继续赶往下一家旅舍。这个县城，大大小小的旅舍有七八家。

邬总先让公司里的人，以南方医学学术论文评审会主任的名头，与县医院打了个招呼。讲好的是九点到，邬总在酒店里拖延了一点时间，高跟鞋穿上又脱下，脱下又穿上如是几次，末了还是穿上。高跟鞋好些年没穿了，一穿上就容易让人想起那段充满挑战又倍感辛酸的时光。本打算九点半到县医院门口的，准时到有失身份，拖得太久会让人失去耐心，半个小时刚好。没想到遇到两个警察，警察好心把她送到医院，一看才九点十分，邬总就去门边的一家水果店看看。前柜台上有桃子，有李子，有荔枝，有樱桃等，分别用格子装着。后柜台上放着一排水果篮子，大小不一，篮子里的水果用透明薄膜裹着，看起来高端上档次。看店的是一位老婶子，挥着一把拂尘左右走动，见到邬总进店，立马笑脸相迎，说，妹子今天穿得真漂亮，看朋友吧。邬总呵呵。老婶子放下拂尘说，依妹子的身份，肯定要挑中间那个篮子对吧。邬总说，甚。老婶子转身将最大的水果篮子拿到邬总面前，说，您看，这里面的水果都是挑最好的，有荔枝，有樱桃，有进口芒果，新鲜又个大，高端上档次的。邬总说，我要是拿一个便宜的呢。老婶子笑容依旧，说，那是妹子低调了。其实，水果嘛，送的就是一个意思，意思到了就行，对吧。本来邬总只是想把时间消耗掉，并没打算要买东西的，但老婶子话讲得好听，就不忍拂了她的意。邬总低头开包找钱，说，还是那个最大的吧。老婶子笑出声来，说，对嘛，我也晓得这个才适合，篮子里有标价的。妹子的朋友住在中医科吧，几楼几床告诉我，等下叫个小孩子送过去，省得妹子费力气。邬总说，您怎晓得是中医科。老婶子说，妹子外地人吧，我们这里中医厉害，病人要住到中医科里没容易的。我天天在这里，见的人多了，妹子这种身份，朋友肯定是住在中医科的。邬总说，这里的中医怎么个厉害法。老婶子说，我们这里出了一个金三指，出名出到省里去了。外县外市，五湖四海，病人都往我们这里跑，医院都装不下了。托金三指的福，我每天可以多卖多少水果哟。邬总说，呀，这个金三指三头六臂吧，能看那么多病人。老婶子说，是呀，医院着急了，上面也着急了，叫金三指赶快收学徒的。邬总说，这个金三指叫甚。老婶子说，就叫金三指呀，大家都这样叫。邬总付了钱，走出店。背后老婶子喊，几楼几床还没讲呢。邬总头也没回说，送到大酒店吧。

　　邬总由人带着进了院长办公室。笑脸，客套，握手，让座。院长说，真没好意思，我们这种小地方，路窄人多，邬总走过来不顺畅吧。邬总说，是我不好意思，迟到了。院长哈哈。喝茶。进入正题。院长介绍了医院规模，科室设置，设备投入，人员构成，运转情况，以及今后的发展方向，等等。请邬总批评指正。邬总通报了几届南方医学学术论文评审概况，送审论文多少，来自全国多少省份，涉及多少病种，评出优秀论文若干，出席评审会的专家学者若干，云云。院长努了一下嘴，旁边过来一个人，院长歪头低声说，换一泡茶，拿里面那一包。院长回头笑说，目前，我们医院正在争取三甲，全院上下都十分努力，县里也很重视。如果能出一篇论文，肯定是锦上添花的大好事。这个要请邬总指点指点。邬总笑说，不敢当不敢当，我虽讲是评审委员会主任，可是真正干评审的是那些专家教授，我只是给他们当勤务员，安排吃呀住呀，陪他们四处走走，散步聊天呀之类的。院长说，邬总谦虚了，越是德高望重的人越是谦虚。我们医院正在发展中，今后还有许多地方需要邬总的指导。请邬总给我们出个点子吧。邬总说，哎呀，院长言重了。点子没有，感觉有一点。论文应该创新，哪个新，选题新，角度新。不要都奔着大病种去，千军万马过独木桥，怎么掉下来的都没清楚。要独辟蹊径，找个小病种，要有地方特色，这种论文少，容易入选。院长双手抱拳，说，听君一席话，胜读十年书。拙作脱稿之时，要请邬总把关。时间没早了，我在食堂备了便饭，敢请邬总赏脸，将就一餐如何。邬总说，恭敬不如从命。

席设食堂小包间，只主客两人，没人陪同。几杯酒下肚，双方心态各自放开，言辞也活泼无拘。院长端起酒杯说，先干为敬。邬总说，先干是必须的。男人对女人，只是先干，没到位吧。院长说，那就请邬总出节目吧，我补缺补漏可以吧。邬总说，在深圳，男人对女人是三比一，男人三杯女人一杯。在这里是几比一，我没晓得，院长看着办吧。院长说，三比一，不妥吧，把女人也看得太轻了。我们这里一般讲究男女平等。算了，邬总您根据实际情况下指示吧，您讲几比一就几比一。邬总说，好吧，不要三比一，也不要一比一，来个折中吧，二比一。院长严格遵照执行。几个回合过去，院长感觉舌头重了许多，看人也有双影。再喝时，已忘了是几比一，邬总叫他喝，他就举杯。邬总说，院长不行了，我们不喝了，喝茶去吧。院长说，谁讲我不行，男人不能讲不行晓得吧。喝。邬总按下院长的酒杯，说，你们院里有个金三指吧，外面人讲他很厉害的，什么来头。院长说，金三指是很厉害的，中医，从乡镇卫生院调来的，好些年了。您要叫他看看吧，我打，打个电话。邬总说，金三指叫甚。院长讲了一个名。邬总说，他老婆叫甚。院长讲了一个名。邬总说，他老婆是做甚的。院长说，开，饭店的。您晓得他老婆怎，怎么来的吧。邬总说，怎么来的。院长说，是他看病，看来的。邬总说，他有几个孩子。院长说，还能有，有几个。就一个儿子，读高，中。

麻秆讲完，所长说，这样来讲，线索是断了。你那些高科技都瞎眼了吧。麻秆说，这些监控还不能叫高科技，人家大城市早就用上了。高科技是卫星天眼大数据，现在。所长说，停。你这么讲，我就大胆做个猜测，张大民是从大城市来的。第一，他在大城市生活过一段时间，熟悉路口的监控，他晓得如何避开，所以全县城的监控里都没有他的影子。第二，既然有意避开监控，他就不会再去住酒店旅舍，他晓得这些地方我们肯定会去查的。他又会化装，找个偏僻的地方藏身是可以做到的，比如垃圾场，比如建筑工地。麻秆说，完了完了，要大海捞针了。所长说，这个事局里很重视，正在研究要不要向上级报告。金三指是我们县的宝贝，也是全省的名人，他是不能出一点事的。从侦查的情况看，无非两种可能，一种是他已经逃走，一种是他潜伏下来。你希望是哪一种。麻秆说，当然是第一种，逃走。他要是潜伏下来，我们大家还能睡好觉吧。所长叹一口气说，我就晓得你会这样讲。其实我也是矛盾的。如果他逃走，那么他当年打伤人的案子就又要挂着，可如果他潜伏下来，一旦金三指出事，我们不能睡觉倒是小事，上面有多少领导都要头痛的。麻秆说，所长，其实还有第三种可能的。所长说，甚。麻秆说，他既没有逃走，也没有潜伏，他来自首。所长伸手摸了一下麻秆的额头，说，你喝多了吧，头壳烧坏了吧。他要自首，需要化装吧，需要躲避监控吧，需要与我们捉迷藏吧。麻秆呀，我晓得你是个好警察，时刻保持着一颗警惕的心，从阿娇的一句闲聊中发现了案源，很难得。可是你有时过于理想化，讲通俗点，就是心太软。那次抓臭头定，你是立了大功，臭头定在最后一刻放弃抵抗，伸手让你戴铐子，可那是个案。麻秆说，有句话。所长说，讲。女人似的。麻秆说，张大民这次回来的目的是甚。所长说，等到抓到了，你可以问他。麻秆说，那天我带黄婆去监狱看臭头定，我讲了男人在楼上拿望远镜看的事，黄婆就讲要是监狱边有高楼，她要带一个望远镜住上去，可以天天看儿子。昨天晚上，我叫小胖上班时顺便到街上帮臭头定买一个发箍，突然想到黄婆讲的这句话。所以我也大胆猜一个，张大民可能只是要看看他的老母。所长点了一根烟，在屋子里走两圈，猛吸几口，说，我还是那句话，丢掉幻想，准备斗争。

麻秆没敢坚持自己的看法，毕竟只是一个猜测，一种感觉而已，目前没有任何证据可以支撑。所长讲，还是要想方设法尽快查到张大民的行踪，小心驶得万年船。麻秆清楚，所长的身上肯定承受着很大的压力，压力来自上面。按所长的布置，麻秆要找老板帮忙。老板经营着大小船只几十艘，海滩养殖一大片，工人近千人，地盘大结构复杂，藏一个人进去如同把一粒沙子扔进河水里，漂都不打一个。

麻秆是在码头上见到老板的。老板还坐在管理处三楼阳台上喝茶。老板说，喝茶，免急，你们所长那个脾气我晓得。麻秆说，哪里有时间喝茶，马上吧，我叫几个人过来吧。老板说，你能叫几个。麻秆说，五个，够吧。老板说，你就是叫二十个三十个来也不够。麻秆张嘴无话。老板说，那么大片地方，多少角角落落，免讲查，就是单单走一遍也要几天。麻秆说，那怎么办，这事要快。老板说，我讲了，喝茶。麻秆说，老板是撒手不管了吧。老板说，我只讲喝茶，没讲不管吧。海风吹来，夹着几声汽笛。老板抬头看海，说，我的船到了，满载而归哦。等下我请你吃鱼。麻秆急得差点跺脚，苦着一张脸，陪老板抬头张望。老板说，等船到了，卸了鱼，我集合所有工人，十人一组，拉网式查找，一天可以清查一遍，免讲人，就是一只老鼠也跑不了。麻秆大笑，说，船上哪种鱼好吃。老板说，你自己去挑，挑好了拿到食堂去，对了，可以叫拳头师来，很久没有与他喝两杯了。麻秆说，拳头师在小雪饭店值班。老板说，那这样，我们干脆把鱼带到小雪那里去。

　　海面上，两艘渔船越来越大。麻秆给老板续了一杯茶。老板说，你们所长年轻时与你一样，敢想敢猜测。可是现在老了，手抓一只鸟儿，捂着怕闷死松开怕飞走。麻秆说，老板要讲故事吧。老板说，那年，我这里出了一个案子，厂里一对青年男女，爱得死去活来，可是女方家长不同意。女方家族势力很大，派人盯梢，两人只好打游击。一天晚上，跑到一艘废船里幽会。女方家长带几个人赶来，船正左右晃动，一帮人就冲进船去，见两人抱在一起，家长十分生气，揪着女儿头发抡巴掌，男的赶紧说，不关她的事，是我强迫的。家长一肚子气正没地方发，抓起那男的一顿好打，末了送到派出所。你们所长接了案子，把男的关了。麻秆说，男女青年谈恋爱，怎么要关。老板说，女方家长讲是男的耍流氓。待众人退去后，所长载那青年到医院涂涂抹抹一番，问了几句，回到派出所，扔给青年一条被单，讲你先在办公室里睡一晚，明天再讲。那晚天热，所长睡到半夜热醒了，到办公室找水喝，没见到青年。被单整整齐齐放在沙发上，吊扇还在转，桌上一张纸哗哗地响。所长拿起来一看，大叫一声苦也。麻秆说，甚。老板说，纸上写，我们的事是没希望了，不如我去死，你以后可以找一个好的嫁。所长好几天吃不下饭，他与我讲，他就是心太软，要是他那晚狠点，把男的关了，关他一晚，让他冷静冷静，头壳的热退了，也许他不会死。

　　老板拎一条大鱼，坐上麻秆的车。老板说，你晓得这条鱼是公的还是母的。麻秆笑笑摇头。老板说，鱼要看肚子，公的肚子小。这条是公的。麻秆说，要是叫金三指讲，叫阳的。两人大笑。

# 潜阳入阴

讲台上，金三指说，阴阳是一对矛盾，当矛盾的双方势均力敌的时候，相当是讲，阴阳处于平衡状态，那么万事万物就趋于平和。比方讲，社会上，男女地位平等了，那么这个社会就和谐了。家庭里面，夫妻平等了，相敬如宾了，家庭就和睦了。一个人也是这样，阴阳相当，不虚不亢，身体就健康了。这是阴阳的基本原则，在这个原则之下，还有一个变量，就是讲，所谓的阴阳平衡是相对的，不要把这种平衡，机械地理解为绝对的相等，这点尤其重要，这是中医的一大特色，也是中医与西医的根本区别所在。

台下一学员起立举手提问，说，请金先讲讲机械与不机械，可以吧。

金三指说，请坐下。一个人咳嗽了，在西医看来，是发炎了，肺发炎了，喉咙发炎了，那就消炎吧，可是吃了消炎药后，有的好了，有的没好。消炎错了吧，也不能讲错了，只是过于机械。在中医看来，咳嗽吐白痰，又兼有不爱吃饭，如果是在冬天，特别是老人，那就要考虑是脾虚，因为脾虚不能运化水湿从而化为痰，痰多了引起的咳嗽。对这种咳嗽，不是消炎，是治脾虚，用甚，三子养亲汤，白芥子，莱菔子，苏子，结果怎样，好了。这种咳嗽，单单消炎是好不了的。治病的思路不一样，效果自然就不一样。机械与否，其实就是思维方式的问题。这样明白了没。还有问题没。我觉得，随时提问很好，有问题及时提出来，现场互动，效果好。这也是不机械的一种，对吧。如果是我一个人按着课件，照本宣科，从头念到尾，那就是机械了。

台下有笑声，有掌声。

金三指说，我们接下去讲阴阳。为什么不能机械，因为阴阳在某种情况下会互相转化。阴就是阴，阳就是阳，怎么又要转化呢，这个有点绕，不好理解，对吧。好，我举个例子。我刚才讲过的，一个健康的人，他体内的阴阳是平衡的，对吧。那么他在哪种情况下阴阳要转化呢。白天属甚，对了，属阳。夜里属甚，属阴。人是自然界的一部分，人身体里的气血运行也要随自然天时的变化而变化。既然白天属阳，那么在白天，我们身体里的阳气就要强一些，同样的道理，夜晚属阴，晚上我们身体里的阴气就会强一些。依此类推，在睡觉的时候，阴气最强阳气最弱。如果在晚上你的阳气还没减弱，那么糟糕了，你失眠了。如何才能让你睡得着呢，中医的办法是潜阳入阴，叫阳气收敛一些，不要四处乱窜。

麻秆进入会场时，刚好听到金三指讲到潜阳入阴，觉得有趣，就在后排坐下来。前一排有两个后生窃窃私语。一个说，金先的理论是正确的，但是有瑕疵。另一个说，能发现金先的瑕疵，没简单的，讲讲看。一个说，金先讲潜阳入阴可以睡觉，也是机械的，你想一下，当你在特殊的时候，比如讲你在做那件事时，可以叫潜阳入阴吧，可是在那个激动人心的时刻，你能睡着吧。另一个想了想，突然用手捂住嘴巴，半晌松手喘了一口大气，咧着嘴说，让你害死了，差点笑出声来。这个问题太妙了，要举手吧。一个说，要举你举，金先肯定是讲，没有绝对的，阴阳是可以变化的。

后排空着许多位子，只坐了两三个保安，还有麻秆的两个同事。麻秆与同事交流了几句，略为心安，整个上午都没有出现异常情况。会场安排了四名保安，两名流动，两名把门，一有男性进入，便上前查询。场内有两名便衣警察，准备应对突发事件。

在县医院食堂小包间里，邬总从院长嘴里套出许多金先的信息。这个老学究终于混出名气了，看好了几个疑难杂症，又给自己看来了一个老婆，得了个金三指的雅号，现在又开门授徒，在大酒店里办讲座哟。本来邬总想，把金三指和儿子带到深圳去是件易如反掌的事，金先或许会扭捏一下，那是他的性格使然，她在深圳有那么大的产业，哪个人会不动心。以前乡下戏台上演过一个叫陈世美的，中了状元就抛弃他原来的老婆，叫人骂了几百年。现在邬总反过来了，发了大财反而来找穷困的旧老公，这叫甚，叫精神文明吧，至少，她邬总可以站到道德的制高点，接受各种称赞的掌声。可是现在老学究出了点小名，还办起了讲座，依他的性格，怕是一时半会走不了。本来十成的把握，这时剩下九成。邬总想，九成也已经不错了，以前她在做推销的时候，只要有三成的可能性，她通常就能把生意做下来。倒是那个小雪，应该先去了解一下她对金钱的喜爱程度，日后邬总出手时，心中才有数。

小胖与拳头师聊天，听到高跟鞋走来，抬头看到一个打扮时髦的女人。小胖的眼睛都看直了。显然是外地人，本地没有这种穿戴的，华丽，高档，到位。这样的人一般不会坐在这种简陋的小店吃饭的。小胖连忙起身，说，大姐要哪个菜，打包吧。邬总把小胖看了几眼，说，坐下来要多收钱吧。小胖说，不要不要，坐下吃与打包一个价。大姐请坐吧。邬总坐下，跷起腿，说，你是老板娘吧。你们店里有几个人。小胖跟过来说，老板娘在里面。我们店还小，目前只有两个，可是我们店很快就要发展了。邬总说，哦，老板娘在里面，怕人看到吧，应该很漂亮吧。小胖眨眼摸头，说，我们老板娘心很好。邬总笑了，说，可以见见她吧。小胖说，大姐认识我们老板娘吧。邬总说，见了不就认识了。拳头师扭过半个身子，朝里间喊一声，小雪，来客人了。

小雪从里间走出来，仿佛是被日光闪到了，眼睛眯了一下，两片百合花般的笑意挂到两边脸上。邬总说，哎呀，老板娘，都讲你做的人参鸡汤超级好，可有现成的。小雪说，巧了，刚做好了一锅。邬总说，那就来一锅。小雪说，小妹有朋友要来吧。邬总摇头。小雪说，一锅太多，一人吃不了，浪费的。邬总笑说，哪里浪费，我们大家一起吃，钱我出，可以吧。小雪说，小妹要吃，我先打一碗，余者打包，回去分给朋友吃，好吧。邬总说，打包多少麻烦的，大家见面也是缘分，一起吃就成了朋友。小雪说，哎呀，小妹豪爽，那就依你了。小胖过来帮我。两人去了里间。拳头师说，小妹这话我爱听，女中豪杰，与钱无关。邬总说，兄弟也是店里的吧。体力活，男人应该挺身而出。拳头师说，只是朋友，坐坐聊天，要我干活，老板娘要付工资，怕她吃不消。讲话间，小雪与小胖抬一个蒸笼来，蒸笼后拖着一股白烟。拳头师对邬总说，看见吧，蒸笼要两个人抬，无关轻重的。若只是一人，必然热气扑面，要坏事。邬总说，哦，哦。怎没香味。拳头师说，免急。有的香是用来闻的，有的香是用来吃的。小妹要闻还是要吃。邬总说，晓得了，原来是鱼和熊掌。拳头师说，小妹错了，人参鸡汤只是鸡。小雪捏起砂锅，开盖，先打一碗给邬总。拳头师说，小妹吃一口，肚子里全部清楚。邬总捏起汤匙，浅尝一口，咂咂嘴，说，真是。这样的鸡汤可以拴住顾客的心。大家一样分吧。小雪依言。众人喝汤，聊天。街上进来一女子，点人参鸡汤。小雪说，哎呀，没好意思，一天只做三只鸡，最后一只正在吃。明天可以吧，你早点来。女子叹息。邬总说，坐下来一起吃吧，刚好聊天更热闹。女子说，是我老妈要吃的，她讲好久没吃，嘴巴想念。邬总说，锅里还有吧，可以打一包回去。小雪侧身探头说，鸡肉都在，只是汤少了点。小胖拿来盒子打包。女子拎包道谢而去。

邬总说，店里生意好吧。小雪说，一天做三只鸡，外加普通饭菜，扣去成本费用，略有盈利。小本生意，清闲自在，可以聊天。邬总说，怎么没多做几只。小雪笑笑，无话。邬总说，这么好的手艺，却没有大放异彩，多少可惜的。小雪笑说，怎放。拳头师说，小妹是从大地方来，讲讲吧。邬总说，小本生意，本钱不够，是吧。第一步，先去银行贷款。小雪说，第二步。邬总说，第二步，有了钱，扩建店面，重新装修，有雅间有包间，要高端上档次。拳头师说，小妹有眼光有格调。小雪说，好吧，第三步。邬总说，第三步，当然是扩招人员，搞好培训。第四步，每天可以做五十锅一百锅人参鸡汤。小雪说，第五步。邬总说，第五步还用讲吧，你坐着数钱，清闲自在，可以聊天。漂亮吧。小雪说，绕了一大圈，走了好几步，原来还在原地。我现在就是清闲自在，可以聊天的。拳头师和小胖拍手大笑。邬总顿了一顿，陪笑。

派出所小会议室里，所长和几个组长正在开会。所长点了烟，猛吸两口，大踏步来回走动。所长说，你们讲，怎么办。麻秆说，所长，开会不能抽烟。所长看了麻秆一眼，按灭了烟，说，心里急了，忘了。众人无话，低头看桌子。原来，所长到局里开会，县里主要领导也参加了会议，并做了重要指示。所长被领导批评了，讲他没分清主次，分散布防。金三指才是主要保护对象，要他马上调整布防方案。县里领导语重心长地讲，金三指是名人，是县里不可多得的一笔精神财富，省里都挂了号的，一点差错都不能出，一根汗毛都不能丢，一旦出了事，就不是金三指一人的事，是全县的事。这个责任，你所长能扛吧，免讲你扛不起，在座的每一个人都扛不起。

壁上时钟嘀嗒响。所长抽出一根烟，放嘴里咬了咬，说，张大民回来做甚，没大清楚的，如果他要下黑手，头一个应该是小雪。金三指危险吧，不能讲没，但是金三指与张大民无冤无仇，只是后来与小雪结婚，才算有了点瓜葛，所以讲，他肯定不是张大民的首选目标。再一个，他现在在办讲座，现场那么多人，张大民敢去那里行凶吧，免讲已经有了四个保安两个警察，在场那么多年轻人，一人撒一泡尿也能把他淹个够呛吧。两个警察还不够，还要再加，要把主要警力放在那里。干了几十年警察，我没晓得分清主次。主次是甚，主是保护人民，次是抓住逃犯。我就晓得这个主次，没晓得别的主次。

一个组长说，对呀，人民警察就是要保护人民。所长说，金三指与小雪都叫人民，人民有分等级吧。另一个组长说，上次星期五晚下了一场雨，上面马上行动，六七辆小车呼啦啦开到水库边去，指指点点，领导赶紧作指示，明天所有公务员不得双休，全部上班，保护人民生命财产安全是第一要务。群众讲了笑话，现在的领导没地方玩了，三更半夜跑来水库吹风。再一个组长说，领导讲要保护金三指，其实是要保护他自己的乌纱帽吧。所长说，停。这话你没敢讲的，我讲还差不多，我这把年纪了，过两年退休，大不了所长不当。你还年轻，日子还长，没敢拿自己的前途开玩笑的。又一个组长说，那怎么办，按上面的意思调整吧。所长说，调整倒是容易，打个电话就可以解决。可是，要是你来当这个所长，你打这个电话的时候，手摸摸自己的胸口，看看里面的那颗心跳的还与原来一样吧。麻秆说，我接个电话吧。所长说，这个时候了，还接电话。麻秆说，老板打来的。所长说，那赶快接，老板那里有消息吧。麻秆听了几句电话，对所长说，老板在门外。所长说，赶快请他进来。

老板进门，所长说，查到没有。老板说，泡茶有吧。所长说，一个身子要锯成两半用了，哪里还有时间泡茶。讲讲你那里的情况。老板说，我敢保证，张大民绝对没有去过我那里。所长说，麻烦了，看不到目标，我们只能全面被动防守了。我本来要两条腿走路，一条保护小雪和金三指，一条抓张大民。麻秆让老板坐到自己身旁，将上级要求改变布防方案的事讲了。老板想了一下，说，我有一个建议。所长说，讲讲嘛，我早就晓得你肚子里的歪主意不少的。老板说，泡茶吧。麻秆说，这个简单，我来办，您先讲，所长都急了。老板跷起二郎腿，说，你们几个加起来，联手与拳头师过几招，没拿警棍手枪的哦，就是空手对空手，谁赢。所长说，还用讲。老板说，这就对了，拳头师的功夫街上的人哪个没晓得。上级不是看重名人效应吧，我们也可以利用名人效应的。他们看重金三指，我们就利用拳头师。所长说，没听懂的。老板说，你完全可以按上面的意思办，把主要警力安排到金三指身边去，只要拳头师往小雪店里一坐，就是把狗熊的心豹子的胆安到张大民的身上去，他也没敢踏入小雪饭店半步，是吧。所长掏出打火机，说，妙是妙，可是。老板说，不要可是，是妙就行，特事特办。麻秆说，茶来了。

　　金三指白天在大酒店会场讲课，晚上仍回大牡丹药店坐诊。这可苦了警察，换了环境，安保要重新布置。会场的保安是大酒店提供的，金三指离开了会场，大酒店就没有了责任，那四个保安可以休息，可以回家，一切都交给了警察。警察用警车把金三指载到大牡丹药店，进入诊室一看，房间不大，金三指又带来十个学员，小小的房间要容纳这些人，确实拥挤，只好退到诊室外，与门外那几个老太太一起挤在那两条长椅上。警察的头壳里都有张大民的照片，一有年纪相仿的男子出现，就要多看几眼。金三指看到这些警察没日没夜地跟着他，心里过意不去，说，警察哥，你们跟我一天了，回家休息吧。有老婆吧，有孩子吧。回家抱抱孩子，与老婆讲几句笑，人之常情嘛。至少也要洗个澡，换身衣服。天热了，没敢太辛苦的。一个警察说，金先真是体贴人的。我们没事，哥几个聚一起正好聊天，等金先忙完了，我们载您回家。金三指说，怎么可以，病人太多，怕是要看到半夜的。你们先回去，等下我散步回家。坐了一天，散步刚好。回去吧回去吧。警察说，没事没事，您先忙您先忙。

　　晚上的大牡丹药店热闹非凡，人比白天多得多。许多病人白天到医院没找到金三指，经人指点，这时都到药店来。三十张纸牌显然不够，金三指说再加。大牡丹说，最多加十张，不然到天亮也看不完，您身体吃不消，明天还要讲课。

　　前面队伍中有一个络腮胡，两指间夹着一张纸牌歪着头看手机，手机里放歌舞，咿呀咿呀叫得欢。两个警察相对点一下头走过去。警察说，你叫甚。络腮胡讲了一个名。警察说，身份证看看。络腮胡说，是出入境吧，带身份证做甚。我只是看病。一些人围过来看热闹。警察说，会讲话是吧，等下有你讲的时候，这时先把身份证拿来看看。络腮胡说，多少人排队，怎没看身份证，只要看我的。一个老太太上前拍一下络腮胡，说，哎呀，死歪头，你那个臭脾气甚时候能改。人家警察检查身份证，你有带就拿出来看看，没带就回家去拿一下，几步路，多走几步会死呀，跟人家警察吵甚。警察对老太太说，这人您认识。老太太说，怎不认识，是我的邻居歪头嘛，从他穿开裆裤看到现在的，小时候常常偷盖我家的烟囱。一男子说，哎呀，没好了，秘密全部暴露。人群哄的一声笑开了。警察说，好了好了，散开吧，没事了。

诊室里，金三指一边看病，一边给学员讲解。他先用望诊，遇到病情简单的病人，就叫学员先看，他最后把关。他给学员讲，实践最重要，再好的理论，最后都要回到实践中来，好比开车，只讲刹车在哪里油门在哪里可以吧，只在操场上开可以吧，要到路上去练。

一老汉佝偻着身子，踏着碎步进入诊室，一学员连忙扶老汉坐下。老汉满脸堆笑。金三指说，甚。老汉笑着说，爱笑。金三指笑说，笑比哭好，捡到金子吧，刚娶个老婆吧。众学员跟着低声笑笑。老汉笑着说，就是丢了金子丢了老婆，还是爱笑。众学员伸长了脖子睁大了眼睛收住了笑。金三指欠身说，手给我吧。老汉的手从桌下慢慢抬起，解开衬衣袖口的扣子，伸给金三指。金三指三指扣脉，半晌，说，张口吐舌看看。老汉依言。金三指说，还有哪里没舒服。老汉说，烦躁，有时手脚没力气。金三指松手，回头对学员说，谁有思路。众学员摇头无话。金三指说，难得遇到的病例，要讲一讲。脉象细数，舌头红，又无苔，首先要考虑甚。一学员说，阴虚吧。金三指说，对，阴虚。哪里的阴虚了晓得吧。学员说，心阴虚吧。金三指说，正确。脉细是阴血不足，脉数是有热。结合舌头红，是心火。心阴不足，心火就亢盛。心火亢盛怎就爱笑呢，因为心主神，如果心中阴阳气血不平衡，心神就无法正常动作，一旦笑这种神态失去约束，就会爱笑。好了，病理清楚了，如何用药。有学员翻书，有学员看笔记。一学员说，黄连阿胶汤可以吧。金三指说，可以。翻书的找到没，张仲景的伤寒论。黄连阿胶汤是千年经方，经常用来治心肾不交引起的失眠呀神经衰弱呀这些病，我们现在用它来治爱笑，完全可以。这就是中医的特色，灵活运用，不机械，因为病因是一样的。中医讲，可以一方多病，也可以一病多方。比方讲，四物汤原来用于妇科，但男人也可以用，只要病因相同。时间关系，不多讲了。这个黄连阿胶汤要活用，它只是个基础方，要根据实际情况，加减化裁。我加三味药，夜交藤，龙骨，牡蛎，进一步强化安神。

老汉拿方走人。金三指说，大家看出异常吧，刚才这老人。众学员相对无话。金三指说，算了。下一个。

麻秆下了车，抬头看到拳头师在小雪饭店门口踱步，就将一颗心放回肚子里面去。麻秆说，怎没打上几拳，反正也是闲着。拳头师说，哈哈，打拳就热闹了，一群人围过来，把我当耍猴的了。咦，你怎么有空来，金三指那边不是忙得要死吧。麻秆说，我过来看看，过去看看，两边跑。拳头师说，他那边无事吧。麻秆说，那么多人在那里，还会有事。小胖见到麻秆，转身去柜台下拿出一个发箍给麻秆，说，买来了。麻秆说，先放着吧，这几天忙得像那个似的，哪里有时间管这个事。小胖说，那就干脆放你车里，省得我一直记着这个事。小雪擦着手从里间走出来，说，麻秆怎有空来。坐坐吧，都站着做甚。麻秆与拳头师进店坐下。麻秆说，刚好路过，看到拳头师，驻足聊几句。小雪说，拳头师这几天都来店里，他讲要学做菜，你讲可能吧，他那手脚，连一棵菜都没法洗干净的。拳头师说，洗菜切菜，那是下手做的事，我这把年纪了，能做那样的事吧。要做也是小胖做。小胖说，未老装老，多少可笑的。小雪说，金先讲，他昨晚在大牡丹药店也遇到一个装老的。小胖笑说，有听讲过装嫩的，还没见过装老的。装老做甚，有意思吧。拳头师说，小孩子吧，没见过世面吧。见到看病的人多，就投机取巧，装成老人，要引起别人同情，让他先看了。麻秆说，后来怎样了。小雪说，金先也没点破，给他看了病完事。麻秆说，我先走一步，你们接着聊。麻秆回到车里，关好车门，掏出手机，按了金三指的号码，正要拨出去，又改了号码，打给在会场的一个同事，说，你这时到讲台上去，与金先讲，叫他马上打我的电话，有急事。片刻，手机响。金三指说，又有案子吧，这么急，要把我从台上揪下来。麻秆说，昨晚那个装老人的，怎个模样。金三指说，长脸，粗眉，还算健壮。他装成六七十岁的老人，实际年龄五十左右。麻秆说，您怎晓得他是装的。金三指说，我是做甚的，几十年的中医了，望闻问切，望排在第一位。他走着碎步进诊室。老人会走碎步，那是脚无力所致，因为脚无力，鞋底与地面多有摩擦，脚步声必然松散。可是他的脚步声结实。他的手臂粗壮有力，是个体力劳动者，我试过的，不是城里老人的手。再看那张脸，虽讲有许多皱痕，可那皱痕不是自然形成的，这个妆化得粗糙了。可以骗别人，可是没法瞒过我的眼睛。麻秆说，张大民您认识吧。金三指说，没认识的，好像听过这个名。

麻秆说，他的眉尾有一颗痣吧。金三指说，我想想，好像有吧。麻秆说，他有讲别的话吧。金三指说，没过多讲话，只是爱笑。对了，他那个笑，在西医看来，属于精神病的一种，至少，是精神病的前兆。麻秆说，精神病。金三指说，是，他一直控制不住自己的神态，一直爱笑。

麻秆赶回所里，只见到小张警察一人在值班。麻秆径直去监控室，调出大牡丹药店那条街的监控，找到金三指讲的那个老人。监控一个一个跟踪过去，最后看到，老人出了县城，往山里走去。麻秆对小张警察说，所长回来了就告诉他，我到城外那片山里去找张大民。

车子出城，路面渐窄，人车渐稀，树影倒是越来越密。拐进一条小路，就看到高低不同的山，一座一座排着队，从车的两边闪过。走了一会儿，看到前面有一辆三轮摩托车，载着几个蜂箱，蜂箱上插着一根木棍。麻秆费了些劲才超过摩托车，习惯地看一眼后视镜，开摩托车的是个女的，穿紫色上衣，身旁还坐着一条黄狗。是蜂女吧，来得全不费功夫吧。麻秆靠边停车，拦了三轮摩托车。摩托车停，黄狗叫了一声。蜂女说，甚。麻秆说，记得臭头定吧，你给他买过胰岛素的那个。蜂女说，哦，他去哪里了，只留下一根棍子。你是他朋友吧。一阵风吹过，蜂女乱发飘扬，连忙头甩手挥。麻秆忽然想起小胖放在车上的发箍，就上车拿了过来，说，臭头定给你的，他怕你头发乱了遮住了眼睛。黄狗叫了两声。蜂女接过发箍，戴在头壳上，说，他在做甚。麻秆感觉，紫色的上衣配上紫色的发箍，还真好看。蜂女说，他还会来吧。麻秆说，肯定的。黄狗又叫了两声。蜂女笑着说，黑鼻在催我了。麻秆说，问你个事，有看见一个爱笑的男人吧。蜂女说，你是来找他的吧，太好了。他讲这个世界上没有人会想他的。麻秆说，他去了哪里。蜂女说，没有去哪里，在我那里，前面不远就到了。麻秆说，快带我去，坐你的摩托车可以吧。蜂女讲声好，上了摩托车，麻秆坐在她身边。摩托车突突突慢慢超过麻秆的车。不久，看到前面有一片足球场大小的空地，搭着一个小帐篷。蜂女在帐篷边停车，黄狗叫了一声跳下车，摇着尾巴朝帐篷奔跑过去。蜂女说，他就坐在那排树下。麻秆扭头看去，树下空空。蜂女下车，双手卷成喇叭状，喊一声，大哥你在哪里，有朋友来找你了。麻秆要阻止已经来不及，山谷传来回声，朋友来找你了。蜂女说，我早上还给他煎了药的，怎就没见了。两人附近找找，没见人影，树下一堆凌乱的干稻草，不远处地上有药渣。麻秆将药渣捡起包好。蜂女说，他的包裹也不见了，药也不见了。他这人怎么像个孩子。麻秆说，你感觉他会去哪里。蜂女说，那边山高树多，进去容易出来难。这边有小路可以通到乡村。他是个痛苦的人，会选择哪个方向就难讲了。

麻秆帮蜂女放好蜂箱，两人坐在那排树下的干稻草堆上。风吹过来，发梢轻扬，蜂女举手摸了摸脸，说，我做姑娘时也有过一个发箍。周围有淡淡的花香，有树叶和青草的鲜味，有看不见的清凉的水汽，有绵绵的嗡嗡声。满眼都是绿色，麻秆感觉全身清爽，所有的紧张和疲劳都随风飘散。蜂女说，他这时没方便来是吧。麻秆晓得他指谁，便说，他的事以后他自己与你讲，他一定会来的。黄狗叨着一个塑料袋跑过来，袋里有一个玩具望远镜，一张纸。蜂女取出纸，看了一眼，递给麻秆。字写得大且潦草，显然是用了大力，力透纸背，纸有破损。麻秆看了一会儿，读出声来，原来世界是美好的，可惜了。蜂女说，他讲的是甚，好像写诗。麻秆说，我带回去猜，可以吧。几只蜂飞来，绕了一圈又飞去，黄狗撒腿便追。

　　他讲他年轻时没爱做工，就爱打牌，输了钱就回家打老婆。有一次他把一个赌友打伤了，警察要抓他，他就跑到很远很远的地方去，过着流浪的生活。后来他被招进一个小煤窑，下井挖煤。晚上无事，几个工友就赌。他赌技一流，每赌必赢。凡是与他赌的人，都欠过他的钱，渐渐地他成了老大，所有工友都要叫他大哥。有一次一个工友输光了，没钱还他，就教他变脸，就是张三的脸眨眼间就变成李四的脸那种。那天矿上停电，几个赌友赌他不敢进废井走一遍。他从小就胆大，还有他不敢去的地方吧。没有多想，一脚踏进废井。可是没有走多远，就听到身后一阵笑声，紧接着洞口就塌下来了。他没命地往前跑，还算运气好，他摸索着找到一个小出口。出井后，他在山上待了几天，喝山泉吃野果，思考人生。他讲走到这一步，都是因为赌。输是输，赢了也是输。赌的结果是他输掉了老婆输掉了老母，还有那个家，刚才还差点输掉性命。下山后遇到一个马戏团，他就跟着马戏团四处演出。马戏团到了深圳，驻扎下来，他就在深圳演了几年的马戏。团里都是夫妻，只他和团长是单身。演出之余，看人家夫妻说说笑笑，孩子爸长妈短的，就感觉自己的身体内是空的，没心没肺没肠没肚的。最难过的是春节，团里的孩子成群来给他拜年，嘻嘻哈哈之后，他就想起他的那个家，他的老婆和老母。他从那时起就爱笑了，演出时经常出差错，团长就把他辞了。他到一个僻静处弄了一张假的身份证，偷偷回家。他了解到，他的老婆带着他的老母嫁给一个先生。他想把老母带出去，他跑到先生家对面的楼顶，寻找出手的时机，无意间看到，先生一家人对他的老母很好，老母有吃有穿有住，生活安稳，就打消了念头。他还找了个机会见了先生一面，要给他讲声感谢的，可是那时人太多，又有警察，他有点慌，回来了，那句话没讲成。

感觉先生是好人，他很想变成一条狗，给那个先生看门，又想变成一只公鸡，每天早上叫老婆老母起床吃早餐。他讲有时他已经变成狗或者公鸡了，正要去先生家，却又突然变了回来，成了人。他因此感到非常痛苦，可是痛苦的时候却又很爱笑。他讲这是上天在惩罚他，叫他连痛苦也没法好好痛苦，要笑。

蜂女讲着，抬手揉眼睛，说，哪里来的虫子。

麻秆手机响，是所长打来的。麻秆对手机说，没事，我很快就回去。会场的安保可以撤了。


一觉醒来，邬总正要起床喝茶，却发现浑身上下动弹不得，她晓得，是那个病又犯了。头壳可以思考。她感觉自己的灵魂飘到天花板上，看到孤零零丢在薄薄被单下摊开的四肢和躯干，死人一般的，一动也不动。这时真希望有个人开门进来，给她翻个身子，哪怕是推她一把，她就能慢慢活过来。原本打算上午去听金三指讲课，如果心情好的话，可以多听一会儿，看看他是如何用那些阴阳虚实的绕口令来忽悠青年学员的，再找个适当的时机，把事挑明了。现在想起来，到了这里，只是打了两个外围战。第一战，大获全胜，从院长嘴里套出了金先的全部信息，想了解的都了解了。第二战，试探小雪，却是大败而归。本以为，这种小城镇的女人，哪里有甚格调档次，一讲到钱，肯定像饿狗见到肉包子，贪钱是肯定的，只是程度轻重之差。所以设计了几步走，一步一步引诱她走下去，哪里料到被她识破了，邬总走了五步，小雪一步也没走，在原地看邬总绕了一圈。这一战输得莫名其妙，小雪用简单朴素的思维战胜了邬总精密繁复的设计，真像样板戏里刁德一讲的那样，这个女人不简单。算了，不管了，集中精力打好第三战，全力拿下金三指。这是邬总此行的目的，前面两战都只是铺垫。走廊上有脚步声，有说笑声。邬总晓得，是那些青年学员要去吃早餐了。这些声音像一阵风飘来，打了个旋，又飘走了。邬总多想跟着这阵风一起走，可是自己像一棵树，枝叶想走，根却被土地牢牢抓住。片刻，走廊恢复了寂静。如果拉开窗帘，打开窗子，阳光这时应该照在茶几上吧。昨天的这个时候，邬总就是坐在茶几边喝茶的。现在，厚厚的窗帘把阳光挡在外面，留给邬总的是黑暗和寂静。有轻轻的敲门声，接着是开门声，邬总感觉有人推着车子进来，走几步，讲声哎呀对不起，又退出去，轻轻关上了门。邬总心里讲声可惜，她晓得，那是酒店保洁员进来要整理房间，看到邬总还躺在床上，以为是在睡觉，就回去了。

邬总再次听到敲门声开门声，一个女人叫她，邬总，邬总，您醒了没。邬总大喊，你推我一下呀。可是那女人完全没听到，转身出门大喊，没好了，来人呀，邬总出事了。

那个女人跑到会场讲，邬总睡死了，叫了没出声的。金三指和警察一齐赶到邬总房间，学员后面跟来。警察挡在门口，讲要保护现场，只让金三指一个进去。

金三指走到床前一看，大吃一惊，说，怎么是你。邬总说，傻瓜，快摇我一下。金三指伸出两根手指，轻触邬总脖子，感觉颈动脉搏动微弱，急忙用大拇指大力按压邬总的人中穴。按了三下，邬总就感到胸口那块大石头像阳光下的冰块，慢慢融化，有细细的热流走向四肢。她慢慢睁开了眼，悠悠地说，痛死了。金三指听了，眉头解开，连忙松手。邬总说，扶我坐起来。金三指抱邬总坐好，扯来被单围住她的上身，说，还有哪里没舒服。邬总说，人太多了。金三指一笑，扭头对警察说，好了，没事了，你们先回去吧。警察与门口的学员都退了回去。

金三指说，你哪个时候来的，怎没打个电话。邬总说，泡杯茶吧。金三指哦哦两声，拿起随手泡装水烧水。邬总下床，开了窗，关了门，到洗手间洗了脸，往脸上涂了些东西，换了衣服，穿上那双银灰色的高跟鞋，感觉自己瞬间高大起来。邬总自信地走到茶几边坐下，金三指刚好泡好了茶。邬总端起杯子，金三指说，烫。邬总浅尝一口，说，这么淡。金三指说，你未吃早餐吧，浓茶不宜。邬总说，绕。金三指说，饿吧，我去买个面包吧。邬总说，免了，冰箱里有牛奶。金三指说，空腹，可以喝牛奶吧，乳糖耐受吧。邬总说，绕。金三指笑说，你还是那个脾气。邬总说，老了，没脾气了。金三指站起来，感觉一双手没地方放了，说，你晚上住下来吧，我们好好聊聊。我先去上课，可以吧。邬总说，桌上那个包里，有一盒名片，帮我拿一张。金三指依言。邬总说，念一句可以吧。金三指说，中国南方医药物流调配中心董事长，中国南方医学学术论文评审委员会主任，南方医学院客座教授，中国南方医学与生物研究院特邀监督员，邬英。呀呀呀，士别三日。邬总说，当年我不辞而别，对不起了。金三指说，名片放哪里。邬总说，你感觉放哪里合适就放哪里。金三指把名片塞进口袋里，说，你一走这多年，电话也没打一个。邬总说，没做出名堂来，打电话有意思吧。我当时就想好了的，总有一天，我要把你和孩子带出去。坐下吧。金三指说，学员在等我。邬总说，我也在等你。金三指说，晚上再讲可以吧。邬总说，你先表个态，其余的晚上再讲可以。金三指说，十多年了，你从小邬变成邬总，我也从金先变成金三指，一切都在变化。那时候，手机有捣衣棒那么大，宝贝似的放在包里，全县城只有三支哦。现在手机巴掌大，满大街都是，连蹲在地上讨钱的乞丐也叫你扫码。邬总给金三指倒了一杯茶，说，站着可以长个吧。金三指坐下，喝一口茶。邬总说，我晓得你讲的变化，我也讲我的变化。那年跑到深圳，双手两片姜，看多少白眼，听多少粗话，吃多少苦，一步一步走来，现在我代理全国多少药厂的销路。你免挤眉弄眼的，晓得你没爱听这个话。没爱听我也要讲。现在家小业大，谁来继承。我又有病，哪天早上醒不了难讲。你一生老实，儿子是我的骨肉，你们在我身边，我放心。喝茶吧。金三指又喝了一杯茶。邬总说，我见过小雪了，她是个贤惠的女人。这种女人，过小日子可以，要帮助你发展事业就勉强了。金三指站起来说，你与小雪讲甚。邬总掌心向下轻轻压了两下，说，坐了坐了，只是聊天，你紧张甚，眼珠子都要掉地上了。可以给她钱嘛，钱没问题的。把这座酒店买下来给她，可以吧。你肯定没好意思开口对吧，我可以与小雪讲。金三指说，你就是爱用钱来看世界。邬总说，对呀，这个世界就是用钱建起来的。金三指指着自己的胸口说，这个地方要是钱多了，会堵。邬总说，要是钱少了，这个地方会慌。好了，不讲哲学了，讲现实吧。你表个态。金三指说，我没法离开小雪。邬总说，鸟在笼里关久了，就没晓得外面有森林，有天空。每天一碟子小米一碟子清水，吃得心满意足，以为世界就这么美好。小雪就是那个笼子。她就会做几个菜，值得你留恋一辈子吧。我把鸟笼打开，你却舍不得飞出去，可惜吧。

金三指站起来说，她尊重理解支持我的工作，没管我多晚回家，她都只是问我饿吧累吧，没讲一句难听的话。

邬总也站起来说，我也可以支持你的工作，给你盖一座中医院可以吧。

金三指说，她每天给我煮三顿，洗衣服，下雨了，她宁愿自己淋一身雨，也要跑很远的路给我送一把伞。

邬总说，我给你请几个保姆，一个做饭，一个洗衣服，一个开车。

金三指说，她把我，把这个家，看作是她生命的全部。

邬总跺了跺脚说，原来，你要的还是杯子。

金三指坐下来说，她是做了一个杯子，我也做她的椅子。一个实在的家庭，杯子和椅子总比高跟鞋实用吧。

邬总将屁股扔到沙发上，双脚乱踢，两只高跟鞋翻着跟斗，前赴后继滚到墙边。邬总说，你们俩一个要杯子一个要椅子的，怎就没问我要甚。

晚上，金三指在小雪饭店为邬总饯行。老板、向大妈、拳头师都来了。金三指的儿子晚到了一会儿。众人都夸邬总厉害，一个人闯天下，单枪匹马赤手空拳打出一片辉煌的天地。邬总谦虚了几句，讲辉煌大家都看见，背后的辛酸却没人晓得。老板说，这个是实情，我也是做企业的，有体会。大家都是看到彩虹，哪里晓得是先有风雨的。向大妈说，这叫苦尽甘来嘛，吃菜吃菜。拳头师说，风雨是阴，彩虹是阳。向大妈放下筷子说，停。风雨是水，彩虹也是水汽，都是阴的吧，张冠李戴吧，要真正晓得才敢讲的哦。拳头师说，风雨是过去，彩虹是现在，一阴一阳，哪里错了，叫金先讲讲。大家哈哈。金三指的儿子低头吃饭，邬总不时看他一眼。

最后一道菜是人参鸡汤。小胖拿来几个小碗，小雪分汤。金三指说，这个时节要补阳气，这个汤正好。阳气足了，身体没毛病。老板说，这个汤只有小雪才能做出来，闻着无味，其实味在汤里，汤能把味包住的，这手高明。向大妈说，小雪做人，就像这个汤，外表看起来，平平淡淡。小雪笑说，脸红了，向大妈就是爱比喻，汤就是汤，人就是人，哪里像了。拳头师说，汤是阴，肉是阳，汤里的香是肉给的，金先，这叫作甚，阴阳转化吧。众人哈哈大笑。

小雪附在金三指儿子耳边讲了一句话，孩子翘嘴摇头，小雪的巴掌就在孩子的肩上打两下，低声说，与你老爸一样脾气。孩子背着书包走了。众人只是讲笑，谁也没留意。

汤喝完了，小胖收了小碗。金三指说，小邬，手给我可以吧。邬总伸出手说，你还是老样子，总喜欢给人摸脉。金三指扣脉说，我晓得你没相信中医的，可是你都看过那么多西医了，试一下中医又何妨。邬总说，睡眠瘫痪症，中医怎讲。金三指说，中医没有这个病名，就你的情况看，脉弦，是淤血。睡觉属阴，醒来属阳，由睡转醒，阴阳要转换，可是因为有淤血，阻碍了阴阳的转换，所以就手脚难动。邬总说，又是阴来阳去的，绕吧。既然淤血阻碍，那就全部阻碍，怎单单没阻碍头壳。金三指说，这个问题好。阳气只是被阻碍，并非没有，对吧。阳气既被阻碍，就少了，对吧。头壳是全身的司令部，最最重要，阳气既然少，只好先供给头壳，所以头壳可以思考，但是身躯没法动弹。拳头师鼓掌，众人附和，邬总无话。金三指说，我用血府逐瘀汤加减来解决，这是个老方子了，三帖过后，若没改善，你可以去课堂骂我。邬总说，你都晓得我明天早上就要走了，还能去你课堂吧。

第二天，邬总坐麻秆的车去动车站。邬总曾到学校找儿子谈过，儿子拒绝了她。昨晚小雪让他叫邬总一声妈，他也拒绝。这一幕邬总看在眼里听在耳朵里。半路上，邬总看到山边一片花海，花中有一座红墙碧瓦的寺庙，不远处停着一辆三轮摩托车，一个紫衣女子在忙碌。

邬总心里一动，就叫麻秆停车，拿出那双银灰色的高跟鞋，请麻秆转交给水巷里一个漂亮的姑娘。麻秆听了邬总讲的那个公司名，就晓得是阿娇。麻秆说，她穿得了吧。邬总说，我看一眼就清楚她鞋子的尺码。你回去吧。麻秆说，动车站还没到。邬总给麻秆鞠了一个躬，拖着拉杆箱朝那座寺庙走去。麻秆呆立，邬总背影渐虚。麻秆喊道，您只是住两天吧，要走时打我电话。一阵风吹过来，路边树叶沙沙。没晓得麻秆那句话被风吹散没。